ARNO STROBEL

MÖRDER-FINDER

DIE MACHT DES TÄTERS

Thriller

FISCHER

2. Auflage, 2025

Originalausgabe
Erschienen bei FISCHER Taschenbuch

© 2022 S. Fischer Verlag GmbH, Hedderichstr. 114,
60596 Frankfurt am Main
Die Nutzung unserer Werke für Text- und Data-Mining
im Sinne von § 44b UrhG behalten wir uns explizit vor.
Dieses Werk wurde vermittelt durch
die Literarische Agentur Thomas Schlück GmbH, 30161 Hannover.
Redaktion: Ilse Wagner
Satz: Doerlemann Satz, Lemförde
Druck und Bindung: CPI books GmbH, Leck
ISBN 978-3-596-70668-6

Kontaktadresse nach EU-Produktsicherheitsverordnung:
produktsicherheit@fischerverlage.de

Für Laura

Der Täter ist immer der Moralist.
Alfred Selacher

PROLOG

Er steht vor ihrem Bett und trägt das schummrige Halbdunkel des Zimmers wie einen Mantel. Sein Blick ist starr auf ihr Gesicht gerichtet, ein heller Fleck auf dem Schwarz des Kissens.

Seine Gedanken bestehen nicht aus logisch aneinandergereihten Wörtern, sondern aus psychedelischen Bildern, die einen wilden Reigen in seinem Kopf tanzen.

»Du musst es jetzt tun«, unterbricht eine wispernde Stimme von überraschender Klarheit das Durcheinander in seinem Verstand. »Sie hat es verdient. Tu es!«

Er versteht den Sinn dessen, was die Stimme sagt, aber da ist noch etwas anderes in ihm, das sich dagegen auflehnen möchte, das zu tun, was die Stimme von ihm verlangt.

»Na los, tu es! Jetzt!«

Die Muskeln in seinem Körper spannen sich, er macht einen Schritt auf das Kopfende des Bettes zu und bleibt stehen.

»So ist es gut«, lobt die Stimme. »Und jetzt erledige, was zu erledigen ist.«

Sein rechter Arm hebt sich wie ferngesteuert. Mit einer langsamen Bewegung des Kopfes betrachtet er seine hoch erhobene Hand, als wäre es die eines Fremden, richtet den Blick auf die längliche, matte Messerklinge.

»Jetzt!« Es ist kein Wispern mehr, sondern ein scharfes Kommando, dem er nichts entgegenzusetzen hat.

Er wendet sich ihr wieder zu. Seine linke Hand greift nach der Bettdecke und zieht sie mit einem Ruck zurück, während er das Messer mit aller Kraft nach unten stößt. Kurz spürt er den Widerstand von Haut und Muskeln, dann dringt der Stahl bis zum Schaft in ihren Körper ein. Sie zuckt krampfartig zusammen, reißt die Augen auf und starrt ihn an. Er sieht im Schummerlicht die unnatürlich großen weißen Augäpfel.

»Weiter«, fordert die Stimme hart, und obwohl er es nicht möchte, obwohl sich plötzlich etwas in ihm regt, das gegen seine Tat ankämpfen will, zieht er die Klinge aus ihrem Körper. Er hört das schmatzende Geräusch, das dabei verursacht wird, hebt erneut den Arm und stößt zu. »Ja! So ist es gut. Du weißt, dass du das Richtige tust. Weiter, immer weiter.«

Und er stößt zu wie im Rausch, wieder und wieder, er weiß nicht, wie oft, er weiß nicht, wie lange …

Irgendwann wird ihm bewusst, dass er ruhig dasteht, den Blick auf das Bett gerichtet. Er hört ein leises Poltern, betrachtet die schemenhaften Umrisse auf dem Boden neben seinen Füßen. Das Messer. Er sieht auf das Bett. Auf sein Werk.

»Du bist noch nicht fertig!«, wispert die Stimme in seinem Kopf. »Heb es auf.«

Wie ferngesteuert bückt er sich, greift nach dem Messer, richtet sich wieder auf.

Als die Stimme ihm sagt, was er noch zu tun hat, beginnt er zu weinen.

1

Max Bischoff klappte das Notebook zu und rieb sich über die brennenden Augen. Es war kurz nach einundzwanzig Uhr, und er saß nun seit etwa vier Stunden an der Ausarbeitung eines Textes mit dem Titel *Fallanalysen im Bereich der Tötungsdelikte und der sexuell assoziierten Gewaltdelikte*, der ihm als eine von vielen Unterlagen für seine Vorlesungen an der Hochschule dienen sollte.

Er erhob sich und war gerade auf dem Weg zur Küche, um sich eine Kleinigkeit zu essen zu machen, als sein Festnetztelefon klingelte. Während er zu dem Beistelltisch neben der Couch ging, auf dem das Gerät in der Ladestation stand, fragte er sich, wer ihn um diese Zeit noch über das Festnetz anrief. Er hatte schon darüber nachgedacht, den Anschluss abzumelden, es aber dann doch nicht getan, weil seine Eltern ihn grundsätzlich über diese Nummer kontaktierten. Aber nie so spät am Abend ...

»Bischoff«, meldete er sich knapp.

»Katharina Baumann, guten Abend, Herr Bischoff.«

Katharina Baumann ... Max glaubte, diesen Namen schon einmal gehört zu haben, aber er konnte auf Anhieb nicht einordnen, wo das gewesen war.

»Guten Abend.«

»Entschuldigen Sie bitte, dass ich Sie so spät noch störe,

aber …« Max hörte, dass die Frau tief durchatmete. »Ich weiß nicht, ob Horst Böhmer meinen Namen Ihnen gegenüber schon einmal erwähnt hat?«

Horst … Max überlegte angestrengt, ob ihm ihr Name deshalb so bekannt vorkam, und glaubte, sich zu erinnern, dass sein ehemaliger Kollege vor einiger Zeit von einer neuen Kollegin im KK11 erzählt hatte.

»Ja, doch, ich glaube, er hat von Ihnen gesprochen. Sie sind eine Kollegin, nicht wahr?«

»Ja, seit einem halben Jahr, in Ihrer alten Dienststelle.«

»Wie schon gesagt, Horst hat Sie in einem Gespräch erwähnt. Was kann ich für Sie tun, Frau Baumann?«

Sie zögerte einen Moment. »Ich … brauche Ihre Hilfe.«

»Meine Hilfe? Wobei?«

»Es geht um meinen Neffen. Er …« Sie räusperte sich. »Er hat sich umgebracht.«

»Oh! Das tut mir leid.« Max machte eine kurze Pause, während er darüber nachdachte, ob er etwas von einem Selbstmord mitbekommen hatte. Doch das war nicht der Fall.

»Wann war das?«

»Vor zwei Tagen.«

»Mein herzliches Beileid. Es ist schrecklich, jemanden auf diese Art zu verlieren. Aber … wie kann ich Ihnen helfen? Zweifeln Sie daran, dass es Suizid war?«

»Nein, und es gab tatsächlich auch einen Grund dafür, dass er das getan hat.« Max hörte an ihrer Stimme, dass sie gegen die Tränen ankämpfte, und wartete geduldig, bis sie weitersprach.

»Er wurde beschuldigt, eine Frau umgebracht zu haben.«

Max erinnerte sich an die Artikel, die er in der vergangenen Woche über den Mord an einer jungen Frau gelesen hatte. Klara Fell. Max erinnerte sich an ihren Namen, weil er sofort an *Klarer Fall* gedacht hatte, als er ihn las.

»Geht es um den Fall in Benrath?«

»Ja.«

Max schloss die Augen und versuchte zu rekapitulieren, was er über den Fall wusste. Klara Fell war laut den Berichten in der Presse nachts in ihrem Schlafzimmer mit zahlreichen Messerstichen regelrecht abgeschlachtet worden. Der Mörder hatte ihr anschließend die Daumen abgeschnitten und offenbar mitgenommen.

»Sie sagten, Ihr Neffe wurde verdächtigt, die Frau umgebracht zu haben?«

»Nein, ich sagte *beschuldigt*. Kollegen sind zu ihm gefahren, um seine Wohnung zu durchsuchen und ihn zu verhaften. Sie haben ihn in seiner Wohnung aufgefunden. Er hat sich erhängt.«

»Wie alt war er?«

»Zweiundzwanzig.«

»So jung … Haben Sie ihm gesagt, dass er verhaftet werden soll?«

»Nein, das habe ich nicht. Was denken Sie denn? Ich bin Polizistin und würde mich strafbar machen, wenn ich einem Verdächtigen in einem Mordfall einen Tipp geben würde. Auch, wenn der Verdächtige mein Neffe ist.«

»Ich wollte Ihnen nichts unterstellen, Frau Baumann, ich versuche nur herauszufinden, was der Grund für den Suizid war.«

»Können Sie verstehen, was es für die ganze Familie meines Bruders bedeutet, dass Leon als Mörder abgestempelt wird? Das war für ihn Grund genug. Auch oder gerade, weil er es nicht getan hat.«

Max verstand, was Katharina Baumann meinte. »Der Tod Ihres Neffen muss schlimm für Sie und Ihre ganze Familie sein, aber ich verstehe immer noch nicht, womit ich Ihnen helfen kann.«

»Ich weiß, dass Leon keinen Mord begangen hat, Herr Bischoff. Helfen Sie mir bitte, seine Unschuld zu beweisen.«

»Hm ... Warum wenden Sie sich nicht an die Kollegen? An Horst, zum Beispiel.«

»Horst gehört zur Soko, die wegen des Mordes gegründet worden ist. Fast jeder von denen glaubt, dass Leon den Mord begangen hat.«

»Horst auch?«

»Die Beweislage spricht gegen meinen Neffen. Er ist am Tatort von zwei Zeugen gesehen und eindeutig identifiziert worden. Kleidungsstücke von ihm passen zu Fasern, die am Tatort gefunden wurden. Sein Selbstmord wird als Schuldeingeständnis gewertet. Sie kennen das Prozedere doch.«

»Also glaubt Horst auch, dass Ihr Neffe ...«

»Er war es, der mir geraten hat, mich an Sie zu wenden. Er sagte, wenn Leon den Mord wirklich nicht begangen hat, würde er Ihnen zutrauen, seine Unschuld zu beweisen.« Es entstand eine Pause von mehreren Sekunden, in denen Max nachdachte.

»Werden Sie mir helfen?«

»Frau Baumann, ich will ganz offen zu Ihnen sein. Ich

verstehe, dass Ihr Schmerz groß ist und Sie an die Unschuld Ihres Neffen glauben, aber ich möchte zuerst mit Horst reden und mir anhören, was die Ermittlungen im Einzelnen ergeben haben. Und ich werde ihn auch nach seiner Meinung fragen. Ich übernehme nur Fälle, bei denen es darum geht, Täter zu fassen, die anderen Leid zugefügt haben. Wenn ich zu dem Schluss komme, dass Ihr Neffe möglicherweise tatsächlich unschuldig ist, dann bedeutet das, der Mörder ist noch auf freiem Fuß. Und dann werde ich sehen, was ich tun kann.«

»Rufen Sie mich an, wenn Sie zu einem Entschluss gekommen sind?« In ihrer Stimme schwang Hoffnung mit.

»Ja. Kann ich Sie unter der Nummer, die auf meinem Display angezeigt wird, erreichen?«

»Ja. Und ... danke. Wenn es stimmt, was ich von Kolleginnen und Kollegen über Sie gehört habe, Herr Bischoff, dann werden Sie ebenso wie ich schnell davon überzeugt sein, dass mein Neffe kein Mörder war.«

»Ich melde mich. Guten Abend.«

Max legte auf und notierte sich für alle Fälle die Nummer, bevor er das Telefon wieder in die Ladestation stellte und dann zum Esstisch ging, wo sein Smartphone neben dem Notebook lag. Er rief seinen ehemaligen Partner beim KK11 an und hielt sich das Gerät ans Ohr. Sekunden später war Horst Böhmer am Apparat.

»Mein Exkollege Max ruft mich spät am Abend an«, begann Böhmer ohne Umschweife. »Das kann nur bedeuten, er hat gerade mit einer Kollegin telefoniert, die sich nicht damit abfinden will, dass ihr Neffe einen Mord begangen hat. Hab ich recht?«

»Da du ihr empfohlen hast, mich anzurufen, war das ja wohl nicht allzu schwer zu erraten.«

»Moment, Herr Exkollege. Das stimmt so nicht ganz. Ich habe ihr nicht empfohlen, dich anzurufen. Ich habe ihr gesagt, dass ich wie alle anderen hier denke, dass ihr Neffe erst die Frau und dann sich selbst umgebracht hat. Auch wenn der Fall seltsam ist. Und ja, ich habe gesagt, falls der junge Mann trotz aller Beweise, die für ihn als Täter sprechen, unschuldig sein sollte, dann kenne ich nur einen, der ihr helfen kann. Und das bist du.«

»Und du bist absolut davon überzeugt, dass er es war?«

»Nicht absolut. Aber ja, ich denke, er war es.«

»Du denkst …«

»Ach, verdammt! Also los, komm schon her, bevor du mir am Telefon den letzten Nerv raubst. Und vergiss nicht, eine Flasche Wein mitzubringen.«

Max musste grinsen. »Warum hat das so lange gedauert?«

2

Max brauchte eine Viertelstunde bis zu Böhmers Wohnung in Volmerswerth. In den ersten Minuten der Fahrt war es derart kalt im Inneren des Wagens, dass Max immer wieder eine Hand vom Lenkrad nahm und darauf blies, um sie zu wärmen. Der Winter hatte früh Einzug gehalten in diesem Jahr. Obwohl es erst Anfang November war, lagen die Temperaturen schon seit Tagen deutlich unter null Grad.

Als Böhmer ihm die Tür öffnete, fiel sein Blick als Erstes auf die Rotweinflasche, die Max ihm entgegenstreckte.

»Montepulciano, ein 2015er Monte Vecchio Riserva. Eigentlich zu schade für dich Banausen.«

»Eigentlich zu wenig dafür, dass du mir mitten in der Nacht auf die Nerven gehst«, erwiderte Böhmer knurrend, aber mit einem Lächeln und deutete mit einer Kopfbewegung in die Wohnung. »Nun komm schon rein.«

Max folgte Böhmer ins Wohnzimmer und betrachtete dabei die untersetzte Gestalt seines ehemaligen Partners. »Du solltest anfangen, Sport zu treiben«, bemerkte er, woraufhin Böhmer sich zu ihm umdrehte und mit der Handfläche über seinen gepflegten Dreitagebart strich, als dächte er angestrengt nach.

»Was?«, fragte Max scheinheilig.

»Ich überlege gerade, ob ich nicht doch schon zu müde bin und dich wieder nach draußen begleiten soll.«

Max hob grinsend die Flasche. »Sicher?«

»Nein«, entgegnete Böhmer nach einem Blick auf das Etikett und holte einen Korkenzieher und zwei Gläser aus dem hellen Vitrinenschrank.

Max ließ sich derweil auf der Couch nieder. »Erzähl mir was über Katharina Baumann«, forderte Max Böhmer auf, während er den Korkenzieher in den Flaschenverschluss drehte.

Böhmer nahm ihm gegenüber in einem Sessel Platz und zuckte mit den Schultern. »Da gibt's nicht besonders viel. Sie ist Hauptkommissarin und kommt vom KK23, das ihr Exmann leitet. Oliver Baumann, vielleicht kennst du ihn. Etwa ein Jahr bevor du bei uns aufgehört hast, ist er zum Ersten KHK befördert worden und hat den Laden übernommen. Nach der Scheidung wurde es da wohl schwierig für sie, wie du dir denken kannst, zumal die meisten Kollegen sich auf die Seite des Chefs geschlagen haben. Also ist sie zu uns gekommen.«

Max hatte ihre Gläser mittlerweile zwei Finger breit gefüllt, und sie prosteten einander zu. Die Augen geschlossen, genoss Max den ersten Schluck und stellte das Glas dann auf dem Wohnzimmertisch ab.

»Ja, ich denke, ich habe Baumann mal getroffen. Wie alt ist seine Frau?«

»Zweiundvierzig.«

»Und? Was hältst du von ihr?«

»Ich finde, ihre Entscheidung, von Korruption und Wirtschaftskriminalität zu uns zu wechseln, war eine gute

Idee, auch wenn der Grund für den Wechsel aus ihrer Sicht nicht so angenehm war. Sie hat sich gut bei uns eingelebt und verfügt über einen ausgeprägt analytischen Verstand. Hier und da erinnert sie mich sogar ein wenig an dich, nur dass sie bedeutend hübscher ist als du.«

»Und ihre Familie? Sie scheint ihrem Neffen sehr nahegestanden zu haben.«

Böhmer nickte. »Ja. Als sie herausgefunden hat, dass Baumann sie nicht zum ersten Mal mit irgendeinem jungen Hüpfer betrügt, hat ihr Bruder sie bei sich wohnen lassen und sich um sie gekümmert. Die Trennung war ziemlich unschön. Baumann wollte sie nicht gehen lassen. Als er eines Abends betrunken vor dem Haus ihres Bruders aufgetaucht ist und sie bedrängt hat, wieder zu ihm zurückzukommen, hat Jonas Kehler – so heißt ihr Bruder – ihm kurzerhand eins auf die Nase gegeben.«

Böhmer trank einen weiteren Schluck und grinste. »Baumann hat auf eine Anzeige verzichtet.«

»Hm ... und jetzt der Mordverdacht gegen ihren Neffen.«

»Ja. Ein Nachbar, der nicht schlafen konnte, und jemand, der eine Straße weiter wohnt und mit seinem Hund unterwegs war, haben Leon gesehen, als er das Haus verlassen hat, und ihn unabhängig voneinander eindeutig identifiziert. Als die Kollegen vorgestern seine Wohnung durchsucht haben, fanden sie in der Wäsche einen Pullover mit Blutflecken, die zweifelsfrei vom Opfer stammen. Zudem passen die Textilspuren vom Tatort zu diesem Pullover.« Böhmer atmete tief ein und stieß die Luft schnaubend durch die Nase aus. »Du siehst, eigentlich ein wasserdichter Fall.«

»Eigentlich?«

»Es gibt eine Sache, die seltsam ist. Bisher konnten wir keinerlei Verbindung zwischen Leon und der Frau nachweisen. Zudem wurde Katharinas Neffe überall, wo wir nachgefragt haben, als ruhiger, intelligenter junger Mann beschrieben, der Gewalt verabscheute und dem ausnahmslos niemand aus seinem Umfeld diese Tat zutraut. Und dann diese Nachricht …«

»Welche Nachricht?«

Böhmer schüttelte den Kopf. »Ach, stimmt, ich habe ganz vergessen, dass du das nicht wissen kannst. Das ist nicht an die Presse gegangen. Der Täter hat an der Wand neben dem Bett mit dem Blut des Opfers eine Botschaft für uns hinterlassen: *Das ist der Anfang. Ihr fasst mich nicht.*«

»Das klingt aber nicht nach jemandem, der sich gleich umbringt, wenn er verdächtigt wird. Ihr habt dieses Detail zurückgehalten, weil ihr Trittbrettfahrer vermeiden wolltet?«

Böhmer nickte. »Du weißt doch, wie das ist. Wenn die Boulevardpresse so was mitbekommt, bauschen die das auf, und irgendein gestörtes Arschloch findet es toll, die Tat eines *berühmten* Serienkillers nachzumachen.«

»Ja, leider. Was ist mit der Mordwaffe?«

»Ein Messer. Wir haben es nicht gefunden, aber das kann er irgendwo entsorgt haben, wo es nie wieder auftaucht.«

»Hm … wie sieht es mit Alkohol oder Drogen aus?«

Böhmer schüttelte den Kopf. »Nichts nachweisbar.«

»Und die Schrift? Die habt ihr doch sicher analysieren lassen. Passt die zu Leons Handschrift?«

»Nein.«

»Das ist ja schon mal ein Hinweis darauf, dass er womöglich doch nicht der Täter war.«

»Nicht unbedingt, Max. Der Experte meint, die Buchstaben seien so ungelenk, dass er vermutet, sie sind von einem Rechtshänder mit der linken Hand geschrieben worden.«

»Scheiße.«

»Ja, kann man sagen. Da hat sich jemand richtig Gedanken gemacht.«

»Was ist mit der ermordeten Frau?«

»Anfang dreißig, unverheiratet, Angestellte in einem Versicherungsbüro, völlig unauffällig. Sie hatte einen Freund, der für die Tatnacht ein wasserdichtes Alibi hat. Es gibt nach unserem Wissensstand niemanden, der auch nur ansatzweise einen Grund gehabt hätte, sie zu töten.«

Max dachte an die Berichte, die er über den Fall gelesen hatte. »Ihr wurden die Daumen abgetrennt?«

»Ja, und wir haben keine Ahnung, wo sie sich befinden. Diese Botschaft war wohl an uns gerichtet. *Das ist der Anfang. Ihr fasst mich nicht.* Die typische Überheblichkeit eines Psychopathen. Und eine Aussage, die auf einen Serientäter schließen lässt.«

»Oder auf jemanden, der möchte, dass genau dieser Eindruck entsteht.«

Böhmer winkte ab. »Du denkst manchmal zu sehr um die Ecke. Es soll vorkommen, dass Dinge auch tatsächlich so sind, wie sie aussehen.«

Max wiegte den Kopf hin und her. »Wenn es – was wir hoffen wollen – keinen weiteren Mord mehr gibt, ist das für euch doch ein Beweis, dass ihr den Richtigen verdächtigt habt. Wenn eine offensichtlich geplante Mordserie schon nach der ersten Tat aufhört und der vermeintliche Mörder sich umgebracht hat, ist es eine klare Sache, nicht wahr?«

»Jaja, ich weiß, worauf du hinauswillst, Herr Fallanalytiker. Falls wirklich jemand anderer die Frau umgebracht hat, hätte er damit dafür gesorgt, dass der Fall abgeschlossen wird und er fein raus ist.«

Max drehte beide Hände nach oben und zuckte mit den Schultern. »Ganz genau.«

»Eines hast du dabei aber vergessen: Woher sollte der wirkliche Täter wissen, dass Leon sich umbringt?«

Max nickte. »Und woher willst du wissen, dass es tatsächlich Selbstmord war?«

»Alle Indizien sprechen dafür, und es gibt keinen einzigen Hinweis auf Fremdeinwirkung«, erklärte Böhmer.

»Hm … und dennoch hast du Frau Baumann an mich verwiesen«, antwortete Max.

Böhmer schüttelte den Kopf und beugte sich nach vorn. »Max, noch mal, ich …«

Max wiegelte ab. »Nein, schon gut, ich denke, ich habe dich verstanden. Wie ist der Täter in die Wohnung der Frau gelangt?«

»Durch die Terrassentür. Er hat ein sauberes Loch ins Glas geschnitten, hindurchgegriffen und die Tür mit der Klinke geöffnet.«

»Kann ich Berichte und Fotos haben? Vom Tatort des Mordes und des Selbstmordes?«

»Du möchtest also tatsächlich in der Sache aktiv werden?«

»Ich gehe erst einmal davon aus, dass ihr alles getan habt, was zu tun war, und ich vertraue grundsätzlich auf dein Urteil. Ich würde mir nur gern selbst die Unterlagen in Ruhe anschauen. Wer weiß …«

»Also gut. Ich besorge dir morgen, was du brauchst, aber da gibt es noch etwas, das du wissen solltest.«

»Über Katharina Baumann?«, hakte Max nach, als Böhmer eine Pause machte.

»Nein. Über die Dienststelle. Wir haben seit letzter Woche eine neue Chefin. Kriminalrätin Eslem Keskin.«

»Das ist türkisch, oder?«

»Ja, ihre Eltern sind aus der Türkei eingewandert. Ich kann sie noch nicht richtig einschätzen, aber ich weiß, wie sie dazu steht, dass ein ehemaliger Kollege privat in aktuellen Fällen ermittelt.«

»Und woher weißt du das?«

Böhmer trank einen großen Schluck und behielt das Glas in der Hand. »Sie hat bei ihrer Antrittsrede vor versammelter Mannschaft von dir gesprochen.«

Max hob die Brauen. »Von mir? Woher kennt sie mich denn? Ihr Name sagt mir nämlich nichts.«

»Das kann er auch nicht. Sie kommt aus Bielefeld. Böse Zungen behaupten, man hat sie dort weggelobt.«

»Umso verwunderlicher, dass sie mich dann offenbar kennt.«

»Sie hat Bernd Menkhoff wohl gut gekannt und scheint dir die Schuld an seinem Tod zu geben.«

»Ah!«, entgegnete Max und hatte augenblicklich wieder das Bild des Kriminalhauptkommissars vor Augen, wie er blutend auf dem lehmigen Boden lag …

»Wir alle wissen, dass du rein gar nichts dafür kannst, aber die Frau Kriminalrätin sieht das offensichtlich anders.«

»Tja, damit werde ich dann wohl leben müssen.«

»Im Grunde kann es dir egal sein, aber das macht es nicht leichter, dir Einblick in Ermittlungsakten zu ermöglichen.«

Max trank sein Glas leer, stellte es ab und erhob sich. »Ich bin mir ganz sicher, du schaffst das. Und damit du morgen ausgeschlafen bist, werde ich dich jetzt verlassen.«

Auch Böhmer stemmte sich aus dem Sessel hoch. »Ich bewundere immer wieder deine Fähigkeit, etwas, das dir nicht passt, einfach zu ignorieren.«

Max grinste. »Nur wenn ich weiß, dass es letztendlich nicht so wichtig ist.«

3

Als das Klingeln des Telefons Max aus dem Schlaf riss, zeigten die blassroten LED-Ziffern des Weckers auf dem Nachttisch 5:47 Uhr an.

Max schob den Arm aus dem Bett und tastete verschlafen nach seinem Smartphone, das am Ladekabel auf dem Boden lag. Er mochte es nicht, das Gerät beim Schlafen direkt neben seinem Kopf liegen zu haben.

Es war Böhmer.

»Du weißt schon, wie spät es ist?«, brummte Max. »Sag mir jetzt nicht, du konntest nicht schlafen, weil du …«

»Ich bin mir nicht mehr zu hundert Prozent sicher, dass Katharinas Neffe ein Mörder war«, unterbrach Böhmer ihn, und erst in diesem Moment nahm Max die Hintergrundgeräusche wahr. Die Erkenntnis, dass sein Exkollege nicht zu Hause war, vertrieb schlagartig die Müdigkeit. Max richtete sich auf und lehnte sich gegen das Kopfteil des Bettes. »Was ist passiert?«

»Wir haben einen weiteren Mord, quasi bei mir um die Ecke. Ein Mann, Anfang vierzig. Man hat ihm mit einem stumpfen Gegenstand den Schädel eingeschlagen. Mehrfach. Kein schöner Anblick.«

»Ich verstehe nicht … ein Mann, sagst du?«

»Ja.«

»Was ist mit seinen Daumen?«

»Sind beide dort, wo sie hingehören.«

»Und der Tatort? Das Schlafzimmer?«

»Nein, er liegt mit einer Unterhose bekleidet im Wohnzimmer.«

»Hm … gibt es eine Botschaft?«

»Nein.«

»Warum denkst du dann, dass die Morde zusammenhängen könnten?«

»Zum einen ist der Täter wie bei der Frau durch die Terrassentür reingekommen. Ein uraltes, billiges Modell, deswegen musste er kein Loch ins Glas schneiden, sondern hat die Tür einfach aufgehebelt. Und dann ist da noch die Tat an sich. Die Rechtsmedizinerin meint, wie es aussieht, hat der Täter mit großer Wucht mehrfach auf den Schädel des Opfers eingeschlagen, obwohl der Mann wahrscheinlich schon nach dem ersten Schlag tot war. So, wie auf die junge Frau von letzter Woche auch noch nach Eintritt des Todes wieder und wieder eingestochen worden war.«

Max' Verstand arbeitete auf Hochtouren. »Okay, aber dennoch … Erst eine junge Frau, jetzt ein vierzigjähriger Mann. Keine Botschaft und keine abgetrennten Gliedmaßen wie beim ersten Mal. Das wäre für einen Serientäter sehr ungewöhnlich. Gibt es schon einen Hinweis auf den Täter?«

»Nein, nichts.«

»Okay, ich komme und sehe mir das mal an.«

»Das ist keine gute Idee«, widersprach Böhmer. »Sie ist zwar noch nicht da, aber es ist recht wahrscheinlich, dass die Frau Kriminalrätin noch auftaucht. Dann solltest du nicht hier sein.«

»Du weckst mich mitten in der Nacht auf, um mir von einem Mord zu berichten, und dann soll ich mich umdrehen und weiterschlafen? Spinnst du? Wie lautet die Adresse?«
»Max!«
»Das ist keine Adresse.«
»Also gut, aber wenn sie dich dort sieht, hältst du mich gefälligst raus, klar?«
»Jaja. Straße und Hausnummer?«
Böhmer nannte ihm die Adresse und legte auf.

Das kleine Haus des Opfers stand auf einem nicht sonderlich gepflegt aussehenden Grundstück in einer Seitenstraße. Ebenso wie bei den meisten Häusern der Nachbarschaft hätte die Front einen neuen Anstrich oder besser noch einen neuen Verputz vertragen können.

Als Max seinen Wagen hinter dem Van der Kriminaltechnik abstellte und ausstieg, sah er Böhmer vor dem Haus bei einer schlanken Gestalt mit schulterlangen, dunklen Haaren stehen, die Max den Rücken zuwandte. Während er auf die beiden zuging, zog er den Kragen seiner Winterjacke am Hals enger zusammen und dachte für einen kurzen Moment an sein warmes Bett.

Max war bis auf wenige Meter heran, als Böhmers Blick ihn traf und das Gesicht seines Exkollegen sich verzog, als hätte er in eine Zitrone gebissen. Die Gestalt, eine Frau, wie Max jetzt erkannte, bemerkte die Veränderung in der Mimik des Hauptkommissars und wandte sich zu Max um. Er vermutete, dass es Böhmers neue Chefin war.

Sie schien ihn zu erkennen, denn der vorwurfsvolle Blick, mit dem sie gleich darauf Böhmer bedachte, sprach Bände.

»Herr Bischoff!«, sagte sie mit einer Stimme, in der deutliche Missbilligung mitschwang. »Ein Expolizist taucht am frühen Morgen an einem Tatort auf. Was für ein Zufall.«

Max blieb vor den beiden stehen. Er schätzte Eslem Keskin auf Anfang fünfzig. Ihr Gesichtsausdruck wollte für Max' Empfinden nicht so recht zu dem Unterton in ihrer Stimme passen. Die dunklen Augen hinter den Gläsern ihrer dunkelrot umrandeten Brille musterten ihn kritisch, aber weder kalt noch abweisend.

»Warum Zufall?«, entgegnete Max im Plauderton. »Ich interessiere mich noch immer für die Arbeit der Polizei und nutze jede Möglichkeit, um zu helfen, wo ich kann. Ich nehme an, Sie sind Frau Keskin?«

»Kriminalrätin Keskin.«

Max lächelte, entgegnete aber nichts darauf.

»Was wollen Sie hier, Herr Bischoff?«

»Wie ich schon sagte: Ich helfe, wo ich kann.«

»Ich bin sicher, meine Beamten schaffen das auch ohne Sie. Und wenn ich daran denke, wie der letzte Fall ausgegangen ist, bei dem Sie *geholfen* haben ...«

»*Ich* habe Max angerufen«, warf Böhmer ein, woraufhin seine Chefin ein humorloses Lachen ausstieß.

»Stellen Sie sich vor, Herr Böhmer, das habe ich mir schon gedacht. Wir beide werden uns über die Schweigepflicht von Ermittlungsbeamten gegenüber Zivilisten bei laufenden Ermittlungen unterhalten müssen.«

Max wurde den Eindruck nicht los, dass Keskin mit allen Mitteln versuchte, die strenge Chefin zu geben, die sie aber eigentlich gar nicht war. Doch mit diesem Gedanken konnte er sich später beschäftigen.

»Wäre es in Anbetracht des Tatortes, an dem wir uns gerade befinden, nicht sinnvoll, sich über den Mord zu unterhalten, der da drin geschehen ist?«, bemerkte Max.

»Aber nicht mit Ihnen.« Sie deutete mit einer Kopfbewegung zur Straße. »Sie sollten gehen.«

Max erkannte in Böhmers Gesicht Anzeichen dafür, dass er kurz davor war, etwas zu sagen, das er später sicher bereuen würde, und kam ihm zuvor.

»Schon gut, ich gehe.« Und mit ruhiger Stimme fügte er hinzu: »Das war kein guter Start, Frau Kriminalrätin, aber das ist angesichts der Uhrzeit und der Situation auch nicht weiter verwunderlich. Vielleicht sollten wir es ein andermal in anderer Umgebung noch einmal versuchen. Ich würde mich über ein Gespräch freuen.«

Böhmer sah ihn verdutzt an, während Keskin nicht recht zu wissen schien, wie sie mit seinem Friedensangebot umgehen sollte. Schließlich rang sie sich zu einem gemurmelten »Wir werden sehen« durch, wandte sich ab und sagte: »Kommen Sie, Böhmer.«

Böhmer warf Max noch einen fragenden Blick zu, dann folgte er seiner Chefin ins Innere des Hauses.

4

Er sitzt auf einem einfachen Holzstuhl am Fenster und hat den Blick nach draußen gerichtet, wo sich langsam eine trübe Morgensonne über den Dachfirst des Nachbarhauses schiebt. Er spürt weder seine Arme noch den Rest seines Körpers. Es ist, als wäre er körperlos.

Beiläufig registriert er das Bild des heraufziehenden Tages, seine Gedanken sind woanders.

Er wartet. Auf die Stimme, die seit einer ganzen Weile verstummt ist. Er weiß weder, wann sie aufgehört hat, zu ihm zu sprechen, noch kann er sich an Einzelheiten erinnern, die sie ihm gesagt hat. Aber dass sie mal flüsterte, als wollte sie seine Seele streicheln, und mal so herrisch kommandierte, dass sie ihm Angst machte, daran erinnert er sich. Und daran, dass sie von ihm verlangt hat, Dinge zu tun, die er nicht tun wollte. Die Frage, welche Dinge das waren, kann er sich ebenso wenig beantworten wie die, ob er sie dennoch getan hat.

Aber er glaubt, dass er die Befehle befolgt hat, weil da noch etwas anderes in ihm ist: das Gefühl, Schuld auf sich geladen zu haben.

»Du kannst stolz auf dich sein.«

Da ist sie wieder, und obwohl er die Stimme aus tiefstem Herzen hasst, tut es auf eine bizarre Weise gut, sie zu hören. Ja, er hat sie auf eine unerklärbare Art vermisst.

»*Ich habe etwas Schreckliches getan.*« Er glaubt, die Worte ausgesprochen zu haben, aber vielleicht hat er sie auch nur gedacht. Es ist egal, denn die Stimme antwortet ihm.

»*Nein. Du hast das Richtige getan. Etwas, das dringend getan werden musste und worauf du stolz sein kannst. Du bist ein guter Mensch, weil du andere vor großem Unheil bewahrt hast.*«

»*Ja*«, sagt er und spürt, wie das Schuldgefühl in ihm sich verflüchtigt. Stattdessen wird ihm immer klarer, dass die Stimme recht hat. Was er auch getan und wie sehr er sich auch dagegen gewehrt hat – es war nötig und gut. Es war richtig.

»*Du musst aufpassen, denn die anderen wissen nicht, wie wichtig es war zu tun, was du getan hast. Sie sind dumm und blind, und sie verstehen es nicht. Sie dürfen nichts davon erfahren.*«

»*Nein*«, sagt oder denkt er. Und er weiß, dass die Stimme auch damit recht hat. Er wird nicht mehr darüber nachdenken, was geschehen ist, und er wird ganz sicher mit niemandem darüber reden. Er ist sich jetzt sicher, dass es gut und wichtig war. Das genügt.

»*Du hast noch etwas zu tun.*«

»*Ja.*« Er steht auf und schaut an sich hinab. Sein Blick fällt auf die Papiertüte, die neben dem Stuhl steht. Er hebt sie auf und geht damit zu dem abgenutzten Schrank aus Kiefernholz. Obwohl er keine Sekunde darüber nachdenkt, weiß er, was er machen muss. Er zieht die Schublade auf, nimmt eines der Feuerzeuge und eine Schere heraus und geht dann zum Badezimmer. Er zieht den Duschvorhang zur Seite und kippt den Inhalt der Tüte in die Duschwanne, legt die Tüte darauf und beginnt, den Lackiereranzug, die Überschuhe und die Tüte in kleine Stücke zu schneiden. Es dauert eine Weile, die Schnipsel zu verbrennen, aber schließlich bleibt von alledem nur ein kleines *schwarzes Häufchen übrig, das er mit dem Strahl der Dusche wegspült.*

Als es erledigt ist, geht er zurück und setzt sich wieder auf den Stuhl.

Er blickt aus dem Fenster in die Helligkeit und wartet auf das, was die Stimme ihm noch zu sagen hat.

Aber sie schweigt.

Irgendwann wird er schrecklich müde. Er legt sich auf das Bett und fällt Sekunden später in einen bleiernen Schlaf.

5

Max ging nicht mehr ins Bett, als er vom Haus des Mordopfers zurück in seine Dreizimmerwohnung in Düsseldorf-Unterbilk kam. Um 10:00 Uhr hatte er eine Vorlesung an der Uni in Köln, was bedeutete, dass er um Viertel vor neun losfahren müsste. Also frühstückte er erst gemütlich und begann dann, im Internet nach Informationen zu Leon Kehler zu suchen, wurde jedoch bis auf die Kurznotiz eines Handballvereins, in dem Leon als Siebzehnjähriger gespielt hatte, nicht fündig.

Schließlich gab er es auf und tippte stattdessen einen anderen Begriff in die Suchmaske ein. Die Ergebnisliste dafür war erheblich länger.

Gegen halb acht rief Böhmer an.

»Was war das denn mit der Keskin?«, polterte sein ehemaliger Partner gleich los, nachdem Max den Anruf angenommen hatte. »Sie fährt dir ein ums andere Mal über den Mund, und du kuschst?«

»Rufst du mich an, um mit mir über mein Verhältnis zu deiner Chefin zu sprechen, oder erzählst du mir endlich etwas über den Mord?«

»Dazu kommen wir gleich. Erst möchte ich wissen, was das da eben war. Ich habe keine Ahnung, wie Keskin zu Menkhoff gestanden hat, aber dass sie dich bei ihrer Antrittsrede bei uns vor allen Kolleginnen und Kollegen zum Thema macht und dich bei eurem ersten Treffen so abkanzelt, ohne dich zu kennen, das geht gar nicht. Dass du dann auch noch vor ihr den Schwanz einziehst, noch viel weniger. Was ist los mit dir? Musstest du für den Job an der Uni deine Eier abgeben?«

Obwohl Böhmer ihn nicht sehen konnte, schüttelte Max lächelnd den Kopf. »Das nennt man Diplomatie, Horst. Etwas, von dem du wenig bis gar nichts verstehst.«

»Pfft …«, ertönte es aus dem kleinen Lautsprecher. »Allerdings muss ich gestehen, dass es interessant war zu sehen, wie die Frau Kriminalrätin ins Schleudern gekommen ist, als du plötzlich so stinkfreundlich zu ihr warst.«

»Eben«, entgegnete Max. »Und jetzt erzähl mir was über den Fall.«

»Das meiste weißt du ja schon. Der Mann hieß Julian Kroll. Er hat eine Buchhandlung in der Innenstadt. Verheiratet, keine Kinder. Seine Frau ist mit einer Freundin auf den Kanaren. Wir haben sie informiert, und sie versucht, einen Rückflug zu bekommen. Bisher niemand, der ein Motiv hätte. Keine Feinde, keine bekannten Konflikte. Wir müssen noch den Bericht der Rechtsmedizin abwarten, aber wenn nicht noch eine große Überraschung auftaucht, waren die Todesursache eindeutig die Schläge auf den Schädel.«

»Ich wundere mich ja immer noch, dass du Parallelen zu dem anderen Fall siehst. Dumm, dass ich mir den Tatort nicht anschauen konnte.«

»Ich habe nicht gesagt, dass ich Parallelen sehe, sondern dass ich mir nicht mehr absolut sicher bin, dass es tatsächlich Katharinas Neffe war, der die Frau umgebracht hat. Und das hat mehr mit einem Bauchgefühl zu tun als mit Fakten. Ich kann das … warte mal bitte.«

Max hörte die Stimme eines Mannes, ohne ihn verstehen zu können, dann herrschte für einige Sekunden Stille, bevor Böhmer sich wieder meldete.

»Max?«

»Ja, ich bin noch dran.«

»Ein Kollege hat mir gerade ein Foto gezeigt, das die Rechtsmedizinerin uns auf die Handys geschickt hat. Das Opfer hatte ein Plastikröhrchen im Rektum, in dem ein zusammengerollter Zettel steckte. Auf dem stand, offensichtlich mit Blut geschrieben: *Es geht weiter. Ihr fasst mich nicht.* Dr. Peterknecht geht davon aus, dass die Wörter mit dem Blut des Opfers geschrieben wurden.«

»Da hätten wir die Parallele«, kommentierte Max, fügte aber hinzu: »Vielleicht.«

»Vielleicht?«

»Ich erinnere mich nicht genau, aber das, was beim Mord an der Frau mit ihrem Blut an der Wand geschrieben stand, konnte man doch sicher in allen Zeitungen lesen. Es wäre also durchaus möglich, dass es sich um einen Nachahmungstäter handelt.«

»Nein. Wir hatten das Thema schon, erinnerst du dich? Von der Botschaft stand nichts in den Zeitungen. Wir haben es bewusst zurückgehalten, um genau das zu verhindern: Dass Trittbrettfahrer auf den Plan gerufen werden. Zudem würde so jemand auch noch andere Merkmale der Tat kopieren. Was nämlich sehr wohl in den Zeitungen stand, war, dass die Frau mit mehreren Messerstichen umgebracht wurde und der Täter ihre Daumen abgetrennt und wahrscheinlich mitgenommen hat.«

»Hm …«, brummte Max nachdenklich.

»Ich werde die Schrift auf dem Zettel mit der an der Wand vergleichen lassen«, kündigte Böhmer an. »Vielleicht wissen wir dann mehr.«

»Und ich unterhalte mich mit der Kollegin Baumann. Ich rufe sie gleich mal an.«

»Ist ja witzig.«

»Was?«

»Du hast *Kollegin Baumann* gesagt. Du hast noch immer nicht losgelassen, mein Freund.«

»Macht der Gewohnheit«, wiegelte Max ab.

»Lassen wir das mal so stehen. Jedenfalls werden wir uns in der Soko auch weiter mit dem ersten Mordfall beschäftigen. Allerdings gehe ich davon aus, dass die meisten Kolleginnen und Kollegen immer noch davon überzeugt sind, dass Leon den Mord begangen und sich umgebracht hat, weil er aufgeflogen ist. Die Indizien und Zeugenaussagen sind schon sehr eindeutig. Katharina ist ziemlich verzweifelt wegen der Sache, vielleicht kannst du ihr ja helfen.«

»Gut. Falls es etwas Neues gibt …«

»Dann melde ich mich selbstverständlich bei dir, auch auf die Gefahr hin, dass die Frau Kriminalrätin mir ein Diszi wegen anhaltender Befehlsverweigerung anhängen wird.«

»Gib es zu, es macht dir doch Spaß, sie zu ärgern.«

»Und ob!«, bestätigte Böhmer und beendete das Gespräch.

Max warf einen Blick auf die Uhr und stellte fest, dass noch Zeit für ein Telefonat mit Katharina Baumann blieb.

Er tippte die Nummer von dem Zettel ab, der neben ihm auf dem Tisch lag, und hoffte, dass er die Polizistin erreichte.

»Hallo, Frau Baumann«, begann er, nachdem sie das Gespräch schon nach dem zweiten Klingeln angenommen hatte. »Hier ist Max Bischoff. Ich würde mich mit Ihnen gern über Ihren Neffen unterhalten.«

»Guten Morgen. Danke, dass Sie mich anrufen. Heißt das, Sie glauben mittlerweile auch, dass Leon unschuldig ist?«

»Wie ich schon sagte, würde ich mich gern mit Ihnen über Leon unterhalten. Es scheint einige Übereinstimmungen zwischen dem Mord in der vergangenen Nacht und dem an der jungen Frau zu geben, die Ihr Neffe getötet haben soll. Nicht genug, dass es sich zwingend um denselben Täter handeln muss, aber doch ausreichend, dass man es zumindest in Betracht ziehen kann.«

»Furchtbar, dass erst ein weiterer Mensch sterben musste, bis klarwird, dass Leon kein Mörder ist.«

»Bitte verstehen Sie mich nicht falsch, Frau Baumann, aber noch ist nichts klar. Ich weiß, dass Sie natürlich nicht zur Soko gehören, weil es um Ihren Neffen geht, aber Sie sind sicher mindestens auf dem gleichen Stand wie ich und wissen, dass es nach wie vor zwingende Beweise dafür gibt, dass Leon in der Mordnacht zumindest am Tatort war.«

»Ja, das weiß ich«, gab sie leise zu. »Und dennoch … das beweist noch lange nicht, dass er die Frau auch getötet hat. Es ist einfach nur der bequemste Weg, das zu glauben. Leider haben meine Kollegen es aufgegeben, nach Hinweisen zu suchen, die Leon entlasten. Genau deshalb habe ich

mich ja an Sie gewandt. Wenn Sie ihn gekannt hätten …
Was möchten Sie über Leon wissen?«

»Wie wäre es, wenn wir das persönlich besprechen?«

Natürlich hätte Max die Unterhaltung mit ihr auch weiter am Telefon führen können, aber davon abgesehen, dass er sich bald auf den Weg in die Uni machen musste, wollte er die Frau persönlich treffen, um das, was sie ihm sagen würde, besser einschätzen zu können.

»Gern. Wann und wo?«

»Ich habe nachher noch eine Vorlesung in Köln, die bis halb zwölf dauert. Sagen wir um eins?«

»Das kann ich einrichten. Wollen wir etwas essen? Ich kenne ein kleines Restaurant, in dem es hervorragende Lahmacun gibt.«

»Das klingt prima. Also gut. Geben Sie mir die Adresse, dann treffen wir uns dort um dreizehn Uhr.«

Nachdem Max aufgelegt hatte, gab er die Straße und Hausnummer des Restaurants in seine Notiz-App ein und brach kurz darauf nach Köln auf.

6

Die Vorlesung war ziemlich schlecht besucht. Das mochte daran liegen, dass das Wochenende vor der Tür stand, oder aber daran, dass wichtige Klausuren in Pflichtfächern fällig waren und die Studierenden dafür lernen mussten, statt sich Max' Vorlesung über Möglichkeiten und Techniken der Fallanalyse anzuhören. Seine Veranstaltungen waren grundsätzlich beliebt, aber freiwillig, und deshalb mussten sie in besonderen Situationen zurückstehen.

Max fand einen Parkplatz am Straßenrand, nur etwa zwanzig Meter vom Restaurant entfernt, und betrat um kurz vor eins das Lokal.

Neben dem Eingang blieb er stehen und sah sich um. Das Restaurant war nicht sehr groß, aber gemütlich.

Gemälde mit orientalischen Motiven zierten die hellen Wände, dazwischen sorgten schalenförmige Wandlampen für eine angenehme, indirekte Beleuchtung. Stühle und Sitzbänke, um die wenigen Holztische gruppiert, waren mit dunklem Leder bezogen und rundeten das Bild ab.

Katharina Baumann saß an einem der hinteren Tische und winkte Max zu, als er in ihre Richtung blickte. Als er zu ihr trat, lächelte sie ihn zaghaft an und reichte ihm über den Tisch hinweg die Hand. »Sie sind sehr pünktlich, Herr Bischoff.«

Katharina Baumann sah etwas jünger aus, als sie nach Böhmers Angaben war. Das Erste, was Max bei ihrem Anblick einfiel, war *sympathisch*. Ihre grünen Augen waren nur dezent geschminkt, die blonden Haare trug sie zu einem unregelmäßigen Dutt zusammengefasst.

Max zog sich einen Stuhl zurecht und setzte sich ihr gegenüber an den Tisch.

»Ich bin gut durchgekommen, der Verkehr hielt sich zum Glück in Grenzen.«

»Stimmt, Sie sagten ja, Sie kommen von der Uni. Horst hat mir schon erzählt, dass Sie seit Ihrem Ausscheiden bei der Kripo als Dozent an der Hochschule tätig sind. Ich habe natürlich schon einiges über Sie gehört. Das meiste davon war sehr positiv.«

»Das meiste?«

Die Andeutung eines Lächelns umspielte ihren Mund. »Es war *ausschließlich* positiv bis Anfang letzter Woche. Da hielt unsere neue Chefin ihre Antrittsrede und hat es für wichtig befunden, Sie zu erwähnen. Quasi als schlechtes Beispiel dafür, was dabei herauskommen kann, wenn wir mit Zivilisten zusammenarbeiten. Allein schon, einen verdienten Exkollegen als *Zivilist* zu bezeichnen … Aber das hat Ihnen Horst ja sicher schon erzählt.«

Max zuckte mit den Schultern. »Ja, Horst erzählte mir, dass die Kriminalrätin offensichtlich kein Fan von mir ist.«

Ein junger Mann in weißem Hemd trat freundlich lächelnd an ihren Tisch. »Was darf ich zu trinken bringen?«

Max entschied sich für Apfelschorle, Baumann bestellte Wasser und fügte hinzu: »Und zweimal Lahmacun, bitte.«

Max wartete, bis der Kellner gegangen war, bevor er

sagte: »Wollen wir uns ein wenig über Ihren Neffen unterhalten?«

Katharina Baumanns Gesicht veränderte sich auf eine Weise, als hätte sich ein hauchdünner Schleier über Wangen und Augen gelegt. »Ja. Ich möchte Ihnen nochmals danken, dass Sie sich die Zeit nehmen. Es ist mir wichtig, dass Sie wissen, dass ich meinen Kollegen nicht abspreche, alles Mögliche tun zu wollen, um den Täter zu fassen. Es ist nur so, dass von der Staatsanwaltschaft die Order gekommen ist, den Fall abzuschließen, weil der Mörder der Frau sich das Leben genommen hat.«

Max nickte. »Ich kenne das Prozedere, und ich weiß, dass man manchmal mit dem Kopf gegen die Wand rennen möchte, weil man davon überzeugt ist, dass ein Fehler gemacht wird, und man nichts dagegen tun kann. Aber es gibt in diesem Fall nun mal vieles, was eindeutig auf Ihren Neffen als Täter hinweist, und kaum etwas, das ihn entlastet.«

Katharina Baumann presste die Lippen aufeinander und nickte langsam. »Ich weiß. Aber er war es nicht.«

»Dann erzählen Sie mir von ihm.«

Sie blickte eine Weile vor sich auf die Tischplatte, als müsste sie darüber nachdenken, wie sie beginnen sollte, bevor sie Max offen ansah. »Leon war ein fröhlicher, sehr lebensbejahender Mensch. Ich hätte mir nie vorstellen können, dass er sich einmal selbst das Leben nehmen würde.« Sie schlug die Augen nieder und machte eine kurze Pause, bevor sie leiser hinzufügte: »Aber ich hätte auch nie gedacht, dass man ihn einmal beschuldigen würde, einen Mord begangen zu haben.«

»Hatte er viele Freunde?«

»Ja, ich denke schon. Er hat im dritten Semester Physik an der Heinrich-Heine-Universität studiert. Da gab es natürlich eine Menge Kommilitonen. Und Kommilitoninnen.«

Der junge Mann brachte ihre Getränke und stellte sie vor ihnen ab.

»Hatte er eine Freundin?«

»Nein, also nichts Festes. Er fand es zu früh, sich zu binden. Aber irgendein Mädchen begleitete ihn immer.«

Baumann zog ihr Smartphone zu sich heran, das am Rand des Tisches gelegen hatte, tippte ein paarmal auf das Display und drehte das Gerät dann so, dass Max das Foto sehen konnte, das sie aufgerufen hatte. Es zeigte einen gutaussehenden, sportlich-schlanken jungen Mann mit einem modernen Undercut, der in die Kamera lachte und dabei übermütig die Arme ausbreitete.

»Ich verstehe, was Sie meinen. Er wirkt sympathisch.«

Max bemerkte, dass Katharina Baumanns Augen feucht glänzten. »Ja, er hatte wirklich ein einnehmendes Wesen. Er war anderen gegenüber sehr aufgeschlossen und ist auf jeden zugegangen. Ich kenne wirklich niemanden, der Leon nicht gemocht hat. Deswegen glaube ich einfach nicht, dass er so etwas Schreckliches getan haben kann.«

»Aber er war in der Tatnacht in der Wohnung der jungen Frau. Das beweisen ja nicht nur die Zeugenaussagen, sondern auch die Fasern, die dort von seinem Pullover gefunden wurden.«

»Ich weiß, aber diese Fasern kann auch jemand anderes dort platziert haben, um den Verdacht auf Leon zu lenken. Und die Zeugen … Vielleicht wollte der Täter, dass sie glauben, Leon gesehen zu haben. Vielleicht hat er dafür gesorgt, dass er im Dunkeln so aussieht wie mein Neffe.«

»Konnten Sie mit Leon reden, nachdem er verdächtigt worden war?«

»Ja«, antwortete Baumann leise und senkte den Blick.

»Und? Was hat er dazu gesagt?«

»Er ... hat die Frau nicht umgebracht.« Max bemerkte deutlich die Unsicherheit in Baumanns Stimme und wartete, ob sie noch etwas hinzufügen würde, doch das tat sie nicht.

»War es das, was Leon Ihnen gesagt hat, oder ist das Ihre Meinung?«

Baumann schloss kurz die Augen, bevor sie antwortete, und Max sah die Tränen, die sich aus ihren Augen lösten, als sie sie wieder öffnete. »Er hat gesagt, er wisse nicht, ob er in der Wohnung der Frau war und was er in der Nacht getan habe.«

Das war eine wichtige Information, dachte Max.

»Sonst noch etwas?«

»Ja. Er sagte, wenn alles darauf hindeute, dass er diese Frau getötet habe, dann müsse es wohl so gewesen sein.«

»Entschuldigen Sie bitte, wenn ich das so sage, aber das klingt fast danach, als hätte Ihr Neffe es eher für möglich gehalten, dass er die Frau getötet hat, als Sie das tun.«

»Er war verzweifelt, weil man ihn des Mordes beschuldigt hat. Diese Zeugen, die ihn gesehen haben wollen, die Fasern von seinem Pullover am Tatort ... Er war vollkommen verwirrt.«

»Aber was, glauben Sie, kann dazu geführt haben, dass Ihr Neffe nicht mehr wusste, was er in der fraglichen Nacht getan hat? Kann es sein, dass er irgendwelche Drogen genommen hat?«

»Ich weiß, dass er als Sechzehnjähriger einmal Gras geraucht hat und es schrecklich fand. Er rauchte nicht und trank selten mehr als ein, zwei Bier. Drogen passen nicht zu ihm, aber ich kann natürlich nicht mit Sicherheit sagen, ob er nicht doch mal welche genommen hat. Die toxikologischen Untersuchungen bei der Obduktion haben jedenfalls keine Hinweise auf Drogen geliefert.«

»Aber wenn Sie so sehr von Leons Unschuld überzeugt sind, müssen Sie doch irgendeine Theorie haben, die erklärt, was in dieser Nacht geschehen ist.«

»Nein, ich habe mir den Kopf darüber zerbrochen, aber ich komme einfach nicht weiter. Ich weiß nur, dass mein Neffe nie und nimmer so eine Tat begangen hat. Dazu wäre er gar nicht in der Lage gewesen.«

Der Kellner brachte das Essen und stellte es vor ihnen ab. Die Hackfleischmischung, mit der das Fladenbrot bedeckt war, schmeckte köstlich, wie Max nach dem ersten Bissen feststellte.

»Das war eine sehr gute Empfehlung«, sagte er und bemerkte, dass Katharina Baumann ihr Essen noch nicht angerührt hatte.

Max legte das Besteck ab und stützte die Ellbogen auf den Tisch.

»Frau Baumann, ich möchte Ihnen helfen. Ich werde versuchen herauszufinden, was hinter alldem steckt.«

7

Ich schlendere durch die Altstadt und genieße die trockene Kälte. Hier und da bleibe ich vor einem Schaufenster stehen und betrachte die Auslagen hinter großflächigen Scheiben, in denen sich die Strahlen der Sonne spiegeln.

Ich fühle mich beschwingt wie lange nicht mehr. Es ist, als hätte mein Verstand sich aus einem Kokon befreit, in dem er gefangen gewesen war. Lange habe ich mich gegrämt, habe gelitten, so dass ich sogar an das Schlimmste gedacht habe. Das ist nun vorbei.

Manchmal ist die Lösung von Problemen so naheliegend, dass man sie immer wieder übersieht.

Ich lächele eine junge Frau an, die mir entgegenkommt, und grüße sie freundlich. Sie grüßt zurück, schenkt mir aber kein Lächeln. Wahrscheinlich wälzt sie irgendwelche Probleme, während sie durch die gepflasterten Straßen der Altstadt hetzt, ohne die Schönheit der alten Bauwerke zu sehen. Armes Ding.

Ich erreiche das Rheinufer, steige eine der Treppen hinab und bleibe am Rand der Promenade stehen. Zwei Meter von mir entfernt umschlingt das Wasser schmatzend die aufgetürmten Steine. Es sieht dunkel aus. Kalt und ungemütlich. Bedrohlich.

Ich bemerke, wie sich die Fröhlichkeit von mir zurückzieht, wie sie zur Seite gedrängt wird von etwas Düsterem, das mich schwermütig macht.

Und plötzlich ist da wieder die Wut. Der Hass.

Ich wende mich ab, steige die Treppe hinauf und laufe den Weg zurück, den ich gekommen bin.

Nun habe ich keinen Blick mehr für die Fassaden und die Schaufenster. Geschweige denn, jemanden zu grüßen, der mir begegnet, oder ihn gar anzulächeln.

Mir ist klargeworden, dass ich noch einiges zu tun habe. Ich habe ja gerade erst damit begonnen, die Überheblichen in ihre Schranken zu weisen. Vor allem diesen einen.

8

Als er wieder im Auto saß, rief Max bei Böhmer an und fragte nach Neuigkeiten zu dem Mord an Julian Kroll, die es jedoch nicht gab. Dann erzählte er seinem Expartner von der Unterhaltung mit Katharina Baumann und schloss damit, dass er ihr helfen wollte.

»Dann hat sie dich also davon überzeugen können, dass ihr Neffe kein Mörder ist?«, hakte Böhmer nach. Die Skepsis in seiner Stimme war nicht zu überhören.

»Nein, das ist es nicht. Eigentlich eher das Gegenteil. Wenn die Beweise so eindeutig dafür sprechen, dass er der Täter war, und er es sogar selbst in Betracht zog, dann kann man nicht davon reden, dass sie mich von seiner Unschuld überzeugt hat. Es ist eher was anderes.«

»Und? Verrätst du mir, was?«

»Wenn du mir die Chance dazu gibst, gern.«

Böhmer schnaufte. »Nun erzähl schon.«

»Es sind die Widersprüche, die mich neugierig machen. Einerseits spricht erst einmal alles dafür, dass Baumanns Neffe der Mörder der Frau gewesen ist. Das hätte aber bedeutet, dass die Ankündigung, dieser Mord sei erst der Anfang, sich erledigt haben müsste. Was ja auch so ist, wenn man bedenkt, dass die zweite Tat keine Ähnlichkeit mit der ersten hat und nichts auf eine beginnende Serie hindeutet.«

»Bis auf die Tatsache, dass das Opfer einen Zettel im Arsch hatte mit einer ähnlichen Botschaft, wie sie beim ersten Mord an der Wand gestanden hat«, warf Böhmer ein.

»Genau. Da aber nur der Täter und die Ermittler, also ihr, von der Botschaft wussten, ist ein Trittbrettfahrer ziemlich ausgeschlossen. Leon aber kann den zweiten Mord auf keinen Fall begangen haben.«

»Was bedeutet, wir haben entweder einen Serienkiller, dann ist Baumanns Neffe als Täter raus, oder es sind Einzeltaten von zwei verschiedenen Mördern, was die Frage aufwirft, wie der zweite Täter von der Botschaft des ersten Täters wissen konnte.«

»Ganz genau. Ist die Frau Kriminalrätin anwesend?«

»Du bist ein Meister der gekonnten Überleitungen. Was willst du denn jetzt mit der?«

»Ein wenig plaudern. Ist sie da?«

»Ja, aber wenn du wirklich mit ihr reden möchtest, solltest du dir einen Termin geben lassen. Sie ist Ordnungsfanatikerin und steht auf Termine.«

»Nein, ich statte ihr lieber einen Überraschungsbesuch ab.«

»Erklär mir eines: Wenn du sowieso vorhattest hierherzukommen, warum hängen wir dann die ganze Zeit am Telefon, statt alles hier zu besprechen?«

»Weil ich mich gerade erst dazu entschlossen habe. Bis gleich.«

Max legte auf, bevor Böhmer die Chance hatte, das Ganze weiter zu kommentieren.

Zehn Minuten später erreichte Max den Parkplatz des Präsidiums und begrüßte kurz darauf den Beamten hinter der Glasscheibe der Schleuse. Er kannte ihn nicht und sagte ihm seinen Namen und dass er zu Kriminalhauptkommissar Böhmer wollte.

Als er wenig später mit Böhmer vor dem Aufzug wartete, schüttelte der den Kopf. »Du suchst dir die Schwierigkeiten regelrecht, oder?«

Max konnte sich ein Grinsen nicht verkneifen. »Ganz im Gegenteil, ich sorge für Klarheit.«

Böhmer sah ihn an, als zweifelte er an Max' Verstand. »Klarheit. Mit einer Frau, die dich schon nicht leiden konnte, bevor sie dich zum ersten Mal gesehen hat.«

Die Aufzugtür öffnete sich mit einem *Pling*, und sie betraten die Kabine, wo sie nebeneinander stehen blieben, nachdem Böhmer den Knopf für die vierte Etage gedrückt hatte.

»Das sind doch optimale Voraussetzungen, um das Verhältnis zwischen ihr und mir zu verbessern.«

»Ja. Schlechter kann es ja auch kaum werden.« Böhmer wandte sich Max zu. »Jetzt mal im Ernst, Max, was willst du von ihr?«

»Wie du weißt, habe ich einem gewissen Ersten Kriminalhauptkommissar Bernd Menkhoff das Versprechen gegeben, als privater Ermittler weiterzumachen. Dafür brauche ich aber auch in Zukunft nicht nur einen guten Draht zu dir, sondern auch zur Leitung, weil sonst eine Zusammenarbeit zwischen der Polizei und mir schwierig wird. Wenn es mir eure Chefin nun ausgerechnet wegen Bernd Menkhoff schwermacht, das zu tun, was ich ebendiesem Bernd Menkhoff versprochen habe, dann ist das doch absurd. Und genau das will ich jetzt klären.«

»Und wenn sie dich rauswirft?«

»Dann wirst du mir zukünftig ohne ihr Wissen geben, was ich brauche.«

»Vergiss es.«

Der Aufzug hielt, und die Tür öffnete sich.

»Ist das Chefbüro noch an derselben Stelle?«, fragte Max, während er vor Böhmer den Aufzug verließ und sich nach rechts wandte.

»Ja, ist es«, knurrte Böhmer und bog nach links ab zu seinem Büro.

Max klopfte zwar einmal kurz an, wartete jedoch keine Reaktion ab, sondern öffnete ohne Zögern die Tür.

Kriminalrätin Keskin hatte eine Akte vor sich auf dem Schreibtisch liegen und hob sichtlich überrascht den Kopf. Im nächsten Moment bildete sich eine steile Falte über ihrer Nasenwurzel. »Was, zum Teufel ...«

»Moment«, unterbrach Max sie und hob beschwichtigend die Hand. »Ich brauche nur ein paar Minuten Ihrer Zeit, und ich denke, in Anbetracht der Tatsache, dass Sie sich mir gegenüber bei Ihrem Antritt hier nicht gerade fair verhalten haben, steht mir das auch zu.«

Keskin öffnete den Mund, schloss ihn aber im selben Augenblick wieder.

»*Ihnen* steht gar nichts zu«, stieß sie schließlich empört hervor. »Was fällt Ihnen eigentlich ein, hier einfach so hereinzuplatzen, ohne Termin, ohne Absprache? Und wer hat Sie überhaupt ins Präsidium gelassen? Ich wette, das war Böhmer. Mit *ihm* werde ich ein paar Worte reden müssen, aber nicht mit Ihnen. Und jetzt verlassen Sie mein Büro, Herr Bischoff, bevor ich Sie rauswerfen lasse.«

»Es war Menkhoff, der Ihnen damals geholfen hat, richtig?«

Der Zorn in Keskins Gesicht wich augenblicklich einer ehrlichen Verblüffung.

»Was? Was sagen Sie da?«

»Man hat Sie vor neun Jahren fast aus dem Dienst entfernt, Frau Keskin, nicht wahr? Damals waren Sie noch Oberkommissarin bei der Drogenfahndung in Köln.«

»Ich … woher …«, stotterte Keskin, doch Max ließ sich nicht beirren. Er ging auf ihren Schreibtisch zu und blieb kurz davor stehen.

»Woher ich das weiß? Es war gar nicht so einfach herauszufinden, das gestehe ich, denn man hat es damals wirklich verstanden, die Sache nicht an die große Glocke zu hängen. Aber ich habe tatsächlich den Artikel eines Bloggers entdeckt, der mit Vorliebe über die Polizei geschrieben hat. Er muss über irgendwelche Kanäle Wind von der Sache bekommen haben und hat darüber berichtet. Der Text wurde kaum beachtet, weil sein Blog nur wenige Abonnenten hatte, aber wie gesagt, wenn man lange genug sucht …«

»Sie haben mir nachspioniert?«

»Ich habe recherchiert. Gute alte Polizeiarbeit, wie ich sie einmal gelernt habe. Ich habe nach einem Grund dafür gesucht, warum Sie mir gegenüber so feindselig sind. Und ich habe ihn gefunden.«

Keskin hatte sich wieder ein wenig gefangen und winkte ab. »Was immer Sie glauben, da gefunden zu haben …«

»Nachdem ein entsprechender Antrag abgelehnt wurde, haben Sie ein ganzes Kilo beschlagnahmtes Kokain aus der Asservatenkammer entwendet und als verdeckte Ermittlerin – wozu Sie ebenfalls keine Dienstanweisung hatten – am Markt angeboten, weil Sie dachten, darüber Kontakt zu großen Dealern zu bekommen. Das Ganze ist aufgeflogen, und Sie hatten die interne Ermittlung am Hals. Man hätte Sie fast nicht nur entlassen, sondern Ihnen auch einen zivilrechtlichen Prozess angehängt, aber plötzlich wurde alles fallenlassen, Sie waren rehabilitiert und wurden nach Bielefeld versetzt.«

Max machte bewusst eine Pause, doch Keskin sah ihn nur an, die Lippen zusammengepresst.

»Ich konnte keinen Namen finden, aber ich wette, der Mann, der Ihnen damals aus der Patsche geholfen hat, war Bernd Menkhoff.«

Keskin starrte Max an, als versuchte sie, ihm mit ihrem Blick Verletzungen zuzufügen. Nach wenigen Sekunden entspannte sich jedoch ihr Gesicht, sie griff nach dem Telefon auf ihrem Schreibtisch, tippte zweimal darauf und sagte in den Hörer: »Keskin hier. Sagen Sie der Dame von der Zeitung, unser Termin verschiebt sich ein wenig nach hinten. Sie kann warten oder einen neuen Termin machen … danke.«

Keskin legte auf und deutete auf einen der beiden Stühle, die vor ihrem Schreibtisch standen. »Setzen Sie sich.«

Max nahm Platz und sah sie abwartend an.

»Es ging mir damals um einen ganz bestimmten Dealer. Er hatte sich darauf spezialisiert, seinen gestreckten Stoff an Schulen zu verkaufen. Die Tochter eines Bekannten…« Keskin schluckte. »Sie war fünfzehn und ist an dem Dreckszeug gestorben. Wir wussten genau, woher das Zeug kam, aber wir konnten ihm nicht nachweisen, ihr genau dieses

Kokain verkauft zu haben, an dem sie gestorben ist. Ich habe angeboten, mich als Dealerin in das Milieu einzuschleusen, aber das wurde abgelehnt, mit der Begründung, damit würde ich zum Kauf von Drogen animieren.«

Erneute Pause.

»Also habe ich es auf eigene Kappe versucht. Ich kannte den Beamten gut, der für die Asservate zuständig war. Ich habe ihn angebettelt und ihm versprochen, das Zeug wieder zurückzubringen. Schließlich hat er es mir gegeben. Tja … wie gesagt, ich habe mich dumm angestellt, das Ganze ist aufgeflogen, und ich bekam ernsthafte Probleme. Ernsthafter jedenfalls als der Drogendealer, der Steffi diesen Dreck verkauft hat, an dem sie gestorben ist.«

»Und dann kam Menkhoff ins Spiel.«

»Ja. Er war plötzlich da und sagte, er könne verstehen, was ich getan habe – und warum. Ich weiß nicht, wie er es geschafft hat. Vielleicht kannte er die richtigen Leute, keine Ahnung, aber die internen Ermittlungen gegen mich wurden eingestellt, unter der Bedingung, dass ich mich versetzen lasse.«

Sie hob beide Hände und ließ sie auf die Tischplatte fallen. »Das war's. Seitdem hatte ich regelmäßigen Kontakt zu Bernd, den ich entgegen der allgemeinen Auffassung auch heute noch für den mit Abstand besten Polizisten halte, den ich je kennenlernen durfte. Und dann kommen Sie daher und ziehen ihn kurz vor der Pensionierung in diese scheußliche Sache mit rein, was er am Ende mit dem Leben bezahlt hat.«

Max schüttelte den Kopf. »Ganz so einfach ist es nicht. Es war sein Fall. Ich habe lediglich …«

»Das ist mir egal«, unterbrach Keskin ihn. »Sie können jetzt da rausgehen und Ihren ehemaligen Kolleginnen und Kollegen erzählen, dass die neue Chefin nur durch irgendwelche internen Machenschaften noch Polizeibeamtin ist. Das müsste Ihnen ja eine Genugtuung sein, nachdem ...«

»Nein«, fiel Max ihr ins Wort »ich habe mir Ihre Geschichte angehört, und ich kann Sie sogar verstehen. Nun erwarte ich von Ihnen, dass Sie *mir* zuhören. Und dann sehen wir weiter. Okay?«

Erneut blickten sie einander lange in die Augen, bis Keskin schließlich nickte. »Dann erzählen Sie.«

9

»So, nun kennen Sie den ganzen Fall, ohne Beschönigung, ohne etwas wegzulassen oder hinzuzufügen.« Max lehnte sich im Stuhl zurück. »Wenn Sie nun immer noch der Meinung sind, ich sei schuld am Tod von Bernd Menkhoff, kann ich es nicht ändern. Aber dann haben Sie zumindest erfahren, was wirklich passiert ist.«

Keskin wandte den Kopf ab und blickte mit versteinertem Gesicht aus einem der beiden großen Fenster. Max ließ ihr Zeit, doch als sie sich nach einer gefühlten Ewigkeit noch immer nicht regte, erhob er sich. »Sie brauchen sich keine Sorgen zu machen, von mir erfährt niemand etwas von Ihrer Vorgeschichte. Tun Sie mir nur einen Gefallen: Sie haben hier eine wirklich gute Truppe. Lassen Sie sie nicht für Dinge büßen, die *Ihnen* widerfahren sind oder die *Sie* in der Vergangenheit verbockt haben.«

Damit wandte er sich ab und war schon fast an der Tür, als Keskin hinter ihm sagte: »Bernd hat Ihnen wirklich das Versprechen abgenommen, als Privatermittler weiterzumachen?«

Max blieb stehen und schloss die Augen, und plötzlich war er wieder in diesem stickigen Raum mit Menkhoff, sah sein schmerzverzerrtes Gesicht …

Jetzt musst du allein die kniffligen Fälle lösen, hatte der

Hauptkommissar gesagt. *Leg diesen verdammten Drecksäcken gefälligst das Handwerk, verstanden? Du bist wie ich. Du musst für mich weitermachen. Gib mir dein Wort. Los. Und wehe, du brichst es.*

Max drehte sich zu Keskin um. »Ja, das wollte er. Ich musste ihm mein Wort geben.«

Keskin nickte, dann sah sie wieder aus dem Fenster. Das Gespräch war beendet.

Als Max kurz darauf Böhmers Büro betrat, hatte der das Telefon am Ohr und sagte gerade: »Ja, okay.« Dann legte er auf und bedachte Max mit einem ungläubigen Blick, ließ sich gegen die Rückenlehne sinken und verschränkte die Arme vor der Brust.

»Was, zum Teufel, hast du mit der Keskin gemacht?«

»Wir haben uns unterhalten.«

Böhmer zeigte auf das Telefon. »Das war sie gerade.«

Max zuckte mit den Schultern. »Okay. Falls sie behauptet hat, ich hätte mit ihr geflirtet – das stimmt nicht. Sie ist nicht mein Typ.«

Böhmer ging nicht auf den Scherz ein. Er war offensichtlich überrascht. »Sie sagte, ich könne dir nach vorheriger Absprache mit ihr die *eine oder andere Information* zu den Ermittlungen geben.«

Max hob eine Braue. »Sie möchte, dass du sie jedes Mal fragst, wenn ich etwas von dir wissen will?«

Böhmer betrachtete das Telefon, als wäre Keskin noch immer in der Leitung. »Ja. Aber darum geht es doch gar nicht. Allein die Tatsache, dass sie ... «

»Denkst du, sie glaubt, dass du das tatsächlich machst? Ich meine, sie jedes Mal um Erlaubnis fragen.«

Nun verzog sich Böhmers Mund doch noch zu einem Grinsen. »So naiv kann sie nicht sein. Also, was möchtest du wissen?«

»Ich möchte den Tatort sehen.«

Böhmer blickte an Max vorbei an die Wand.

Max zuckte erneut mit den Schultern. »Was ist?«

»Ich überlege, ob man das zu den *einen oder anderen* Informationen zählen kann, die ich dir geben darf. Aber ich denke, das geht in Ordnung. Warte einen Moment hier.«

Böhmer erhob sich und verließ den Raum. Als er kurz darauf zurückkehrte, nickte er Max zu. »Die Spurensicherung ist fertig, es sind nur noch zwei Kollegen der Soko vor Ort. Also los, du fährst.«

Als sie am Haus des Opfers ankamen, war es kurz nach drei Uhr nachmittags.

Max kannte die beiden Beamten, eine Frau Mitte dreißig und ihren rund zehn Jahre älteren Kollegen, die im Wohnzimmer damit beschäftigt waren, Fotos zu machen und Sprachmemos dazu in ein altmodisches Diktiergerät zu sprechen, noch von seiner aktiven Zeit beim KK11. Oberkommissarin Petra Kielmann und Hauptkommissar Hans-Jörg Markwart, ein etwas raubeiniger Ermittler, der allein schon durch seine Größe von eins neunzig und seine bullige Statur angsteinflößend wirkte.

Als Max hinter Böhmer das Wohnzimmer betrat, musterte Markwart ihn überrascht. »Bischoff? Der von der neuen Herrin des KK11 gerade zum Staatsfeind Nummer eins für alle Polizeibeamten im aktiven Dienst erklärt wurde? Was machst du hier?«

»Die Frau Kriminalrätin hat eine Teilamnestie erlassen«, antwortete Böhmer für Max. »Unser Exkollege hat eine Charme-Offensive gestartet, der sie nicht widerstehen konnte.«

Max schüttelte grinsend den Kopf und blickte Markwart dann ernst an. »Schön, euch wiederzusehen.« Er ließ den Blick durch den Raum schweifen und betrachtete die Blutflecke auf den grauen Bodenfliesen und dem diagonal im Raum liegenden hellen Teppich. »Auch wenn die Umstände weniger schön sind. Wie schaut's hier aus? Kannst du mir einen Überblick geben?«

Markwart sah zu Böhmer hinüber. Als der nickte, zuckte er mit den Schultern und nickte ebenfalls. »Ich hab keine Ahnung, warum du deine Nase immer noch in Polizeiangelegenheiten steckst. Wenn dir das so viel Spaß macht, stellt sich mir die Frage, warum du nicht dabeigeblieben bist, aber gut … allzu viel haben wir eh nicht.«

Er zog einen zerfleddert aussehenden Notizblock aus der Gesäßtasche seiner Jeans und blätterte darin herum, bis er die richtige Seite gefunden hatte. »Das Opfer ist männlich, vierzig Jahre alt, verheiratet, keine Kinder, Buchhändler. Seine Frau ist im Urlaub. Der Täter hat die Terrassentür aufgebrochen und dem Opfer hier im Wohnzimmer mit mehreren wuchtigen Schlägen den Schädel zertrümmert. Sieht so aus, als hätte er eine Mordswut auf den armen Kerl gehabt. In seinem Hintern hat der Rechtsmediziner einen Zettel gefunden, auf dem steht: *Es geht weiter. Ihr fasst mich nicht.*« Markwart sah von seinen Notizen auf. »Eine ähnliche Botschaft …«

»… hat es bei dem Mord gegeben, den angeblich der

Neffe eurer Kollegin Katharina Baumann begangen hat, ich weiß.«

Der Hauptkommissar nickte. »Stimmt. Ich sehe, du bist gut informiert. Aber das *angeblich* kannst du getrost streichen. So leid es mir für Katharina auch tut – ihr Neffe hat die Frau ermordet, daran besteht kein Zweifel.«

Max tauschte einen kurzen Blick mit Böhmer, bevor er sich wieder Markwart zuwandte.

»Aber der Junge ist tot, und wir haben einen weiteren Mord mit einer fast gleichlautenden Botschaft. Das lässt zumindest Zweifel zu.«

Markwart verzog das Gesicht. »Was wird das hier, Bischoff? Bist du hergekommen, um uns zu erklären, wie wir unseren Job zu machen haben?«

»Das ist er sicher nicht«, warf Petra Kielmann ein, die nun zu ihnen trat. Neben Markwart wirkte die zierliche, dunkelhaarige Beamtin fast kindlich. »Zumindest, was diese Nachrichten betrifft, hat Max doch recht.«

Markwart bedachte sie mit einem verächtlichen Blick. »Ich weiß ja, dass du glaubst, dieser Junge könne keinen Mord begangen haben, weil er der Neffe von Katharina ist, aber es will mir nicht in den Kopf, dass man als Kriminalbeamtin so eindeutige Beweise einfach ignorieren kann.«

»Sehen wir mal von dieser Botschaft ab, von der niemand außerhalb der Polizei etwas wissen konnte«, warf Max ein und rechnete mit einer erneuten abschätzigen Bemerkung von Markwart, doch der sah ihn nur trotzig an. »Wenn es stimmt, was ich über Leon gehört habe, dann war er ein recht intelligenter junger Mann. Da kann man sich doch die Frage stellen, warum er so fahrlässig ist und eindeutige Beweise am Tatort hinterlässt, und zudem nach dem Mord in aller Ruhe aus dem Haus spaziert, wo er von jedem gesehen werden kann.«

Markwart schüttelte den Kopf und stieß ein bellendes Lachen aus, als könnte er nicht glauben, was er gerade gehört hatte.

»Das heißt also nach deiner Theorie, wenn es eindeutige Beweise gegen jemanden gibt, dann kann der nicht der Täter sein, oder was?«

»Nein, das heißt einfach, dass mich einige Aspekte zu dem Schluss kommen lassen, dass Leon nicht zwingend der Mörder der Frau gewesen sein muss. Vielleicht ist er ja zum Tatort gelockt worden, damit er verdächtigt wird? Vielleicht war die Frau schon tot, als er in der Wohnung eingetroffen ist?«

»Aha. Und warum hat der Täter es dann hier nicht genauso gemacht? Jemanden hergelockt, der dann verdächtigt wird?«

»Das weiß ich nicht.«

»Ja, das dachte ich mir.« Erneut schüttelte Markwart den Kopf und wandte sich ab. »Ich halte nichts von Keskin, aber in einem Punkt hat sie recht. Du solltest dich auf deinen Job als Lehrer konzentrieren.« Und an seine Kollegin gewandt: »Wir sind hier fertig. Lassen wir den Herrn *Profiler* und seinen Freund allein.«

Petra Kielmann warf erst Max und dann Böhmer einen entschuldigenden Blick zu und verließ dann hinter Markwart das Wohnzimmer. Kurz darauf fiel die Haustür ins Schloss.

10

»Was ist denn mit dem los?«

Böhmer zuckte mit den Schultern. »Ich bin mir nicht sicher. Er hat natürlich recht, die Beweise sprechen eine klare Sprache, und es deutet tatsächlich alles darauf hin, dass Leon den Mord begangen hat. Aber ich habe das Gefühl, für Markwarts schlechte Laune ist noch etwas anderes verantwortlich, und das hat nichts mit Katharinas Neffen zu tun.«

»Was meinst du damit?«

Max bemerkte, dass Böhmer offensichtlich nach den richtigen Worten suchte. »Ich möchte Hans-Jörg nichts unterstellen, aber er hat hier und da schon mal Bemerkungen fallenlassen, die darauf hindeuten, dass er vielleicht ein Problem mit unserer neuen Chefin hat. Besser gesagt mit ihrem Namen.«

Max hob überrascht die Brauen. »Warum? Jetzt sag nicht, weil sie türkische Wurzeln hat?«

Böhmer wand sich. »Ich bin sicher, er hat nicht direkt etwas gegen Leute mit Migrationshintergrund …«

»Das hörte sich aber gerade so an. Und was heißt *nicht direkt*? Kann man auch indirekt rassistisch sein?«

»Ich befürchte, Markwart ist der Meinung, dass Leute, die nicht aus Deutschland stammen, bei der Polizei nichts zu suchen haben.«

Max riss die Augen auf. »Was? Das kann doch nicht dein Ernst sein! Ich gehöre bestimmt nicht zu Keskins Freundeskreis und habe auch keinen Grund, sie in Schutz zu nehmen, aber das ist ja wohl das Dümmste, was ich seit langem gehört habe. Mal ganz davon abgesehen, dass Eslem Keskin Deutsche ist.«

»Ach, Max, du weißt doch, was ich meine.«

»Nein, das weiß ich nicht, und ehrlich gesagt habe ich auch keine große Lust, mich weiter mit Hans-Jörg Markwart und seinen kruden Ansichten zu beschäftigen.« Und etwas leiser fügte er hinzu: »Und da wundert man sich, wenn der gesamten Polizei latenter Rassismus unterstellt wird.«

»Du hast recht.« Böhmer deutete auf die Blutflecke am Boden. »Konzentrieren wir uns lieber darauf.«

Max ließ den Blick durch den Raum wandern.

»Würdest du mir einen Gefallen tun?«

Böhmer verdrehte die Augen. »Ich ahne schon, was jetzt kommt. Lass mich raten: Ich soll mich in eine Ecke verkrümeln und den Mund halten.«

Als Max ihn angrinste, ging Böhmer zum Esstisch und setzte sich auf einen der beiden Stühle, die an der Wand standen. Dann verschränkte er die Arme vor der Brust und sah Max mit gespieltem Trotz an. »Da fragt man sich doch, wer der Polizist und wer Zivilist ist. Ich weiß ja nicht, warum ich das in meinem Alter immer noch mit mir machen lasse.«

»Weil du ein echter Freund bist«, entgegnete Max und verließ das Zimmer und dann das Haus.

Er trat ins Freie, lehnte die Tür an und wandte sich nach

links, wo ein schmaler Weg am Haus vorbei in den Garten führte. Vor der Terrassentür blieb er stehen. Sie war von den Beamten der Spurensicherung notdürftig von innen mit zwei Holzbrettern gesichert und von außen mit einem Polizeisiegel versehen worden.

Max schloss die Augen und konzentrierte sich eine Weile auf seinen Atem, bevor er den Blick auf die beschädigte Stelle der Tür richtete, an der ein Werkzeug angesetzt worden war, um sie aufzuhebeln. Er schob alle Gedanken beiseite und versuchte, nicht mehr als Max Bischoff zu denken, sondern als derjenige, der in dieses Haus eindringen wollte. Und einen Grund dafür hatte.

Ich habe gewartet, bis hier und in der Nachbarschaft alle schlafen, bevor ich ins Haus bin. Ich habe gleich erkannt, dass mir diese alte Tür keine Schwierigkeiten machen würde, und habe sie einfach aufgehebelt. Das war also entweder nicht mein erster Einbruch, oder ich wusste schon vorher, dass die Tür kein Hindernis darstellt. Aber ich bin nicht gekommen, um etwas zu stehlen. Ich dringe in dieses Haus ein, um den Besitzer zu töten.

Ich weiß, wer hier wohnt, andernfalls würde ich ein unnötiges Risiko eingehen, weil es möglich wäre, dass sich mehrere Personen hier aufhalten. Ebenso weiß ich, dass die Frau im Urlaub ist, was mit reinem Beobachten kaum zu bewerkstelligen ist. Also muss ich mich auf irgendeine Art über das Ehepaar informiert haben. Oder ich kenne sie.

Ich bin also hergekommen, um den Buchhändler Julian Kroll zu töten.

Bin ich vorher schon einmal in eine Wohnung oder ein Haus eingedrungen, um jemanden umzubringen? Eine Frau vielleicht? Sagen wir mal, dass es so war … Habe ich Klara Fell und Kroll dann zufällig ausgesucht, oder gibt es einen Grund, dass ausgerechnet die beiden sterben mussten? Das würde aber bedeuten, dass die beiden irgendetwas miteinander verbindet. Mein Fokus liegt in dem Fall also nicht auf dem Akt des Tötens, sondern es geht mir darum, ganz bestimmte Menschen aus dem Weg zu schaffen, weil … weil ich sie bestrafen möchte. Für etwas, das sie getan haben oder von dem ich glaube, dass sie es getan haben. Oder weil sie etwas über mich wussten.

So oder so bin ich wütend auf sie. Auf beide. So wütend, dass ich Klara Fell übel zugerichtet habe, mehr, als nötig gewesen wäre, um sie zu töten. Und jetzt war der Buchhändler dran.

Max wandte sich ab, nahm wieder den Weg am Haus vorbei und ging zurück. Im Wohnzimmer saß Böhmer noch immer auf dem Stuhl, aber Max beachtete ihn nicht weiter.

Er blieb vor den dunklen Flecken auf dem Boden stehen, tastete mit dem Blick die unregelmäßigen Ränder des eingetrockneten Blutes ab.

Warum im Wohnzimmer und nicht im Schlafzimmer, so wie bei der Frau? Es ist viel einfacher, jemanden im Schlaf zu erstechen oder zu erschlagen. Das mindert das Risiko, dass das Opfer sich wehrt.

War Kroll im Wohnzimmer, als ich hereinkam? Oder ist er durch das Aufhebeln der Tür aufgewacht und hat nachgesehen, ob alles in Ordnung ist? Habe ich mich hinter der Tür versteckt und ihn von hinten erschlagen, als er das Zimmer betreten hat? Aber warum bin ich dann noch über ihn hergefallen und habe ihm mit unzähligen Schlägen den Kopf zertrümmert? So, wie ich bei Klara Fell wie im Rausch wieder und wieder zugestochen habe.

Und warum die abgeschnittenen Daumen der Frau, während Krolls Hände unversehrt geblieben sind? Weshalb habe ich sie erstochen, den Buchhändler aber erschlagen? Und die wohl allerwichtigste Frage: Aus welchem Grund habe ich diese Nachrichten geschrieben?

Erneut schloss Max die Augen. Fünf Sekunden, zehn … dann wandte er sich ab, verließ das Wohnzimmer wieder und stieg die Treppe hinauf, die vom Flur aus in die erste Etage des anderthalbstöckigen Hauses führte.

Nachdem er das Badezimmer, das Ankleidezimmer und einen weiteren Raum begutachtet und festgestellt hatte, dass dort nichts darauf hindeutete, dass nach etwas gesucht worden war, betrat er das Schlafzimmer. Auf einer Seite des breiten Doppelbettes lag die Decke glatt und unbenutzt auf der Matratze, die andere Hälfte war ein wenig zerwühlt, die Decke zurückgeschlagen. Auf dieser Seite stand, sorgsam nebeneinander ausgerichtet, ein Paar Herrenpantoffeln auf dem Boden.

Kroll ist ordnungsliebend. Er hat seine Pantoffeln fast schon pedantisch genau abgestellt, bevor er sich hingelegt hat. Er muss hektisch aufgestanden sein, sonst wäre er nicht barfuß nach unten gelaufen. Also hat er unten etwas gehört, das ihn alarmiert hat. Habe ich ihn deshalb im Wohnzimmer erschlagen? Weil er aufgewacht ist und ich keine Möglichkeit hatte, in sein Schlafzimmer zu schleichen, um ihn in seinem Bett zu töten?

Max zog die Stirn kraus. *Habe ich dich deshalb mit einem stumpfen Gegenstand erschlagen und nicht erstochen? Weil du mich im Wohnzimmer überrascht hast?*

Er verließ das Schlafzimmer und ging wieder ins Erdgeschoss. Im Wohnzimmer angekommen, wandte er sich an Böhmer, der ihm interessiert entgegenblickte.

»Ich gehe davon aus, hier unten ist alles auf die mögliche Tatwaffe abgesucht worden?«

Böhmer nickte. »Davon gehe ich auch aus. Gefunden wurde allerdings nichts.«

»Okay, ja, das dachte ich mir. Möchtest du dich noch hier umsehen?«

»Ich? Nein. Was ist mit dir? Schon fertig mit Analysieren?«

»Ja, fürs Erste.«

Böhmer erhob sich. »Und?«

»Schwierig. Abgesehen von den Nachrichten, ist die Handschrift bei den beiden Taten so unterschiedlich, dass es entweder tatsächlich zwei verschiedene Täter waren, oder jemand legt besonderen Wert darauf, dass wir das denken.«

»Aber warum sollte er das tun?«

»Wenn ich das wüsste, wären wir schon einen guten Schritt weiter.«

»Wenn so ein Arschloch Leute umbringt, kann es ihm doch vollkommen egal sein, was wir denken. Falls wir ihn erwischen, ist er so oder so dran, und fassen wir ihn nicht, spielt es noch weniger eine Rolle.«

»Es sei denn …«, setzte Max an, winkte dann aber ab. »Wie auch immer – lass uns gehen.«

Doch Böhmer rührte sich nicht, sondern kniff die Augen zusammen. »Es sei denn – was?«

Max wusste, Böhmer würde keine Ruhe geben, bis er seine Frage beantwortet hatte. »Es sei denn, demjenigen ist es aus persönlichen Gründen wichtig, was ihr über ihn denkt.«

Böhmer senkte für einen Moment nachdenklich den Blick. »Hm … du vermutest eine Abrechnung mit jemandem vom KK11? Das würde die Beteiligung von Katharinas Neffen allerdings in einem anderen Licht erscheinen lassen. Glaubst du, es geht um sie?«

Max schüttelte den Kopf. »Ich weiß noch nicht, was ich denken soll, aber wie schon gesagt, ich halte es für gut möglich, dass wir es hier mit demselben Täter zu tun haben wie bei Klara Fell, was bedeuten würde, dass ein Doppelmörder frei herumläuft und offensichtlich Spaß daran findet, euch mit seinen Botschaften zu suggerieren, dass er schlauer ist, als ihr es seid.« Und mit einem erneuten Blick auf die Flecken am Boden fügte er hinzu: »So oder so – ich befürchte, dass mehr hinter dieser Sache steckt, als wir im Moment ahnen.«

Als sie kurz darauf im Auto saßen, antwortete Max nur noch knapp auf Böhmers Versuche, über den Fall zu sprechen, so dass der es nach einer Weile aufgab und aus dem Seitenfenster schaute.

Die Gedanken in Max' Kopf drehten sich immer wieder um die gleichen Fragen, ohne dass er einen Punkt fand, an dem er ansetzen konnte. Was er Böhmer gesagt hatte, entsprach dem, was er dachte, aber er musste sich selbst eingestehen, dass das nicht mehr als eine wilde Spekulation war, die zu diesem Zeitpunkt noch einem Stochern in sehr trübem Gewässer glich.

»Was hast du jetzt vor?«, fragte Böhmer, als sie das Präsidium fast erreicht hatten.

»Kannst du mir alles zu den beiden Fällen zusammenstellen, was ihr habt? Ich hole mir die Unterlagen dann später bei dir zu Hause ab.«

»Da werde ich zuerst mal abklären müssen, ob das zu den *einen oder anderen* Informationen gehört, die ich dir geben darf.«

»Das überlasse ich dir. Hauptsache, ich bekomme die Unterlagen. In der Zwischenzeit werde ich mich noch mal mit Katharina Baumann unterhalten.«

»Im Präsidium?«

»Nein, ich rufe sie an und treffe mich irgendwo mit ihr auf neutralem Boden. Ich möchte die zarten Bande, die ich gerade mit deiner Chefin geknüpft habe, nicht gleich auf eine Zerreißprobe stellen, indem ich im Präsidium vor ihrer Nase einer ihrer Beamtinnen Fragen zu einer Ermittlung stelle.«

Böhmer grinste. »Das ist wahrscheinlich eine gute Idee.«

Max bog in die Straße ein, die zum Parkplatz des Düsseldorfer Polizeipräsidiums führte, und hielt kurz darauf an.

»Dann sehen wir uns später bei dir.«

Böhmer stieg aus, wandte sich aber noch mal um und beugte sich in die offene Tür. »Da fällt mir gerade ein: Wie geht es eigentlich Kirsten? Ich habe sie ja schon eine ganze Weile nicht mehr gesehen.«

»Recht gut«, antwortete Max und hatte im selben Moment ein schlechtes Gewissen, weil er auf einen Anruf seiner Schwester am Vortag noch nicht geantwortet hatte. »Ich rufe sie sowieso gleich an, dann richte ich ihr aus, dass du sie vermisst.«

»Pass bloß auf, am Ende heiratet sie mich noch, und ich werde dein Schwager.«

Max schüttelte grinsend den Kopf. »Keine Gefahr, sie hat Geschmack. Also dann, bis heute Abend.«

»Ja, und vergiss nicht den Wein.« Damit schlug Böhmer die Beifahrertür zu und drehte sich um.

11

»Gib der Kleinen einen Kuss von mir. Bis morgen, mein Schatz.«

Sie beendet das tägliche Telefonat mit ihrer Enkelin und legt das Gerät auf der Arbeitsplatte neben der Kaffeemaschine ab. Es ist keine dieser modernen, vollelektronischen Maschinen mit eingebautem Mahlwerk und zehn verschiedenen Einstellungen und dem ganzen Schnickschnack, sondern eine gute, alte Filterkaffeemaschine, die bereits einige Jahre auf dem Buckel hat. Maria hat sie noch gemeinsam mit Karl-Heinz gekauft. So viele Jahre ist das schon her ...

Seit Sara mit ihrer Familie vor einem halben Jahr nach Wolfsburg gezogen ist, weil ihr Mann eine gute Stelle als Ingenieur bei VW bekommen hat, ruft sie jeden Tag an und vergewissert sich, dass es ihrer Großmutter gutgeht.

Maria hat Sara schon hundertmal gesagt, dass sie kein schlechtes Gewissen haben muss und dass sie ganz prima allein zurechtkommt, auch wenn sie gerade ihren 82. Geburtstag gefeiert hat. Aber Sara besteht auf dem täglichen Gespräch. Nach Möglichkeit sorgt sie auch dafür, dass Marias sechsjährige Urenkelin Lea in der Nähe ist und ein paar Worte mit ihrer Uroma wechselt.

Der Gedanke an das kleine Mädchen erzeugt ein warmes Gefühl in Maria und treibt ihr gleichzeitig die Tränen in die Augen. Leider hat Lea ihre Oma, Marias Tochter Elisabeth, nicht mehr kennenlernen dürfen, denn die ist schon Jahre vor der Ge-

burt der Kleinen gestorben. Ein Tumor im Kopf, so groß wie eine Orange. Zwölf Jahre ist das nun her. Zwei Jahre, bevor Karl-Heinz ebenfalls an Krebs gestorben ist.

Seitdem fühlt Sara sich für ihre Oma verantwortlich, so sehr, dass sie lange gezögert hat, bevor sie mit ihrem Mann nach Wolfsburg gegangen ist.

Maria schaut aus dem Küchenfenster in den angrenzenden Garten, der dominiert wird von einem großen, majestätischen Kirschbaum. Noch vor vier Monaten hat er so voll mit Früchten gehangen, dass die Äste sich unter der Last gebogen haben. In diesem ersten Sommer, in dem Sara nicht mehr da war, um auf die Leiter zu klettern und körbeweise Kirschen zu pflücken, sind sie für die Vögel hängen geblieben oder verfault.

Jetzt wirken die kahlen Zweige wie die knotigen Finger skelettierter Hände, die sich, zu Klauen verkrampft, hilfesuchend gegen den grauen Himmel recken. Die hereinbrechende Dämmerung tut ihr Übriges zu der trüben, kalten Stimmung, die das Bild vermittelt.

Maria wendet sich ab und füllt den Wasserkocher. Die Atmosphäre da draußen hat ihr Lust auf eine schöne, heiße Tasse Tee gemacht. Sie schaltet das Gerät ein und öffnet den Schrank, in dem sie ihr beachtliches Sortiment an verschiedenen Teesorten aufbewahrt, als von irgendwo in der Nähe ein lautes Geräusch zu hören ist. Es hat sich angehört, als wäre es von nebenan aus dem Wohnzimmer gekommen. Vielleicht ist irgendetwas umgefallen?

Maria schließt den Schrank und geht zur Tür.

Angst hat sie keine. Wer sollte in das kleine Häuschen einer alten Frau einbrechen, bei der außer ein paar Erinnerungsstücken nicht viel zu holen ist? Noch dazu am späten Nachmittag. Einbrecher kommen nachts, wenn es dunkel ist und alle schlafen.

Sie geht in den kleinen Flur und betritt kurz darauf das Wohnzimmer, das gleich neben der Küche liegt. Leider hatten sie beim Bau des Hauses keinen Wert darauf gelegt, eine direkte Verbindung zwischen den Räumen anzulegen.

Maria hat erst zwei Schritte in den Raum gemacht, als sie abrupt stehen bleibt. Die Terrassentür ist offen. Und nicht nur das, am Rahmen, auf Höhe der Türklinke, ragen mehrere Holzsplitter zur Seite, so dick, dass Maria sie sogar auf die Entfernung von etwa fünf Metern sieht. Jetzt spürt sie auch die kalte Luft, die in den Raum hereinströmt. Sie bekommt Gänsehaut.

»Mein Gott«, murmelt sie und setzt sich in Bewegung, um die Tür wieder zu schließen. Noch immer geht sie davon aus, dass es für alles eine plausible Erklärung geben wird. Ein Ast vielleicht, der durch einen Windstoß gegen die Tür gekracht ist. Sie kommt nur zwei Schritte weit, als ein Schatten von der Seite auftaucht und sich vor ihr aufbaut. Vor Schreck stößt Maria einen kurzen Schrei aus und schlägt sich instinktiv die Hände vor den Mund.

Ein noch recht junger Mann steht vor ihr. Er trägt eine Jeans und eine dunkle Jacke, aber nichts, was sein Gesicht verdecken oder seine Identität verschleiern würde. Irgendwo in ihrem Verstand wispert ihr eine Stimme zu, dass das nicht gut ist, das weiß sie aus den Krimis, die sie im Fernsehen gesehen hat. Bis zu dem Gedanken daran, warum es nicht gut ist, schafft sie es aber nicht.

Maria ist keine ängstliche Frau. Sie hat als kleines Mädchen das Ende des Krieges und die schlimmen Jahre danach erlebt. Sie weiß, was es bedeutet, Hunger und Angst zu haben, und damit ist nicht die Angst vor Gespenstern in dunklen Kellern gemeint, sondern die konkrete und berechtigte Angst um das eigene Leben. Der Schreck über das plötzliche Auftauchen dieses jungen

Mannes in ihrem Haus verfliegt recht schnell und macht der Empörung darüber Platz, was dieser Kerl sich herausnimmt.
»Wer sind Sie, und was wollen Sie in meinem Haus?«, schimpft Maria los. »Wenn Sie etwas stehlen wollen, haben Sie heute einen schlechten Tag erwischt, junger Mann. Hier gibt es nämlich nichts zu holen.«
Eine Weile starrt der Kerl sie auf eine seltsame Art an, so als hätte er ihre Worte nicht verstanden. Mit seinen glasigen Augen wirkt er auf Maria, als wäre er betrunken. Sein Blick ist zwar auf sie gerichtet, aber es scheint so, als schaute er durch sie hindurch.
Sie kennt diesen Ausdruck noch von Karl-Heinz. Wenn er spätabends vom wöchentlichen Treffen mit seinen Freunden aus der Kneipe nach Hause gekommen war, hat er sie ganz ähnlich angeschaut.
Plötzlich verdreht der Mann die Augen und schüttelt mehrmals den Kopf wie ein Pferd, das lästige Fliegen vertreiben möchte.
»Was?«, sagt er dann mit dünner Stimme. Er wirkt vollkommen verwirrt. »Warum? ... Ich möchte das nicht ... ja ... ja.«
»Was ist mit Ihnen ...?«, beginnt Maria, verstummt aber, als sie den Speichelfaden sieht, der dem Mann aus dem rechten Mundwinkel läuft. Er scheint es nicht zu bemerken. So schlimm war es bei Karl-Heinz allerdings nie. Seine Körperflüssigkeiten hat er immer im Griff gehabt, egal, wie viel er getrunken hatte.
Noch bevor Maria auf irgendeine Weise reagieren kann, sagt der Mann erneut: »Ja!«, gleich darauf fliegt er auf Maria zu und lässt eine Schmerzbombe in ihrem Gesicht explodieren.
Maria taumelt zurück, die Welt dreht sich vor ihren Augen und wird zu einem chaotischen Durcheinander, dann schlägt sie

auf dem Boden auf und spürt stechende Schmerzen, die durch ihren Körper rasen.

Benommen registriert sie, dass der Kerl über ihr steht und sich zu ihr herunterbeugt. Sie sieht, wie er langsam einen Arm hebt, und weiß, dass er zu einem neuen Schlag ausholt. Bevor die zur Faust geballte Hand sich in ihr Gesicht rammt, registriert Maria noch mit verblüffender Klarheit den Handschuh und den blitzenden Schlagring darüber.

Dann wird es dunkel.

12

»Hallo, hier ist Max. Können wir uns treffen?«

»Ähm ... ja, doch, sicher.«

Katharina Baumann schien von Max' schnörkelloser Frage ein wenig überrascht zu sein, fing sich aber schnell wieder.

»Gibt es Neuigkeiten? Etwas, das mit Leon zu tun hat?«

»Nein, nicht direkt. Ich habe einfach noch ein paar Fragen.«

»Ah, okay. Ich bin im Präsidium. Möchtest du herkommen? ... Oh ... sorry. Möchten Sie ...«

»Schon gut, das Du ist mir ganz recht, lassen wir es dabei. Was das Präsidium angeht, lieber nicht. Da habe ich Horst gerade abgesetzt. Und eure Chefin möchte ich nicht unnötig provozieren.«

»Ja, kann ich verstehen. Ich bin zwar gerade umgezogen, und es stehen noch überall in der Wohnung Umzugskartons herum, aber wenn dich das nicht stört, dann komm vorbei.«

»Okay, wann?«

»Ich bin in etwa einer halben Stunde zu Hause.«

»Das passt. Dann brauche ich nur noch die Adresse.«

Sie nannte ihm eine Straße im Stadtteil Wersten, was nicht weit von Max' Wohnung in Unterbilk entfernt war.

»Dann also in einer halben Stunde.«

»Ja, und … danke!«

»Dank mir nicht, noch habe ich keinen Schimmer, wie das alles zusammenhängt.«

»Aber du hilfst mir, und dafür bin ich dir dankbar.«

»Also dann, bis gleich.« Max drückte auf eine Taste am Lenkrad und beendete damit das Gespräch.

Er nahm sich vor, Katharina neben ein paar wichtigen Fragen zum Umfeld ihres Neffen auch auf ihr Verhältnis zu Markwart anzusprechen. Er glaubte zwar nicht, dass es etwas mit den Mordfällen zu tun hatte, aber er war trotzdem gespannt darauf zu erfahren, was sie zu Böhmers Verdacht sagen würde, Markwart habe ein Problem mit Keskins Herkunft. Zuvor musste er aber noch einen wichtigen Anruf erledigen.

Max ließ das Multimediasystem des Autos per Sprachbefehl Kirstens Nummer wählen und wartete geduldig, bis sie das Gespräch nach mehrmaligem Läuten annahm. Je nachdem, wo in ihrer Wohnung ihr Smartphone gerade herumlag, konnte es ein wenig dauern, bis sie es mit dem Rollstuhl erreicht hatte.

»Hallo, Schwesterherz. Sorry, dass ich mich jetzt erst melde, ich …«

»Du hattest Wichtiges zu tun«, unterbrach sie ihn. »Erzähl mir von deinem neuen Fall.«

»Was? Wie kommst du darauf, dass ich an einem neuen Fall arbeite?«

Kirsten lachte auf. »Ach, Max. Du scheinst manchmal zu vergessen, dass ich dich besser kenne als jeder andere. Wenn es keinen neuen Fall gäbe, hättest du mich gestern gleich zurückgerufen.«

Max musste sich eingestehen, dass seine Schwester recht hatte. »Es geht um den Mord an einer Frau letzte Woche in Benrath, du hast sicher darüber gelesen.«

»Ja, stimmt. Aber ich dachte, der wäre aufgeklärt?«

»Das denken die meisten meiner ehemaligen Kollegen offensichtlich auch, aber ich bin nicht so sicher. In der vergangenen Nacht ist ein weiterer Mord geschehen. Ein Buchhändler ist in seinem Haus in Volmerswerth getötet worden.«

»Das ist ja furchtbar. Und dann auch noch Volmerswerth, wo Böhmer wohnt.«

»Ja.«

»Und Böhmer hat dich jetzt für die Ermittlungen hinzugezogen?«

»Nein, eine Kollegin von ihm. Ihr Neffe ist derjenige, der für den ersten Mord verdächtigt worden ist und sich daraufhin umgebracht hat. Er kann die zweite Tat also nicht begangen haben. Wie gesagt – die meisten meiner Exkollegen sind nach wie vor überzeugt, dass er die Frau getötet hat und dass für den Mord an dem Buchhändler jemand anderes verantwortlich ist.«

»Böhmer auch?«

»Er ist sich nicht sicher.«

»Ich verstehe. Nun möchte diese Kollegin von ihm also, dass du die Unschuld ihres Neffen beweist.«

»Ja.«

Kirsten ließ einige Sekunden verstreichen, bevor sie weitersprach. »Wenn die Ermittler denken, der Neffe ihrer Kollegin war der Täter, bist du wohl ziemlich auf dich allein gestellt, was? Mit Ausnahme von Böhmer vielleicht. Denkst du, die beiden Morde sind vom selben Täter begangen worden?«

»Ich weiß es noch nicht. Es spricht einiges dagegen, aber möglich wäre es.«

Erneut verging eine Weile, bis Kirsten sagte: »Max, sei bitte vorsichtig, ja? Du weißt, dass Verrückte, die so was tun, zu allem fähig sind.«

»Natürlich weiß ich das, Kirsten. Keine Angst, ich passe auf mich auf.« Und nach einer Pause fügte er hinzu: »Und auf dich.«

»Das weiß ich. Aber jetzt sag mal – wann sehe ich meinen Bruder denn mal wieder? Was hältst du davon, wenn ich heute oder morgen etwas Leckeres für uns koche?«

»Heute geht es leider nicht, aber morgen komme ich sehr gern.«

»Gut, dann halten wir das fest. Um sieben?«

»Um sieben.«

»Dann bis morgen. Und richte Böhmer Grüße aus.«

Max musste lachen. »Ja, das tue ich, und ich wundere mich jetzt einfach mal nicht, dass du weißt, dass ich mich mit ihm treffe. Bis morgen, ich freue mich.«

Max beendete das Gespräch, und fast im selben Moment wich das Lächeln aus seinem Gesicht, weil diese Bilder wieder in seinem Kopf auftauchten, die ihn wohl für den Rest seines Lebens begleiten würden. Die Gedanken an das, was Kirsten angetan worden war, an die unvorstellbare Angst und die Schmerzen, die sie gehabt haben musste, nur weil jemand ihm schaden wollte, kamen zum Glück immer seltener, aber die Hoffnung, dass sie irgendwann völlig verschwinden würden, hatte Max aufgegeben.

Katharina Baumann hatte nicht übertrieben: Überall in ihrer etwa achtzig Quadratmeter großen Wohnung in der ersten Etage eines dreistöckigen Hauses standen verschlossene oder halb leere Kartons herum. Möbel gab es zumindest in dem geräumigen Wohnzimmer – außer der offenen Küche, einer hüfthohen Kommode und einem alten Holzstuhl – noch keine. Die Wände waren frisch gestrichen und strahlten in ihrem makellosen Weiß eine fast sterile Sauberkeit aus.

Katharina beschrieb mit der Hand einen Halbkreis. »Wie du siehst, habe ich noch einiges zu tun, bis es hier gemütlich wird.«

Max ließ den Blick über die Kisten schweifen. »Ja, aber das ist ja auch normal, wenn man gerade frisch eingezogen ist. Du hast bisher bei deinem Bruder gewohnt, nicht wahr?«

»Ja. Aber bitte.« Sie deutete auf den Stuhl, der in der Raummitte neben zwei Umzugskartons stand. »Setz dich doch. Möchtest du etwas trinken? Ein Bier vielleicht?«

»Nein, danke. Ich bin nicht so der Bierfan.«

»Nicht? Etwas anderes? Wasser? Saft?«

Max winkte ab. »Nein, danke.«

»Ich liebe Bier.« Katharina setzte sich auf eine der Kisten. »Ich weiß – das ist eher untypisch für eine Frau.«

»Was ist schon typisch und was untypisch? Aber reden wir über deinen Neffen. Oder besser, über sein Umfeld. Du sagtest, er hat im dritten Semester Physik studiert. Kannst du mir sagen, mit wem er befreundet war?«

Katharina zuckte mit den Schultern. »Leon war allgemein beliebt, er hat sich mit vielen Leuten getroffen.«

»Gab es darunter auch welche, die du als wirkliche Freunde bezeichnen würdest?«

Sie blickte nachdenklich an Max vorbei. »Ja, Axel, Jens und Niklas. Axel und Jens sind ... *waren* Kommilitonen von Leon. Niklas hat er schon vom Gymnasium gekannt. Er studiert auch an der Heinrich-Heine-Uni, aber Psychologie.«

Max notierte sich die Namen in das Notizbuch, das er aus dem Auto mitgebracht hatte. »Hast du ihre Adressen?«

»Axel und Jens haben jeweils ein Zimmer in einem Wohnheim ganz in der Nähe der Uni, aber ich weiß nicht genau, in welchem. Niklas hat ein Apartment in Wersten, auch nicht weit weg von der Uni. Wo das ist, weiß ich, ich habe Leon mal da abgesetzt. Leon hat mir aber erzählt, dass Niklas nur selten dort ist. Er übernachtet auch oft bei seinen Eltern in Wittlaer und fährt dann von dort morgens zur Uni.«

Max sah von seinen Notizen auf. »Wittlaer? Recht teures Pflaster.«

Katharina nickte. »Geld ist bei der Familie kein Thema. Niklas' Vater hat eine große Rechtsanwaltskanzlei in der Innenstadt. Dr. Wesener, vielleicht kennst du ihn ja. Er hat mindestens fünfzehn angestellte Rechtsanwälte. Leon hat mal erzählt, dass die Familie in einer riesigen Villa wohnt.«

»Ja, ich glaube, der Name ist mir in meiner aktiven Zeit ein-, zweimal untergekommen. Gab es zuletzt Streit zwischen Leon und einem seiner Freunde?«

»Nicht dass ich wüsste.«

»Okay. Kannst du mir noch die Adresse von diesem Niklas sagen? Er weiß bestimmt auch, in welchem Wohnheim die beiden anderen wohnen.«

Max notierte die Straße und Katharinas Beschreibung des Hauses, denn die Hausnummer wusste sie nicht.

»Sicher, dass du nichts trinken möchtest?« Katharina war aufgestanden und zum Kühlschrank gegangen.

»Ja, wirklich, danke.«

Sie nahm sich eine Dose Bier aus dem Kühlschrank und öffnete sie auf dem Weg zurück zu Max.

»Kommen wir noch mal zum Thema Freundin. Du sagtest, da war nichts Festes. Gab es denn eine junge Dame, mit der er sich trotzdem hier und da getroffen hat?«

»Da bin ich überfragt, aber das müssten seine Freunde eigentlich wissen.«

Max stand auf und steckte das Notizbuch in die Gesäßtasche seiner Jeans. »Okay, dann versuche ich es mal bei denen.«

»Was denkst du?«, fragte Katharina zaghaft. »Glaubst du auch, dass Leon diese Frau getötet hat?«

»Ich weiß es noch nicht«, gestand Max, und das entsprach absolut der Wahrheit.

13

Max fand nach Katharinas Beschreibung auf Anhieb das Haus, in dem Niklas Wesener wohnte. Das Gebäude hatte drei Etagen und schien relativ neu zu sein.

Es gab insgesamt sechs Klingeln, die auf einem Rechteck aus gebürstetem Aluminium angebracht und dezent beleuchtet waren. Die Klingel mit der Beschriftung *Nik Wesener* befand sich zuoberst. Nachdem Max darauf gedrückt hatte, dauerte es eine Weile, bis sich ein Mann meldete: »Ja?«

»Mein Name ist Max Bischoff, Herr Wesener, ich habe Ihre Adresse von Katharina Baumann, der Tante von Leon.«

»Sind Sie von der Presse?« Er klang nicht gerade freundlich.

»Nein, ich …«

»Polizei?«

»Ich bin ehemaliger Polizist, arbeite jetzt aber als Privatermittler.«

Es entstand eine lange Pause, als würde Wesener darüber nachdenken, ob er Max öffnen sollte oder nicht.

»Herr Wesener?«

»Was wollen Sie von mir?«, blaffte der Mann.

»Ich versuche herauszufinden, ob Leon tatsächlich das getan hat, was meine ehemaligen Polizeikollegen denken«, entgegnete Max ruhig. »Und es wäre schön, wenn Sie als sein Freund mich dabei unterstützen würden, seine Unschuld zu beweisen. *Falls* er den Mord nicht begangen hat.«

Erneut vergingen einige lange Sekunden, dann ertönte das Summen des Türöffners. »Dritte Etage.«

Der Boden des Eingangsbereichs war komplett und die Wände bis auf eine Höhe von etwa zwei Metern mit hellem Carrara-Marmor bedeckt. Die Tür des Aufzugs stand offen und gab den Blick in die mit dunklem Holz ausgekleidete Kabine frei. Wenige Meter daneben führte eine Metalltür zum Treppenhaus, wie ein Schild verriet.

Max bestieg den Aufzug und drückte auf den Knopf für die dritte Etage, neben dem ein Messingschild mit der Aufschrift *Penthouse* angebracht war. Max hatte eine Ahnung, wie die Wohnung des Psychologiestudenten aussehen würde.

Als er den Aufzug nach einer kurzen Fahrt verließ, stand Niklas Wesener in der offenen Tür zu seiner Wohnung und erwartete ihn.

Der Student war schlank und mit etwa einem Meter achtzig ungefähr so groß wie Max. Die dunklen Haare waren seitlich und am Hinterkopf bis auf ein, zwei Millimeter abrasiert, das Deckhaar jedoch so lang, dass Wesener es mit einem Gummi zusammengebunden und so auf dem Kopf fixiert hatte, dass es abstand wie der kurze Stiel eines Kürbisses.

Ein fusseliger Bart, der noch etliche lichte Stellen aufwies, zierte das Gesicht des Studenten.

Als Max auf ihn zuging, verzog sich Weseners Mund

zu einem Lächeln, das die Augen nicht erreichte, und er streckte Max die Hand entgegen. »Guten Tag, ich bin Nik Wesener, bitte entschuldigen Sie, dass ich eben etwas kurz angebunden war, aber seit dieser dummen Geschichte rennt mir die Presse die Bude ein.«

Max wusste, dass der erste Eindruck, den man von einem Menschen hat, nicht zwingend der richtige sein musste, und bemühte sich ebenfalls um ein Lächeln, als er Wesener die Hand schüttelte. »Falls Sie mit der *dummen Geschichte* den Mord an einer Frau und den Selbstmord Ihres Freundes meinen, kann ich mir das Interesse der Presse gut vorstellen.«

»Ja, nervtötend.« Wesener trat einen Schritt zur Seite und deutete ins Innere seiner Wohnung. »Also, kommen Sie rein.«

Die Wohnung entsprach recht genau dem, was Max sich vorgestellt hatte. Nichts darin erinnerte an die Behausung eines Studenten, so wie er sie kannte. Die Möbel des großen Wohnzimmers waren massiv und sahen teuer aus, auf dem auf alt getrimmten Parkettboden bildeten moderne Teppiche einen geschmackvollen Kontrast, die hellen Wände wurden von mehreren bunten Gemälden dominiert. Zwei davon erkannte Max als sogenannte *Likörbilder* von Udo Lindenberg. Indirekte Beleuchtung aus verschiedenen Quellen tauchte den Raum in ein angenehmes Licht und verlieh ihm eine wohltuende Atmosphäre.

»Schick«, bemerkte Max, während er auf die große Sitzlandschaft aus grauem Leder zusteuerte, die vor einer Glaswand mit Blick auf den großzügigen und mit mehreren kleinen Lampen beleuchteten Balkon stand und das Zentrum des Raumes bildete. Eine zerwühlte Decke lag darauf und zwei zerknautschte Kissen. Davon abgesehen wirkte die Wohnung sehr sauber und aufgeräumt, was – so schätzte Max – wahrscheinlich einer Reinigungskraft zu verdanken war.

»Hat meine Mutter eingerichtet«, sagte Wesener. »Aber das passt schon.« Vor Max blieb er stehen. »Ich bin Einzelkind, wissen Sie, und nachdem ich zu Hause ausgezogen war, hatte sie niemanden mehr, den sie umsorgen konnte, und brauchte das Gefühl, dass ich weiterhin auf ihre Hilfe angewiesen bin.«

Er deutete in einer umfassenden Geste in den Raum. »Wenn es so einfach ist, ein Problem zu erkennen und den Seelenfrieden eines Menschen wiederherzustellen, werde ich mich dem als angehender Psychologe natürlich nicht verweigern.«

Er schlug die Hände zusammen. »Aber Sie sind sicher nicht gekommen, um von mir eine fachliche Einschätzung des psychischen Zustands meiner Mutter zu hören. Also, was wollen Sie wissen?« Er deutete auf den Sessel, neben dem Max stand. »Bitte setzen Sie sich doch.«

Max öffnete den Reißverschluss seiner gefütterten Lederjacke und ließ sich auf dem Sessel nieder, während Wesener ihm gegenüber auf der Couch Platz nahm.

»Wie gut kannten Leon und Sie einander?«

»Man merkt, dass Sie früher Polizist waren, Sie beginnen wie Ihre ehemaligen Kollegen mit der gleichen harmlosen Frage.«

»Und? Wie lautet die Antwort darauf?«

Wesener schürzte die Lippen und blickte an Max vorbei auf die Glasfront. »Ich schätze mal, ich war sein bester Freund.«

»Besser als Jens und Axel?«

»Ja.«

»Wo wohnen die beiden eigentlich? Und wie heißen sie mit Nachnamen?«

Wesener nannte ihm die Straße, die sich im selben Stadtteil befand.

»Und die Namen?«

»Jens Büttner und Axel Kramp.«

»Gut. Wie lange kennen Sie und Leon sich schon?«

»Seit der Oberstufe im Gymnasium.« Wesener lehnte sich zurück, schlug die Beine übereinander und legte den Kopf schief, als wäre er gerade dabei, Max zu analysieren.

»Das ist doch langweilig. Und so vorhersehbar. Jetzt fragen Sie mich als Nächstes bitte nicht, ob Leon Probleme mit jemandem hatte. Oder Streit. Hatte er nämlich nicht. Na, kommen Sie, überraschen Sie mich.«

Max atmete tief durch und zwang sich, trotz der Arroganz, die dieser junge Schnösel an den Tag legte, ruhig zu bleiben.

»Herr Wesener, ich bin nicht hier, um Sie zu überraschen, sondern weil ich versuche herauszufinden, ob Ihr bester Freund Leon einen Mord begangen hat oder nicht. Und ehrlich gesagt wundert es mich schon, wie wenig ernsthaft Sie mit dieser bitterernsten Situation umgehen.«

Wesener beugte sich nach vorn. »Hören Sie, Herr … wie war noch gleich Ihr Name?«

»Bischoff.«

»Also, Herr Bischoff. Ich habe alles, was ich wusste, bereits den echten Polizisten gesagt, die mehrmals hier waren. Ich wollte mich kooperativ zeigen und Ihr Fragespielchen mitmachen, aber ja, Sie haben recht, mir fehlt der ernsthafte Glaube daran, dass ein … *Privatdetektiv* mehr herausfinden wird als die Kriminalpolizei.« Das Wort *Privatdetektiv* betonte er mit einer unmissverständlichen Verachtung.

»Wollen Sie wissen, was ich denke? Ich denke, Leon hat sich irgendeinen Mist reingepfiffen, der ihn *out of order* gesetzt hat, und dann ist er im Rausch bei dieser Frau eingestiegen und hat sie gekillt. Wahrscheinlich dachte er, er ist auf einer Mission für die gerechte Sache oder so was. Am nächsten Tag wusste er nichts mehr davon, und als alle Beweise gegen ihn sprachen, ist er damit nicht fertiggeworden und hat sich umgebracht.«

Eine Weile sahen sie einander in die Augen, bis Max sich dabei kindisch vorkam. Er nickte. »Also gut. Und haben Sie auch einen Grund für diese Annahme? Kam es öfter vor, dass Leon sich etwas *reingepfiffen* hat?«

Wesener hob beide Hände. »Was weiß ich?«

»Haben Sie mal erlebt, dass Leon sich seltsam verhalten hat? So, als hätte er Drogen genommen?«

Nun zuckte Wesener mit den Schultern. »Keine Ahnung.«

Max nickte und stand auf. »Ja, das habe ich mir gedacht. Herr Wesener, als Psychologe sollte man einige Voraussetzungen mitbringen oder sich aneignen, wenn man später erfolgreich sein möchte. Eine davon ist Beobachtungsgabe, eine andere die Fähigkeit zu ausgeprägter Empathie. Ich rate Ihnen, an beidem zu arbeiten.«

Damit wandte Max sich ab, verließ das Wohnzimmer und gleich darauf die Wohnung.

Als er vor dem Aufzug stand und wartete, dass die Tür sich öffnete, sagte Wesener hinter ihm: »Ob seine Tante das wahrhaben möchte oder nicht, Leon hat diese Frau umgebracht.«

In der nächsten Sekunde fiel die Tür mit einem dumpfen Geräusch ins Schloss.

Max fuhr nach unten und ging zu seinem Auto. Diese Unterhaltung war ganz und gar nicht so gelaufen, wie er sich das vorgestellt hatte, und er musste sich eingestehen, dass er nicht ganz unschuldig daran war. Er hatte schnell erkannt, dass Niklas Wesener vor Selbstüberschätzung nur so strotzte, hatte es aber versäumt, darauf einzugehen und ihm die Streicheleinheiten zu geben, die Wesener gebraucht hätte, um kooperativer zu sein. Vielleicht ließ sich das noch korrigieren. Bei einem weiteren Besuch.

Max hatte gerade die Autotür zugeschlagen und war im Begriff, den Motor zu starten, als Böhmer anrief.

»Es gibt Neuigkeiten«, begann er ohne Umschweife, und die Art, wie er das sagte, ließ Max vermuten, dass diese Neuigkeiten nicht gut waren.

»Was ist los?«

»Die Tatwaffe ist gefunden worden. Das Messer, mit dem die Frau erstochen wurde.«

»Das ist doch gut«, bemerkte Max. »Wo?«

»Im Mülleimer einer Bushaltestelle, etwa zweihundert Meter von dem Haus des Opfers entfernt. Ein Obdachloser hat es bei der Suche nach Pfandflaschen entdeckt und zur Polizei gebracht, als er das Blut darauf gesehen hat. Es stammt vom Opfer. Die Kollegen im Labor haben auch nicht lange gebraucht, um die Fingerabdrücke auf dem Griff zuzuordnen.«

»Und?«

»Einige sind von dem Obdachlosen, der Rest stammt eindeutig von Leon Kehler.«

14

Max horchte in sich hinein, um herauszufinden, ob die Nachricht ihn überraschte, was aber nicht der Fall war.

»Schon seltsam«, murmelte er.

»Was ist daran seltsam?«, wunderte sich Böhmer. »Es ist einfach folgerichtig. Katharinas Neffe ist am Tatort gesehen worden, hat dort eindeutige Spuren hinterlassen und sich das Leben genommen, als klar war, dass man ihn beschuldigt. Die Tatwaffe mit seinen Abdrücken darauf passt nahtlos dazu und rundet die Beweiskette ab.«

»Und genau das finde ich merkwürdig. Es ist mir einfach … *zu* rund. Und der Mord an dem Buchhändler passt auch nicht dazu.«

»Was faselst du denn da? Natürlich passt er nicht dazu. Leon ist tot, also kann er diesen Mord nicht begangen haben. Die beiden Fälle haben – bis auf diese Botschaft – nichts miteinander zu tun.«

»Wenn du recht hast, dann bleiben nur zwei Möglichkeiten: Entweder es ist Zufall, dass bei beiden Taten eine ähnliche Botschaft hinterlassen wurde, oder jemand, der die Botschaft nach dem ersten Mord kannte, hat jemand anderem davon erzählt oder selbst etwas mit dem Tod des Buchhändlers zu tun. Möglichkeit eins schließe ich aus. *Der Zufall wäre einfach zu groß.*«

»Max, die gesamte Soko und etliche andere Kolleginnen und Kollegen wissen von der Nachricht.«

»Eben.«

»Mein Gott, vielleicht hat eine Kollegin oder ein Kollege aus Versehen jemandem davon erzählt, und derjenige hat es dann anderen weitererzählt ... und so weiter. Irgendwo in dieser Kette hat dann der Falsche davon erfahren.«

»Ja, das kann sein.« Es klang nach der einzig plausiblen Erklärung, und es deutete wirklich alles darauf hin, dass Böhmer und seine Kolleginnen und Kollegen vom KK11 recht hatten. Aber irgendetwas in Max sträubte sich noch – entgegen jeder Vernunft und Plausibilität –, diese Möglichkeit als Tatsache zu akzeptieren.

Es würde allerdings nichts bringen, mit Böhmer darüber zu diskutieren. Nicht zuletzt weil sein Expartner im Gegensatz zu ihm Argumente und sogar eindeutige Beweise für seine Meinung vorzuweisen hatte.

»Habt ihr Katharina schon vom Fund der Mordwaffe erzählt?«

»Eine Kollegin telefoniert gerade mit ihr.«

»Okay, danke dir.«

»Schon gut ... Max?«

»Ja?«

»Sei ehrlich! Glaubst du etwa immer noch nicht, dass Katharinas Neffe die Frau umgebracht hat?«

Max ließ sich Zeit, bevor er antwortete. »Ich bin zumindest nicht zu einhundert Prozent sicher.«

Böhmer schnaubte laut ins Telefon. »Du weißt, ich halte große Stücke auf deinen Instinkt, und bis zum Fund des Messers war ich zumindest bereit zu akzeptieren, dass du versuchst, einen Beweis für Leons Unschuld zu finden, aber jetzt ... Ich bin überzeugt, dieses Mal liegst du wirklich falsch.«

»Ich hoffe, wir werden bald erfahren, ob du damit recht hast.«

»Aber das haben wir doch gerade, verdammt!«, stieß Böhmer laut aus. »Wie viele Beweise brauchst du denn noch? Du benimmst dich wie ein bockiges Kind, das nicht akzeptieren will, was ihm nicht gefällt.«

»Ja, vielleicht. Ich weiß es nicht. Ich melde mich.«

Max beendete das Gespräch und starrte nachdenklich auf die Windschutzscheibe.

Böhmer hatte recht. Er benahm sich wirklich wie ein störrischer kleiner Junge, der mit dem Fuß aufstampfte und darauf bestand, recht zu haben. Ohne Beweis, ohne logische Begründung. Einfach nur, weil er das so wollte. Und das Schlimmste daran war, dass er sich selbst nicht erklären konnte, warum er sich so verhielt.

Er versuchte erneut, den Motor zu starten, doch sein Smartphone läutete schon wieder. Max ahnte bereits, bevor er einen Blick auf das Display warf, wer ihn anrief.

»Hast du schon von dem Messer gehört?«, fragte Katharina, als er das Gespräch angenommen hatte. Sie sprach so leise, dass Max sich anstrengen musste, sie zu verstehen. »Mit dem Blut der Frau und mit Leons Fingerabdrücken darauf ...« Sie klang nicht verzweifelt, sondern resigniert.

»Horst hat mich gerade angerufen. Aber ich bin mir immer noch nicht völlig sicher.«

»Nein, schon gut. So sehr ich mir auch wünschte, er wäre unschuldig, aber ich bin nicht nur Leons Tante, sondern auch Polizistin. Es wäre verrückt, weiterhin an seine Unschuld zu glauben. Ich danke dir von Herzen, dass du trotz der vernichtenden Beweise gegen Leon versucht hast, meiner Familie zu helfen und Hinweise auf seine Unschuld zu finden. Aber es ist vorbei. Ich weiß nur noch nicht, wie ich das meinem Bruder sagen soll.«

»Das kann ich verstehen, das wird nicht leicht. Und wahrscheinlich hast du recht, die Beweislast spricht jetzt eine eindeutige Sprache. Aber da steht auch noch der zweite Mord unaufgeklärt im Raum, und damit werde ich mich definitiv weiter beschäftigen. Immerhin läuft noch ein Mörder frei herum.«

»Gut. Was bin ich dir eigentlich schuldig für deine ...«

»Nichts.«

»Nichts? Horst hat mir mal von der Sache mit den entführten Mädchen erzählt. Da hast du am Ende auch nichts für deine Arbeit bekommen. Wenn du so weitermachst, bist du der am schlechtesten bezahlte Ermittler weit und breit.«

»Wenn ich dafür den einen oder anderen Irren in den Knast oder eine Anstalt bringe, nehme ich das gern in Kauf.«

»Danke ... für alles. Die Umstände waren wirklich nicht angenehm, aber es hat mich sehr gefreut, dich kennenzulernen. Vielleicht können wir ja irgendwann wieder Lahmacun zusammen essen.«

»Das würde mich freuen. Ach, eines noch.«

»Ja?«

»Ich war gerade bei Niklas Wesener. War der schon immer so ein selbstherrlicher Kotzbrocken?«

»Ähm ... nein. Was meinst du damit?«

Max schilderte ihr seine Unterhaltung mit dem Studenten.

»Das ist ja seltsam. Eigentlich ist er ein sympathischer Kerl. Zumindest zu mir war er immer sehr höflich und nett.«

»Hm … dann liegt es vielleicht an mir. Also dann, bis bald.«

Max lehnte sich zurück und schloss für einen Moment die Augen. Etwas sagte ihm, dass er Katharina Baumann sehr bald wiedersehen würde. Und der Grund dafür würde kein privates Essen sein, sondern mit den Mordfällen zu tun haben.

Dieses Mal gelang es ihm, den Motor anzulassen, ohne durch einen Anruf gestört zu werden. Er parkte aus und machte sich auf den Weg zum Wohnheim in Bilk, um sich mit Leons Freunden Jens und Axel zu unterhalten. Er war gespannt, was ihn dort erwarten würde.

15

Ich sitze in meinem Auto, den Blick durch das Seitenfenster auf die Menschen vor der Kneipe auf der gegenüberliegenden Straßenseite gerichtet. Gemurmel und Lachen schallen zu mir herüber, hier und da steigen kleine bläuliche Rauchwölkchen auf und lösen sich in der nächsten Sekunde wieder auf.

Ich fühle mich angenehm benebelt, fast so, als hätte ich Alkohol getrunken, was aber nicht der Fall ist. Ich trinke fast nie.

Es ist, als wären alle Sinneseindrücke in eine Schicht Watte gepackt. Der Rausch des Sieges. Noch ist er nicht endgültig, und bis dahin habe ich noch einiges zu tun, aber dann …

Sie ahnen noch nicht, wie sie von mir vorgeführt werden. Haben noch keine Ahnung davon, wie tief sie fallen werden, wenn ich ihnen ihre Unzulänglichkeit vor Augen führen werde. Wenn ich sie ihm vor Augen führe.

Ich weiß, wenn es so weit ist, wird das auch für mich ein einschneidender und endgültiger Schritt sein. Anfangs hat mir dieses Bewusstsein zu schaffen gemacht, aber mittlerweile weiß ich, dass es das wert ist.

Eine junge Frau umarmt eine andere, löst sich dann aus der Gruppe und geht, den Mantelkragen hochgeschlagen und die Hände in den Taschen vergraben, mit schnellen Schritten davon.

Du könntest die Nächste sein, *denke ich.* Oder jemand anderes. Es ist allein meine Entscheidung.

Ich beobachte, wie die Frau an einer Kreuzung stehen bleibt und darauf wartet, dass die Fußgängerampel auf Grün springt.

Als sie endlich die Straße überquert, steige ich aus dem Auto, richte meine Aufmerksamkeit auf die Gruppe rauchender und trinkender junger Leute und schlendere auf sie zu.

Ich habe sie fast erreicht, da fällt der Blick eines jungen Mannes auf mich. Er mustert mich kurz, dann verzieht er den Mund zu einem Lächeln und richtet seine Aufmerksamkeit wieder auf die Gruppe.

Ich bin für ihn nicht wichtig. Er kann nicht ahnen, dass sein Leben durch mich schon heute Nacht ein jähes Ende nehmen könnte. Oder morgen. Oder irgendwann. Ganz, wie ich es möchte.

Bei dem Gedanken steigt Angst in mir hoch, aber auch eine nie zuvor gekannte Erregung.

16

Das Gebäude machte den Eindruck, als wäre eine Grundsanierung dringend nötig. In der Außenfassade zeigten sich Risse, die steinernen Stufen, die zu der massiven, verwitterten Holztür führten, waren ausgetreten. Früher war der langgezogene Bau ein Kloster gewesen, wie Max auf einer Steintafel neben dem Eingang lesen konnte. In den siebziger Jahren von dem Orden, der es betrieben hatte, aufgegeben, war es von der Stadt in ein Wohnheim für Studierende umgewandelt worden.

Max suchte vergeblich nach Klingeln, sah dann, dass die Tür nur angelehnt war, und drückte sie auf.

Ein langer, von Neonröhren erhellter Flur erstreckte sich zu beiden Seiten und erinnerte Max an die Kaserne, in der er zeitweise während der Ausbildung untergebracht gewesen war.

Eine junge Frau kam aus einer der Türen, die alle paar Meter rechts und links in die weiß getünchte Wand eingelassen waren, und lächelte ihn an. »Kann ich Ihnen helfen?«

»Ja, ich suche Jens Büttner und Axel Kramp.« Er blickte den Flur entlang und sah dann die Frau wieder an. »Ich muss gestehen, ich habe das System hier noch nicht verstanden. Wie kann ich herausfinden, hinter welcher dieser vielen Türen die Zimmer der beiden liegen?«

Das Lächeln der Frau wurde breiter. »Sie haben das System ja doch verstanden. Sie müssen einfach fragen.«

Sie deutete an Max vorbei den Flur entlang. »Ich bin mir nicht ganz sicher, aber ich glaube, da vorn auf der rechten Seite die vierte oder fünfte Tür müsste die von Axel sein. Jens wohnt gleich daneben. Auf den Türen kleben meist Namensschilder. Klopfen Sie einfach an, wenn Sie Glück haben, ist einer der beiden da.«

Max blickte in die Richtung und lächelte die Frau an. »Danke.«

Es war die fünfte Tür, an der ein von Hand geschriebener Aufkleber mit dem Namen *Axel Kramp* hing.

Max klopfte erst zaghaft und, als sich nichts regte, etwas fester an die Holztür. Sekunden später wurde sie geöffnet, und Max sah sich einem stämmigen jungen Mann gegenüber, der ihn neugierig musterte. Er war ein Stück kleiner als Max, dafür aber sicher zehn bis fünfzehn Kilo schwerer. Die blonden Haare waren raspelkurz geschnitten, was das rundliche Gesicht noch fülliger erscheinen ließ.

»Ja?«

»Axel Kramp?«

»Stimmt. Und wer sind Sie?«

»Mein Name ist Max Bischoff. Ich bin ehemaliger Polizist und würde mich gern mit Ihnen über Ihren Freund Leon unterhalten.«

»Leon …« Traurigkeit legte sich wie ein Schleier über das Gesicht des Studenten. »Ja, sicher, aber … Was bedeutet das, Sie sind ein *ehemaliger* Polizist?«

»Ich habe meinen Dienst vor einiger Zeit quittiert und bin seitdem Dozent an der Hochschule in Köln.«

»Hm ... aber ich verstehe nicht, warum Sie mit mir über Leon reden möchten.«

»Glauben Sie, dass er die Frau ermordet hat?«

»Nein.« Die Antwort kam ohne Zögern.

»Leons Tante auch nicht. Deshalb hofft sie, dass ich etwas finden kann, das Leons Unschuld beweist.«

Kramp nickte. »Okay, kommen Sie rein. Aber es ist nicht aufgeräumt.«

Nicht aufgeräumt war eine nette Umschreibung für das Chaos, das in Kramps etwa fünfzehn Quadratmeter großem Zimmer herrschte.

Auf dem Bett, das auf der rechten Seite an der Wand stand, lagen T-Shirts und Socken kreuz und quer auf der zerwühlten Bettdecke. Daneben standen auf dem Boden vor der Wand und zwischen zwei Paar abgenutzten Sneakers mehrere leere Plastikflaschen. Der kleine Schreibtisch vor dem Fenster wurde von einem großen Monitor und einer bunt blinkenden Computertastatur beherrscht. Zu beiden Seiten stapelten sich Papiere und Bücher, mittendrin lag eine aufgerissene Tüte mit Süßigkeiten.

Das Bild auf dem Monitor schien eine eingefrorene Szene eines Computerspiels zu sein.

»*World of Warcraft*«, erklärte Kramp, der Max' Blick bemerkt hatte.

»Ah«, entgegnete Max. Er kannte den Namen und wusste, dass es eines der beliebtesten Computerspiele der Welt war.

Kramp raffte mehrere Kleidungsstücke auf dem einzigen Stuhl zusammen, den es neben dem zerschlissenen Bürostuhl gab, und deutete darauf.

»Da können Sie sich hinsetzen. Sorry, aber ich habe hier normalerweise nur Kommilitonen zu Besuch, und denen ist es egal, ob aufgeräumt ist.«

»Kein Problem«, wiegelte Max ab und setzte sich.

»Wie gut haben Sie und Leon sich gekannt?«, fragte er ohne Umschweife.

Kramp ließ sich auf dem Schreibtischstuhl nieder.

»Wir haben gemeinsam für Klausuren gelernt und auch sonst viel Zeit miteinander verbracht.«

»Würden Sie sich als Freunde bezeichnen?«

»Ja, sicher. Leon war so ein Typ, mit dem man gern zusammen ist. Er war meist gut gelaunt und hatte immer irgendwelche Ideen, was man unternehmen konnte.«

»Was ist mit Jens und Niklas?«

Kramp zuckte mit den Schultern. »Jens war meistens dabei, wenn wir gelernt oder was unternommen haben. Nik auch ab und zu, aber nicht so oft. Leon und er kennen sich schon länger, aber Nik studiert Psychologie und wohnt in einer schweineteuren Bude, die seine Eltern bezahlt haben. Hierher kam er fast nie.«

Kramp betrachtete seine Finger, die er nervös knetete.

»Gibt es etwas, das Sie loswerden möchten?«, fragte Max.

»Nein, ich … ach, es ist wegen Nik. Seit das mit Leon passiert ist, hatten wir keinen Kontakt mehr zu ihm. Ich habe ein paarmal versucht, ihn anzurufen, aber er geht nicht ran.«

»Haben Sie eine Idee, woran das liegen könnte?«

»Ich weiß es nicht, aber vielleicht möchte er einfach keinen Kontakt mehr zu uns haben, jetzt, wo Leon …«

Max nickte. »Ich verstehe, das ist natürlich möglich. Sie haben ihn wahrscheinlich durch Leon kennengelernt.«

»Ja.«

»Wann haben Sie Leon zum letzten Mal gesehen, bevor der Mord geschehen ist?«

»An dem Abend.«

»Am selben Abend? Wo war das?«

»Wir waren in der Kajüte.«

»Kajüte?«

»Ja, das ist eine Kneipe in der Altstadt. Da hängen wir oft zusammen ab. Also … vorher.«

»Wie lange waren Sie dort?«

»So etwa bis elf.«

»Und dann?«

»Dann sind Jens und ich gegangen.«

»Und Leon ist noch dortgeblieben?«

»Ja, er und Nik.«

»Und danach haben Sie nichts mehr von Leon gehört.«

»Doch, am nächsten Morgen. Ich habe ihn angerufen, weil er nicht zur ersten Vorlesung gekommen ist. Die war aber wichtig für eine Klausur, die wir kurz danach geschrieben haben. So was hat Leon normalerweise nicht einfach sausen lassen. Er hat gern gefeiert, aber eine Vorlesung hat er so gut wie nie verpasst.«

»Und?«

»Er hat sich ziemlich scheiße angehört. Er sagte, es geht ihm überhaupt nicht gut und ich soll alles mitschreiben, damit er sich das kopieren kann.«

»Und wann haben Sie ihn dann wiedergesehen?«

»Erst am nächsten Tag, da steckte er schon in Schwierigkeiten wegen der Sache. Jens und ich sind an dem Nachmittag zu seiner Wohnung gegangen, das ist nicht weit von hier, aber Leon war entweder nicht da, oder er hatte keine Lust aufzumachen. Ich weiß noch, dass Jens zuerst nicht mitkommen wollte, weil er sich an diesem Tag nicht gut fühlte. Irgendeine Magengeschichte. Er ging dann aber trotzdem mit, weil wir uns echt Sorgen um Leon gemacht haben.

Am nächsten Tag hat Leon mich dann angerufen und erzählt, dass die Polizei ihn verdächtigt, eine Frau umgebracht zu haben. Ich dachte zuerst, er macht einen blöden Scherz.« Kramp schwieg kurz und betrachtete erneut seine Finger. »Das war aber kein Scherz. Er war total verzweifelt. Vor allem, weil er nicht mehr wusste, was er in der Nacht wirklich getan hatte.«

»Welche Erklärung hatte er für diesen Gedächtnisverlust?«

»Keine, das war ja das Schlimme daran. Er sagte, er habe nicht viel getrunken und könne sich auch noch vage daran erinnern, die Kajüte verlassen zu haben.«

»Gemeinsam mit Niklas?«

»Das habe ich ihn auch gefragt, aber das wusste er nicht mehr. Das Nächste, woran er sich erinnert hat, war, dass er in seinem Bett aufgewacht ist. Aber trotzdem bin ich ganz sicher, dass Leon so was niemals getan hätte.«

»Niklas ist da anderer Meinung. Er denkt, dass Leon die Frau im Drogenrausch umgebracht hat.«

»Drogen? Leon?« Kramp stieß ein zischendes Geräusch aus. »Nik ist ein Arschloch. Ich weiß nicht, warum er so was sagt. Leon hat nie Drogen genommen. Wir alle nicht.«

»Es wurden auch keine Rückstände in seinem Blut gefunden. Haben Sie eine Erklärung dafür, warum Niklas das denkt?«

»Wie ich schon sagte – Nik ist ein Arschloch.«

»Wissen Sie, ob Herr Büttner jetzt in seinem Zimmer ist?«

»Nein. Also, ist er nicht. Er ist noch bis morgen bei seiner Schwester irgendwo in Hessen. Sie hat geheiratet.«

»Okay.« Max stand auf. »Danke für Ihre Zeit und Ihre Hilfe. Kann sein, dass ich noch mal auf Sie zukomme, wenn ich Herrn Büttner besuche.«

»Ja, kein Problem. Hören Sie …«

Max sah Kramp an, dass er nach Worten suchte.

»Leon kann das unmöglich getan haben. Und wenn jemand, der ihn kennt, etwas anderes behauptet, dann lügt er.«

»Ja, wir werden sehen«, erwiderte Max und verließ das Zimmer.

Als er aus dem Gebäude ins Freie trat, schaute er auf die Uhr. Kurz nach acht, das war noch vertretbar.

Zielstrebig ging er auf sein Auto zu. Er wusste, wohin er als Nächstes fahren wollte, doch wieder einmal wurde er von einem Anruf von seinem Vorhaben abgehalten.

»Wir haben einen weiteren Mord«, begann Böhmer das Gespräch und nannte Max die Adresse.

17

Die Frau war schlank und schon recht alt. Max schätzte sie auf über achtzig. Sie war lediglich mit einem hautfarbenen Schlüpfer bekleidet, der Oberkörper war nackt. Ihr Kopf war kahl rasiert, was unmittelbar während oder nach der Tat geschehen sein musste, wie die überall herumliegenden Haare vermuten ließen.

Zudem war sie fürchterlich zugerichtet. Das ganze Gesicht war mit Platzwunden übersät und so blutverschmiert, dass es an ein rohes Stück Fleisch erinnerte. Die Nase war offenbar gebrochen. Doch an den Schlägen war sie aller Wahrscheinlichkeit nach nicht gestorben, sondern an dem Strick, der noch um ihren Hals lag. Ihre Augen starrten stumpf ins Leere, die dunkle Zunge hing ihr aus dem Mund.

»Da hat sie gehangen«, sagte Böhmer und deutete auf einen metallenen Haken, der in eine der dicken Holzbohlen unter der Zimmerdecke gedreht war.

»Mein Gott«, stieß Max aus. »Wer tut denn so was?«

»Jemand, der offenbar eine große Wut in sich trägt«, erklärte der Rechtsmediziner, der damit beschäftigt war, das zerschundene Gesicht der Toten von allen Seiten zu fotografieren. »Genaueres kann ich noch nicht sagen, aber der Täter muss wie ein Besessener auf sie eingeschlagen haben.

Jochbein, Augenhöhle, Nase ... Er hat ihr das komplette Gesicht mit unzähligen wuchtigen Schlägen zertrümmert. Wahrscheinlich hat er einen Schlagring oder etwas Ähnliches benutzt. Danach hat er ihr vermutlich den Schädel rasiert – warum auch immer – und sie dann aufgehängt. Ob sie da noch gelebt hat, weiß ich noch nicht.«

Max war fassungslos. »Diese Schläge, der rasierte Kopf, das Aufhängen ... Das ist doch alles vollkommen irre.«

»Ja«, stimmte Böhmer ihm zu, »aber das ist noch nicht alles.« Er nickte dem Mediziner zu. »Zeigen Sie es ihm.«

Daraufhin packte der Arzt die Frau an der Schulter und drehte sie so zur Seite, dass Max ihren Rücken sehen konnte.

»Scheiße!«, entfuhr es Max, als er las, was der Täter – offenbar mit Blut – in krakeliger Schrift zwischen ihre Schulterblätter geschrieben hatte.

Ihr fasst mich nicht.

Und ich mache noch lange weiter.

»Weißt du, was das Verrückte daran ist?«, fragte Böhmer, der neben Max stand.

»*Das* Verrückte?« Max riss seinen Blick vom Rücken der Toten los und sah Böhmer an. »Das ist doch alles komplett verrückt. Wer so etwas tut, muss vollkommen verrückt sein.«

»Da hast du recht, aber ich meine etwas ganz Bestimmtes. Wenn wir von den Botschaften ausgehen, dann haben wir es ganz klar mit einer Serie zu tun. Dagegen spricht aber, dass derjenige, der mit großer Wahrscheinlichkeit den ersten Mord begangen hat, selbst tot ist. Außerdem ...«

»Außerdem sind die Taten so vollkommen unterschiedlich, wie ich es noch bei keiner Mordserie erlebt habe«, ergänzte Max.

Böhmer nickte. »Ganz genau. Die Art, wie die Opfer umgebracht werden, die Abstände zwischen den Taten, die Tatzeiten, das Alter der Opfer ... alles vollkommen unterschiedlich. Diese Frau ist wahrscheinlich am helllichten Tag ermordet worden. Die einzige Gemeinsamkeit sind tatsächlich die Botschaften an uns.«

»Irgendwelche Hinweise?«

»Nein. Obwohl das tagsüber passiert sein muss, hat niemand aus der Nachbarschaft ...«

»Wie ich sehe, haben Sie Herrn Bischoff schon informiert.«

Max erkannte die Stimme hinter ihm sofort. Eslem Keskin.

»Ja, ich dachte ...«, begann Böhmer, wurde aber von seiner Chefin unterbrochen, indem sie die Hand hob. »Wir werden uns später noch über die Definition von der *einen oder anderen Information* unterhalten, die ich für Herrn Bischoff genehmigt habe.« Sie blieb vor Max stehen und sah ihm in die Augen. »Herr Bischoff wird den Tatort jetzt verlassen, damit wir mit der Polizeiarbeit fortfahren können.«

Als Max nicht sofort reagierte, fügte sie hinzu: »Ich meinte *jetzt gleich*.«

Max warf Böhmer einen kurzen Blick zu, dann wandte er sich wortlos ab und verließ den Raum. Er hätte sich natürlich auf ein kleines Wortgefecht mit Böhmers Chefin einlassen können, und unter normalen Umständen hätte ihm das wahrscheinlich sogar Spaß gemacht, aber er stand noch zu sehr unter dem Eindruck dessen, was in diesem Haus geschehen war.

Als er ins Freie trat, atmete er mehrmals tief durch. Dieser Fall war mehr als außergewöhnlich.

Max dachte daran, was er vorgehabt hatte, bevor er von Böhmer über den Mord informiert worden war, und stellte nach einem Blick auf die Uhr fest, dass es dafür wahrscheinlich noch nicht zu spät war.

Er ging zu seinem Auto und stieg ein, allerdings fuhr er nicht sofort los, sondern lehnte sich im Sitz zurück und schloss die Augen.

Er fühlte sich so niedergeschlagen wie schon lange nicht mehr, und es wurde von Stunde zu Stunde schlimmer. Es war fast so, als flösse seine gesamte Energie durch ein Leck langsam, aber unaufhörlich aus seinem Körper.

Wieder sah er die alte Frau vor sich, die bis zur Unkenntlichkeit misshandelt worden war. Ihr kahlrasierter Kopf, die heraushängende, fast schwarze Zunge …

Dann tauchten Bilder vom Wohnzimmer des Buchhändlers vor ihm auf. Die eingetrockneten Blutflecke auf dem Boden. Sein kläglicher Versuch, sich an die Gedanken des Täters heranzutasten. Aber handelte es sich um nur einen Täter? Oder hatten Böhmer und seine Kolleginnen und Kollegen doch recht, und Leon hatte die junge Frau umgebracht, während der Buchhändler und die alte Dame in dem Haus neben ihm von jemand anderem ermordet worden waren, der von der Textnachricht erfahren hatte? Die Leon geschrieben haben musste. Aber warum sollte Katharinas Neffe, ein beliebter junger Mann, eine solche Nachricht hinterlassen? *Ihr fasst mich nicht!* Zumal er vollkommen dilettantisch vorgegangen war. Nein, das passte einfach nicht zusammen. Nichts passte zusammen.

Aber irgendjemand hatte diese Menschen umgebracht. Warum? Warum auf diese Art? Was ging im Kopf des Mörders vor sich?

Die Augen noch immer geschlossen, hörte Max auf seinen Atem, stellte sich vor, wie die Luft beim Einatmen durch den Rachen in die Luftröhre und dann über die Bronchien bis in die kleinsten Lungenbläschen gedrückt wurde, um diese mit frischem Sauerstoff zu versorgen.

Ich habe nun schon drei Menschen umgebracht. Auf unterschiedlichste Weise habe ich Menschen, die verschiedener kaum sein können, ihr Leben genommen. Aber ich bin kein klassischer Serienmörder. Nichts von dem, was ich tue, lässt sich irgendwie einordnen. Nur die Botschaft, die ich an jedem Tatort für die Polizei hinterlasse, ist ähnlich. Und das identifiziert mich dann doch als Serienkiller. Das weiß ich, und das ist absichtlich so. Nichts geschieht zufällig. Nicht die kleinste Kleinigkeit. Ich habe ihnen geschrieben, dass sie mich nicht fassen werden. Weil ich schlauer bin als sie. Aber im Gegensatz zu den meisten anderen, die das von sich denken, in Wahrheit aber nichts als kleine Stümper sind, bin ich es tatsächlich, denn die Polizei hat nicht den geringsten Anhaltspunkt, wer hinter alldem steckt. Und aus welchem Grund diese Menschen sterben mussten.

Wie alt bin ich? Meine Opfer waren unterschiedlich alt. Was ist mit der Art, mit der ich sie getötet habe? Stiche, Schläge mit einem stumpfen Gegenstand und mit der Faust. Alles mit großer Wucht und einer wahnsinnigen Wut ausgeführt.

Ich bin auf jeden Fall ein Mann, und ich bin noch recht jung. Diese Kraft, diese Wut, die ich nicht unter Kontrolle habe ...

Warum war ausgerechnet der Neffe einer Kriminalpolizistin am ersten Tatort, wo er gesehen wurde? Wo er Spuren hinterlassen hat und weder die Mordwaffe noch seine Fingerabdrücke darauf beseitigte? Weil ich es so wollte. Aber warum wollte ich es? Welchen Effekt hat es, außer dem, dass der junge Mann sich umgebracht hat? Hat es etwas mit seiner Tante zu tun? Wollte ich sie damit treffen? Oder ihre Familie, die ab jetzt mit der Schande leben muss, dass einer von ihnen ein feiger Mörder war, der sich selbst gerichtet hat, statt für seine Tat zu büßen? Nein, das hätte ich anders haben können, weniger aufwendig und effektiver.

Kommen wir zu den Opfern. Ich habe die Daumen der jungen Frau abgetrennt und mitgenommen, den anderen beiden Opfern aber kein Körperteil entfernt. Warum? Weil sie eine Trophäe sind, meine persönliche Urkunde für die erfolgreiche Durchführung meines ersten Mordes. Deshalb bewahre ich sie an einem Ort auf, an dem ich sie mir jederzeit anschauen kann.

Die Botschaft an die Polizei beim zweiten Mord habe ich so versteckt, dass erst der Rechtsmediziner sie finden würde. Warum nicht diejenigen, an die sie gerichtet war?

Weil ich sie zusätzlich dadurch demütigen will, dass sie meine Nachricht nicht einmal selbst finden können.

Um es mir gleich darauf bei der alten Frau anders zu überlegen. Weil ich es kann. Ich kann tun und lassen, was ich will, sie werden sich immer überraschen lassen müssen, weil nichts von dem, was ich tue, vorhersehbar ist. Weil es sich nicht einordnen, weil es sich in kein Schema pressen lässt. Ich …

Max zuckte zusammen und riss die Augen auf, als an die Seitenscheibe seines Autos geklopft wurde. Ein noch recht junger, uniformierter Polizist deutete ihm an, die Scheibe herunterzulassen, was Max auch tat.

»Fahren Sie bitte los, Sie befinden sich vor einem Tatort.«

Max warf einen Blick an dem Mann vorbei zum Haus der alten Dame und sah die schemenhafte Gestalt, die in der offenen Haustür stand. Max konnte es nicht klar erkennen, aber er war sicher, sie sah zu ihm herüber. Und er hätte schwören können, dass sie schulterlanges Haar hatte.

18

Professor Bormann bewohnte mit seiner Frau ein renoviertes Bauernhaus in Volmerswerth, das von einem großen Grundstück umgeben war.

Bormann war Dozent an der medizinischen Fakultät der Heinrich-Heine-Universität. Max selbst hatte zwar in Köln studiert, aber freiwillig zwei Semester lang Bormanns Vorlesungen zum Thema Rechtsmedizin besucht, in denen der Professor auch immer wieder über die Fallanalyse gesprochen hatte.

Der Kontakt zu dem mittlerweile Anfang Sechzigjährigen war nie ganz abgerissen, so dass Max ihn auch während seiner aktiven Zeit bei der Kripo hier und da besucht und mit ihm über aktuelle Fälle gesprochen hatte.

Max parkte den Wagen am Straßenrand vor dem Haus und betrat das Grundstück durch ein niedriges schmiedeeisernes Tor.

Als Bormanns Frau die Tür öffnete und erkannte, wer vor ihr stand, empfing sie ihn mit einem warmen Lächeln.

»Herr Bischoff, wie schön, Sie wiederzusehen.«

»Bitte entschuldigen Sie die späte Störung, aber ich würde mich gern mit Ihrem Mann unterhalten, falls er zu Hause ist.«

»Ja, das ist er. Er hat es sich zwar schon vor dem Fernseher bequem gemacht, aber ich bin ganz sicher, für Sie hat er immer Zeit. Bitte, kommen Sie doch rein.«

Auch Bormann freute sich offensichtlich, Max zu sehen. Er dirigierte ihn in sein Arbeitszimmer, einen beeindruckenden Raum mit freiliegenden Holzbalken an der Decke, der von einer schweren braunen Ledergarnitur im englischen Stil dominiert wurde.

»Bitte, setzen Sie sich doch.« Bormann deutete auf einen der Ledersessel mit hoher Rückenlehne.

»Danke«, sagte Max und ließ sich auf die dick gepolsterte Sitzfläche nieder.

»Wie wäre es mit einem Cognac? Ich habe einen wunderbar weichen Spanier hier. Ein Hochgenuss. Und ein deutliches Gefühl sowie Ihre Stimmung sagen mir, Sie können etwas Alkoholisches brauchen.«

Max trank selten andere alkoholische Getränke als Wein, aber in diesem Moment war ihm tatsächlich nach Cognac. »Sehr gern.«

Nachdem Bormann ihn mit einem großen Schwenker versorgt und die dunkelbraune, ölig aussehende und intensiv riechende Flüssigkeit einen Finger breit eingeschenkt hatte, prosteten sie sich zu und tranken einen Schluck.

»Wie lange ist es jetzt her, seit Sie mich zum letzten Mal besucht haben?«, begann Bormann das Gespräch.

Max dachte nach. »Das war, kurz nachdem ich bei der Polizei aufgehört habe, muss also ungefähr eineinhalb Jahre her sein.«

»Eineinhalb Jahre ... so lange schon.« Bormann hob den Cognacschwenker. »Umso schöner, dass Sie jetzt hier sind. Schießen Sie mal los. Wie geht es Ihnen als Zivilist, und was führt Sie zu mir? Irgendetwas sagt mir, dass die Antworten auf diese beiden Fragen zusammenhängen.«

Max lächelte matt. »Es ist Ihr Scharfsinn, der mich immer wieder zu Ihnen führt, Herr Professor. Zu Recht, wie Sie gerade bewiesen haben.«

Bormann lachte auf. »So ist's richtig. Erst mal mit ein paar netten Komplimenten den Boden bereiten.«

Max grinste, wurde aber gleich wieder ernst. »Es geht um den Mordfall in der vergangenen Woche und den von gestern. Ich weiß nicht, ob Sie schon von dem toten Buchhändler gehört haben.«

»Ja, ich habe heute Nachmittag auf einer Online-Plattform darüber gelesen. Aber wenn ich mich recht erinnere, hat der Täter des ersten Falles sich doch umgebracht.«

»Das denken zumindest meine ehemaligen Kolleginnen und Kollegen.«

»Dass er sich umgebracht hat?«

»Dass er der Täter war.«

»Und was denken Sie?«

»Das ist ja mein Problem. Ich weiß es nicht. Ich tappe völlig im Dunkeln. Ich komme gerade von einem weiteren Tatort. Dieses Mal ist das Opfer eine Frau von über achtzig Jahren.«

Bormann schüttelte den Kopf. »Mein Gott.«

Max trank einen kleinen Schluck und spürte den Weg des leicht brennenden Cognacs durch seine Speiseröhre.

»Es ist zum Verrücktwerden. Das erste Opfer war eine junge Frau. Sie ist nachts in ihrem Bett mit unzähligen Messerstichen umgebracht worden, anschließend wurden ihr die Daumen abgetrennt. Nummer zwei dann fast eine

Woche später, ein Buchhändler mittleren Alters, erschlagen in seinem Wohnzimmer. Keine Verstümmelungen, aber der Mörder hat offenbar wie ein Besessener auf seinen Kopf eingeschlagen. Dann, nur wenige Stunden später, diese alte Dame. Ihr wurde am helllichten Tag und mit unfassbarer Brutalität das Gesicht mit einem Schlagring zertrümmert, anschließend hat man ihr den Kopf kahl rasiert und sie erhängt. Soweit ich weiß, gibt es keinerlei Verbindung zwischen den Opfern, weder beruflich noch privat.«

Bormann betrachtete das Glas in seiner Hand. »Ich würde sagen, die Taten haben nichts miteinander zu tun. Warum finden Sie das zum Verrücktwerden?«

»Weil es da etwas gibt, das bisher nicht an die Öffentlichkeit gelangt ist, die Sache aber sehr kompliziert macht. Bei allen drei Morden hat der Täter eine Nachricht hinterlassen, die er mit dem Blut des jeweiligen Opfers geschrieben hat. Bei der jungen Frau an der Wand des Schlafzimmers, dem Buchhändler hat er ein Röhrchen in den After geschoben, in dem ein Zettel mit der Botschaft steckte, und bei der alten Dame heute standen die Worte auf ihrem Rücken. Die Botschaft lautete: *Ihr fasst mich nicht.* Und dann noch jeweils ein weiterer Satz. Beim ersten Opfer war es: *das ist der Anfang*, beim zweiten: *es geht weiter* und heute dann: *und ich mache noch lange weiter.*«

Professor Bormann runzelte die Stirn. »Trittbrettfahrer nach dem ersten Mord?«

Max schüttelte den Kopf. »Wie gesagt, die Polizei hat die Nachrichten geheim gehalten. Dann müsste schon jemand vom KK11 die Info weitergegeben haben, und das kann ich mir nicht vorstellen.«

Bormanns Blick richtete sich an Max vorbei auf einen Punkt hinter ihm an der Wand. »Unzählige Stiche, Schläge wie ein Besessener, das Gesicht zertrümmert …« Er sah Max wieder an. »Neben der Nachricht ist das eine weitere Gemeinsamkeit. Es scheint eine große Wut hinter den Taten zu stecken.«

»Ja, aber dann ist da noch der erste Mord, den Leon Kehler begangen haben soll. Dilettantischer geht es fast nicht. Er ist von zwei Zeugen am Tatort gesehen worden, die ihn unabhängig voneinander eindeutig identifiziert haben; Fasern seiner Kleidung wurden bei der Leiche gefunden, und zu guter Letzt hat man auch die Tatwaffe mit seinen Fingerabdrücken darauf in der Nähe des Tatorts entdeckt.«

»Hoppla!«, stieß Bormann aus, woraufhin Max nickte.

»Genau. Bei den anderen beiden Morden hingegen hat man nach jetzigem Kenntnisstand rein gar nichts gefunden, das auf den Täter hindeutet. Er war sehr umsichtig. Das passt alles einfach nicht zusammen. Ich spüre ganz deutlich, dass Leon Kehler diesen Mord nicht begangen hat, aber ich habe nicht die leiseste Ahnung, welche Rolle er in dieser ganzen Sache spielte.«

Erneut sah der Professor an Max vorbei, sein Blick verharrte dieses Mal sogar länger auf dem Punkt hinter ihm an der Wand, so dass Max sich zu fragen begann, was Bormann da so ausdauernd fixierte.

»Haben Sie schon einmal etwas von Dr. Gernot Kilian gehört?«, wandte Bormann sich nun wieder an Max.

Der Name kam Max tatsächlich bekannt vor. »Ja, ich glaube schon, aber ich kann ihn nicht zuordnen.«

»Kilian ist forensischer Psychiater und Autor. Er hat mehrere Bücher zum Thema Fallanalyse und zu der Theorie einiger seiner Kollegen verfasst, die der Auffassung sind, dass es ein sogenanntes Mörder-Gen gibt, mit dem potenzielle Täter geboren werden. Er selbst hält das für groben Unfug.«

»Hm … Vielleicht hatte ich eines seiner Bücher schon in der Hand und kenne daher den Namen. Gelesen habe ich allerdings noch nichts von ihm.«

Bormann nickte bestätigend. »Ja, seine Bücher sind nicht so bekannt wie manch andere in diesem Bereich. Er stammt übrigens aus Köln. Ich denke gerade an ihn, weil wir nach längerer Zeit vor zwei Tagen mal wieder miteinander telefoniert haben. In seinen letzten beiden Büchern vertritt Kilian übrigens die These, dass ein Mord ohne jedes Motiv nicht aufgeklärt werden kann, wenn der Täter keine Verbindung zu den Opfern hat und keine Spuren hinterlässt. Das geht ja in etwa in die Richtung wie das, was Sie mir eben geschildert haben.«

»Hm …« Max versuchte erneut, sich daran zu erinnern, in welchem Zusammenhang ihm Kilians Name begegnet sein könnte, aber es fiel ihm nicht ein.

»Ich kenne eine ähnliche These, die besagt, dass es ohne Motiv auch keinen Mord geben kann, aber die stammt, glaube ich, nicht von ihm.«

»Das weiß ich nicht, aber was halten Sie von seiner Theorie bezüglich der Unmöglichkeit der Aufklärung eines Mordes ohne Motiv?«

Max wiegte den Kopf hin und her. »Ich weiß nicht … Für mich ist das ein seltsamer Ansatz. Hat man denn nicht für alles ein Motiv? Ich halte es eher mit der Annahme, dass es ohne Motiv erst gar keinen Mord gibt.«

»Interessant. Vielleicht unterhalten Sie sich mal mit Kilian darüber? Wer weiß, es könnte doch sein, dass ein solches Gespräch Ihnen den nötigen Schubs gibt, den ich Ihnen in diesem Fall nicht geben kann.«

»Ja, vielleicht.« Max hörte selbst, wie deprimiert er klang.

»Max, ich stelle fest, dass diese Sache Sie offenbar sehr mitnimmt. Ich kann verstehen, dass Sie fast verrückt geworden sind vor Sorge, als damals Ihre Schwester entführt wurde. Aber in diesen Fall sind Sie doch nicht persönlich involviert.«

»Das stimmt, im Grunde wollte ich nur einer Exkollegin einen Gefallen tun und habe dabei – natürlich – gehofft, ich könne etwas zur Aufklärung beitragen. Und eigentlich ist mein offizieller Auftrag als privater Ermittler auch erledigt, aber ... ich habe das Gefühl, dass ich vielleicht irgendetwas übersehe, etwas, das ...« Max suchte nach den passenden Worten, fand sie aber nicht, und hob in einer Geste der Ratlosigkeit beide Hände. »Es ist alles ein heilloses Durcheinander, und ich schaffe es nicht, Ordnung hineinzubekommen.«

»Meinen Sie diese Morde oder Ihre Gedanken?«

»Beides.«

Bormann stellte sein Glas zur Seite, beugte sich nach vorn und stützte die Unterarme auf den Oberschenkeln ab. »Ich sage Ihnen, was ich denke, Max.« Er machte eine Pause, als wollte er Max die Gelegenheit geben zu widersprechen. Dann fuhr er fort: »Ich denke, Sie zweifeln an Ihren Fähigkeiten.«

19

Als Max das Haus der Bormanns verließ, fühlte er sich keinen Deut besser als zuvor. Im Gegenteil, es war das erste Mal, dass der Professor ihm nicht nur nicht weiterhelfen konnte, sondern ihn zudem noch mit etwas konfrontiert hatte, das Max sich selbst nicht zugestehen wollte und das ihn nachdenklich machte. Und das Schlimmste daran war, dass Bormann mit seiner Einschätzung wohl recht hatte.

Max zweifelte zum ersten Mal an seiner Fähigkeit, sich der Gedankenwelt von Tätern zumindest so weit annähern zu können, dass es ihn auf eine Spur brachte und er einen Punkt fand, an dem er ansetzen konnte.

Vielleicht sollte er sich tatsächlich mit diesem forensischen Psychiater, Dr. Kilian, unterhalten. Er musste jede Chance nutzen, die sich bot. Max nahm sich vor, sich über ihn im Internet zu informieren.

Im Auto angekommen, wählte er Böhmers Nummer.

»Ja?«, meldete sich sein Expartner knapp.

»Bist du wieder zu Hause?«

»Auf dem Weg.« Er klang mürrisch.

»Was ist los? Du hörst dich an, als wäre dir eine Laus über die Leber gelaufen.«

»Ja, eine Laus namens Keskin.«

»Hat sie dich angeschissen wegen mir?«

»Nein, wenn es nur das gewesen wäre, hätte ich jetzt beste Laune.«

»Sondern?«

»Die Frau Kriminalrätin ist der Meinung, dass unsere Soko unprofessionell und zu lahmarschig arbeitet, und verlangt schnelle Ergebnisse. Sie *verlangt*! Als ob man so einen Fall auf Befehl lösen könnte.«

»Das hört sich ganz danach an, als stände sie selbst unter Druck.«

»Ja, Keskin hat ein Telefonat mit dem Staatsanwalt gehabt, in dem er sich ihr gegenüber wohl wenig charmant gezeigt hat.«

»Und sie gibt das dann an euch beziehungsweise an dich weiter?« Max schüttelte den Kopf.

»So ist es. Ich Idiot wollte sie zuerst noch trösten, weil sie so frustriert schien. Ich habe gesagt, es sei doch normal, dass man sich in eine neue Führungsaufgabe einleben muss.«

»Und daraufhin hat sie dich so angegangen?«

»Nein, erst als ich ihr vorgeschlagen habe, die Soko sollte enger mit dir zusammenarbeiten, weil du einen scharfsinnigen und analytischen Verstand hast und jeder Kopf, der zusätzlich mitdenkt, die Chancen auf Erfolg erhöht.«

»Und, wie hat sie darauf reagiert?«

Böhmer stieß ein bellendes Lachen aus, dem jeder Anflug von Humor fehlte. »Ich glaube, sie hat kurz darüber nachgedacht, mich zu erschießen. Dann kam dieser Spruch von wegen unprofessionell und lahmarschig. Sie meinte, wenn ich den Ermittlern der Soko, einschließlich mir, nicht zutraue, diesen Fall ohne die Hilfe eines Zivilisten zu klären, sollte ich mir überlegen, ob der Innendienst in der Asservatenkammer nicht der geeignetere Job für mich wäre.«

»Hoppla«, entfuhr es Max.

»Ich habe geantwortet, dass ich darüber nachdenken werde, weil ich dort zumindest die Chance auf einen Vorgesetzten hätte, der Rückgrat genug hat, seine Mannschaft nach oben zu verteidigen.«

»Böhmer'sche Diplomatie …«

»Sie ist wutentbrannt losgestapft.«

»Vielleicht musst du ihr tatsächlich die Chance geben, mit ihrer neuen Rolle klarzukommen.«

»Dass du sie auch noch verteidigst, wundert mich.«

»Letztendlich hat sie recht«, antwortete Max nachdenklich. »Ich bin euch im Moment leider keine große Hilfe.«

»Was ist das denn für ein Blödsinn?«, widersprach Böhmer. »Du hast doch gerade erst angefangen, dich mit den Morden zu beschäftigen.«

»Trotzdem … dieser Fall ist anders als alles, was ich bisher erlebt habe. Er ist vollkommen … unlogisch.«

»Ich weiß«, entgegnete Böhmer. »Ich bin bei der Kriminalpolizei und arbeite an der Sache, falls du dich erinnerst.«

»Ich komme gerade von Bormann.«

Böhmer kannte den Professor und wusste, dass Max immer dann Bormanns Rat suchte, wenn er an seine Grenzen stieß. »Findest du nicht, du solltest dir selbst ein bisschen mehr Zeit geben?«

Hatte Böhmer recht? Max befasste sich erst seit dem Vortag mit dem Fall, also war es tatsächlich noch viel zu früh, die Flinte ins Korn zu werfen.

»Mag sein«, antwortete er zerknirscht. »Jedenfalls hat

der Professor einen Psychiater erwähnt, den ich seiner Meinung nach mal treffen soll. Einen Dr. Kilian. Sagt dir der Name was?«

»Kilian ... Nein. Nichts.«

»Er hat offenbar einige Theorien zu Mordfällen und deren Aufklärung entwickelt und auch schon Bücher darüber geschrieben.«

Böhmer stieß ein kurzes Lachen aus. »Da kann er sich ja mit der Frau Kriminalrätin zusammentun. Die denkt offenbar auch, man kann Fälle mit irgendwelchen Theorien lösen, wenn sie es befiehlt.«

»Ich finde es bezeichnend, dass Bormann mir jemanden empfiehlt, der mir vielleicht weiterhelfen kann. Bisher hat er noch immer auf meine Fähigkeiten vertraut. Wie gesagt, ich kenne diesen Kilian nicht, aber wenn er wirklich eine Idee hat ...«

»Max! Fahr nach Hause und leg dich ins Bett. Wenn du morgen früh ausgeruht über alles nachdenkst, sieht die Welt schon wieder anders aus.«

»Ja, das werde ich tun.«

»Ich melde mich morgen Vormittag bei dir.«

»Ist gut.« Max wollte gerade auflegen, als Böhmer rief: »Stopp, warte, da ist noch was. Hätte ich fast vergessen vor lauter Ärger über diese ... Mann, ich werde wirklich zu alt für den Job.«

»Was ist denn?«

»Wir haben die Analyse der Handschriften bekommen, mit denen die Botschaften geschrieben worden sind.«

»Und?«

»Sie sind alle unterschiedlich.«

»Was?«, stieß Max überrascht aus. »Aber hattest du nicht gesagt, die erste sei wahrscheinlich von einem Rechtshänder mit links geschrieben worden? Kann es da nicht sein, dass zumindest eine der anderen mit der rechten Hand geschrieben wurde und sie deshalb anders aussieht?«

»Wenn überhaupt, dann träfe das nur für eine der Botschaften zu. Aber der Graphologe ist recht sicher, dass alle drei von verschiedenen Personen stammen.«

»Mist!«

»Da bin ich ganz deiner Meinung. Wie es aussieht, haben wir es also doch mit mehreren Tätern zu tun.«

Ohne darüber nachzudenken, schlug Max mit dem Handballen auf das Lenkrad. »Verdammt! Was ist das denn für ein Mist? Das ist doch vollkommen verrückt. Wenn es wirklich drei Täter waren – woher, zum Teufel, wissen dann alle drei von diesen Nachrichten? Moment … Es muss jemanden im Hintergrund geben.«

»Ganz genau«, stimmte Böhmer zu. »Irgendjemand heuert Killer an, um die Morde zu begehen.«

Max stieß die Luft zwischen den Zähnen aus. »Und einer davon soll Leon gewesen sein? Ein Student, der allseits beliebt ist und Gewalt verabscheut? Der sich selbst das Leben nimmt, als er beschuldigt wird? So jemand soll ein bezahlter Mörder gewesen sein? Und – wieder einmal die wichtigste Frage: Warum sollte jemand so was tun? Eine Versicherungsangestellte, ein Buchhändler und eine zweiundachtzigjährige Frau, die absolut nichts gemeinsam haben.«

»Ich habe keinen blassen Schimmer.«

»Dann sind wir schon zwei.«

»Nein, wir sind mehr«, entgegnete Böhmer. »Den Kolleginnen und Kollegen der Soko geht es genauso. Aber heute Abend werden wir die Lösung nicht mehr finden, deshalb hören wir jetzt auf. Ich bin müde und immer noch sauer auf die Frau Kriminalrätin. Wir sehen uns morgen.«

»Ja, bis dann.« Max legte auf, startete den Motor und machte sich auf den Heimweg.

20

Während der Fahrt ging Max in Gedanken immer wieder die Fakten durch, die ihm über die drei Morde bekannt waren, und versuchte verzweifelt, das lose Ende eines Fadens zu finden, den es nicht zu geben schien. Und die neueste Info von Böhmer zu den Handschriften machte es nicht besser.

Der große Unbekannte im Hintergrund, der einen Studenten als Killer anheuert … oder umgekehrt, ein junger Mann wie Leon, der sich als Killer anheuern ließ? Daran wollte Max nicht glauben.

Das Läuten seines Smartphones riss ihn aus diesen Gedanken.

Ein Blick auf das Display zeigte ihm eine unbekannte Nummer. Max nahm das Gespräch an und war überrascht, als der Anrufer sich meldete.

»Oliver Baumann hier. Max Bischoff?«

»Ja, der bin ich.«

»Du wunderst dich wahrscheinlich über meinen Anruf.«

Max wunderte sich zudem über die Tatsache, dass Baumann ihn duzte. Das war unter Kolleginnen und Kollegen zwar üblich, aber doch ungewöhnlich, wenn man noch so gut wie nichts miteinander zu tun gehabt hatte.

»Ich bin zwar noch immer mit dem KK11 in Kontakt,

aber Wirtschaftskriminalität und Korruption gehören weniger zu den Dingen, mit denen ich mich befasse.«

»Das ist der Grund, warum ich dich anrufe. Ich habe gehört, dass Katharina dich überredet hat, in dem Fall mit ihrem Neffen auf eigene Faust zu ermitteln.«

»Sie hat mich um Hilfe gebeten.«

»Wie auch immer. Hör zu, verschwende nicht deine Zeit mit dem Blödsinn. Katharina ist … wie soll ich es sagen … sie hat psychische Probleme und neigt dazu, hier und da vollkommen überzogen zu reagieren. Vor allem, wenn es um ihre Familie geht. Glaub mir, ich weiß, wovon ich rede, und meine es nur gut mit dir.«

Der Verlauf dieses Gesprächs gefiel Max überhaupt nicht.

»Eine Frage: Du sagtest, du hast *gehört*, dass ich Katharina helfe … Kommt diese Info zufälligerweise von Hans-Jörg Markwart?«

»Was spielt das denn für eine Rolle?«, antwortete Baumann eine Spur zu hastig. Er hatte es also von Markwart.

»Bischoff, die Kollegen vom KK11 haben genügend eindeutige Beweise dafür, dass Katharinas Neffe diesen Mord begangen hat. Das sind doch alles keine Idioten. Und dann tauchst du plötzlich auf und weigerst dich nicht nur, die vorliegenden Ermittlungsergebnisse anzuerkennen, sondern du fängst auch noch an, auf eigene Faust zu ermitteln. Siehst du denn nicht, wie das auf deine ehemaligen Kolleginnen und Kollegen wirken muss?«

»Wie denn?«, fragte Max, obwohl ihm dämmerte, worauf Baumann hinauswollte.

»Ich denke, du hast genügend Grips, um dir das selbst auszumalen. Warum setzt du dich nicht einfach gemütlich in deinen Hörsaal in der Uni und lässt dich von hübschen Studentinnen anschmachten?«

»Entschuldige bitte, aber ich entscheide noch immer selbst, was ich tue und was nicht. Hat sich denn jemand vom KK11 bei dir beschwert? Also, abgesehen von Markwart.«

»Nun lass doch mal den Markwart aus dem Spiel. Um den geht es nicht. Hör mal, Bischoff, ich leite selbst ein Kommissariat. Denkst du, ich bekomme nicht mit, was in den anderen Bereichen läuft? Noch mal: Es ist nur ein gutgemeinter Rat eines ehemaligen Kollegen. Lass es sein und konzentriere dich auf deinen Job. Du hast den Laden freiwillig verlassen, also lass die Kollegen ihren Job machen. Denk einfach mal darüber nach. Ciao!«

Das Gespräch war beendet, und Max stellte fest, dass er diesen Anruf überhaupt nicht einordnen konnte. Warum machte der Leiter des KK23 und Exmann von Katharina sich die Mühe, ihn anzurufen, um ihm nahezulegen, die Finger von dem Fall zu lassen? Wie ein *gutgemeinter Rat* hatte es sich jedenfalls nicht angehört.

Max nahm sich vor, mit Böhmer darüber zu sprechen. Vielleicht hatte der eine Idee, was Oliver Baumann bezweckte.

Zwanzig Minuten später war Max zu Hause. Mittlerweile war es fast elf Uhr, und er überlegte, ob er noch ein Glas Wein trinken oder gleich ins Bett gehen sollte. Als sein Blick im Wohnzimmer auf die Rotweinflasche fiel, die, noch zur Hälfte gefüllt, auf dem Sideboard stand, entschied er sich für die erste Option.

Kurz darauf stellte er das Weinglas neben sein Notebook auf dem Esstisch ab und klappte das Display auf. Diese Geschichte mit den Handschriften wollte ihm nicht aus dem Kopf gehen. Er öffnete den Browser und gab als Suchbegriff *Schriftsachverständiger* ein.

Nachdem er einige der zuerst aufgelisteten, bezahlten Ergebnislinks angeklickt und nicht gefunden hatte, was er suchte, entdeckte er den Link zu einer Website namens *Kriminaltechnik Peter Kuhn* mit der Beschreibung:

Ihr Partner für polizeiliche und private Ermittlungen.

Max öffnete die in nüchternem Design gehaltene Seite, auf der besagter Dr. Kuhn verschiedene Dienste anbot. Dazu gehörten sprachwissenschaftliche Gutachten, forensische Schriftgutachten sowie Schriftalterbestimmung.

Max klickte sich durch die einzelnen Punkte und überflog die Texte dazu. Alles in allem machte der Webauftritt einen seriösen Eindruck.

Mit einem Klick auf den Link *Kontakt* wurde er auf eine Seite weitergeleitet, auf der neben der Post- auch die Mail-Adresse, eine Festnetz- und eine Mobilnummer angegeben wurden. Dr. Kuhn hatte sein Büro in Frankfurt.

Max warf einen Blick auf die Uhrzeit am oberen rechten Rand des Bildschirms und zögerte kurz, doch dann nahm er sein Smartphone in die Hand und wählte die angegebene Mobilnummer. Zu seiner Überraschung wurde das Gespräch schon nach wenigen Sekunden angenommen.

»Kuhn.«

»Guten Abend, mein Name ist Max Bischoff, ich rufe aus Düsseldorf an. Bitte entschuldigen Sie die späte Störung, aber ich habe eine Frage, die bei den Ermittlungen zu einer aktuellen Mordserie wichtig ist, und ich hoffe, Sie können mir weiterhelfen.«

»Sie sind Polizeibeamter?«

»Ich *war* Polizist und arbeite jetzt als Dozent an der Hochschule. Nebenbei unterstütze ich meine ehemaligen Kollegen hier und da in kniffligen Fällen. Wie gerade jetzt.«

»Und da rufen Sie mich mitten in der Nacht an.«

»Wie schon gesagt, ich entschuldige mich für die …«

»Gibt es bei der Düsseldorfer Polizei keinen Graphologen, den Sie nachts belästigen können?«, blaffte Kuhn in den Hörer.

Max fand den Ton zwar unpassend, besann sich aber darauf, wie spät es war und dass er Verständnis dafür haben musste, wenn Kuhn ungehalten reagierte.

»Ich entschuldige mich nochmals. Es ist nur eine Frage, die ich habe, die aber wirklich wichtig ist.«

»Wichtig. Gut. Dann schalte ich jetzt das Band ein und hätte gern Ihre Rechnungsanschrift, und dann erteilen Sie mir laut und deutlich einen abrechenbaren Auftrag. Nach zwanzig Uhr nehme ich übrigens einen Nachtzuschlag von einhundert Prozent.«

Max spürte, wie Ärger in ihm aufstieg.

»Hören Sie, ich weiß ja, es ist spät, aber wie ich schon sagte, es geht um eine Mordserie, und die Antwort auf meine Frage kann helfen, Menschenleben zu retten.«

»Und die Berechnung meiner Arbeit kann helfen, mir ein Steak auf den Teller zu bringen. Also?«

»Danke, Herr Kuhn. Es hat sich erledigt. Ich bin überzeugt, mit Ihrer freundlichen Art sind Sie ein vielbeschäftigter Mann. Ich werde nicht weiter Ihre Abendruhe stören.«

Damit legte Max auf und atmete tief durch. Natürlich war niemand begeistert, um diese Zeit einen Anruf zu bekommen, aber spätestens bei der Erwähnung der Morde hätte Max erwartet, dass der Mann sich ein bisschen kooperativer zeigte.

Er schloss die Website und klickte einfach den nächsten Link in der Liste an, der ihn auf eine in dunklen Tönen gestalteten Website führte. Sie wurde dominiert vom Foto eines schlanken Mannes von etwa vierzig Jahren, dessen schwarzes T-Shirt mit einem knallbunten Löwenkopf noch das Unauffälligste an ihm war.

In großen weißen Lettern prangte über seinem Kopf sein Name: Dr. Marvin Wagner. Er hatte eine rasierte Glatze, wie die winzigen dunklen Stoppeln auf dem Kopf zeigten, trug große Ohrtunnel und hatte auffällige Tätowierungen an allen sichtbaren Stellen des Körpers außer dem Gesicht. Dafür zierte ein großer Ring seinen Nasenflügel und Metallstifte seine Augenbrauen.

Max widerstand dem ersten Impuls, die Seite gleich wieder zu schließen, und las stattdessen den beachtlichen Lebenslauf des Mannes.

Studium der Psychologie, anschließende Weiterbildung zum Psychotherapeuten, dann Dissertation mit summa cum laude, Rechtspsychologe bei Gericht und forensischer Psychologe, zudem forensischer Schriftgutachter. Er wohnte in Duisburg, also nur rund vierzig Kilometer entfernt.

Unter *Privates* konnte Max nachlesen, dass der Mann ein Gothic-Fan war und das in seiner Freizeit unter anderem durch seinen Kleidungsstil und den Besuch von entsprechenden Treffen auslebte.

Etwas in Max sagte ihm, dass bei diesem Mann die Chance, nachts noch eine Antwort auf eine Frage zu bekommen, größer war, als er es gerade bei Herrn Kuhn erlebt hatte.

Also wählte er die Nummer und hoffte, dass er mehr Glück hatte.

21

»Marvin hier, wer spricht?«, meldete sich Wagner gut gelaunt.

»Ähm … Max Bischoff aus Düsseldorf«, antwortete Max überrascht. »Ich bin ehemaliger Polizist und nun Privatermittler, der gerade versucht, einem Serienmörder auf die Spur zu kommen.«

»Hm … klingt spannend«, entgegnete Wagner. »Und offensichtlich ein Mann, der wie ich um diese Uhrzeit noch arbeitet. Ganz nach meinem Geschmack.«

»Ich …«, setzte Max an, war aber so aus der Fassung gebracht, dass er nach Worten suchte.

»Also: Was ist der Grund Ihres Anrufs?«

»Eine Frage, die mit drei Morden zusammenhängt, die in den letzten Tagen in Düsseldorf passiert sind.«

»Düsseldorf … ja, richtig, ich habe darüber gelesen, mich aber nicht näher damit beschäftigt. Das zieht mich immer runter. Und in welcher Funktion soll ich Ihnen dabei helfen?«

Max war noch immer irritiert von der unkonventionellen Art, mit der Wagner die Unterhaltung führte.

»Ich brauche einen Schriftgutachter.«

»Aha. Aber die Polizei in Düsseldorf hat doch sicher selbst Schriftgutachter. Warum ich?«

»Wie ich schon sagte, ich bin nicht mehr bei der Polizei, sondern arbeite als privater Ermittler an der Sache. Eine verzweifelte Frau hat mich engagiert, weil ihr Neffe für den ersten Mord beschuldigt worden war und sich daraufhin umgebracht hat.«

Max verzichtete bewusst darauf zu erwähnen, dass Katharina Baumann selbst Polizistin war. Er konnte sich Wagners Fragen dazu vorstellen.

»Ja, stimmt, da war was ... klingt dramatisch. Also, dann schießen Sie mal los.«

»Danke!« Max berichtete kurz von den drei Nachrichten und den unterschiedlichen Schriften, in denen sie verfasst worden waren, und sagte abschließend: »Was ich wissen möchte: Kann ein Mensch seine Handschrift so sehr verändern, dass sie aussieht, als stammte sie von einer anderen Person?«

Wagner ließ sich einen Moment Zeit, bevor er antwortete: »Nicht ohne weiteres.«

»Was bedeutet das?«

»Sagen Sie, dieser Buchhändler hatte echt ein Röhrchen im Arsch stecken?«

»Ja, aber ...«

»Verrückt, auf was diese durchgeknallten Idioten alles kommen. Da könnte man ja jetzt anfangen zu interpretieren ... Aber zurück zu Ihrer Frage, das ist recht einfach erklärt. Die Handschrift eines Menschen ist Ausdruck seines Charakters. Sie ist individuell, fast wie ein Fingerabdruck.« Wagner sprach mit solcher Begeisterung, als würde er über ein tolles Urlaubserlebnis reden.

»Wenn ich also einen Brief von Ihnen habe, kann ich Ihnen sagen, ob Sie ein schräger Vogel sind, ob Sie Ehrgeiz haben oder zur Faulheit neigen. Oder ob Sie den Schneid haben, einfach mal mitten in der Nacht einen Schriftgutachter anzurufen, den Sie nicht kennen, weil Ihnen eine Frage keine Ruhe lässt.«

Er stieß ein kurzes, sympathisches Lachen aus.

»Glauben Sie nicht? Glauben Sie's ruhig, es stimmt. Dabei achte ich auf verdammt viele Dinge. Den Druck, den Sie beim Schreiben auf den Stift ausüben, die Einheitlichkeit Ihrer Schrift, den Winkel, die Wölbungen an Buchstaben wie *m*, *n* oder *h*, wo setzen Sie die i-Punkte, wie sehr ähneln sich die Buchstaben *u* und *n*, und, und, und.

Wenn Sie nun denken, dass Sie schlauer sind als ich, und versuchen, Ihre Schrift zu verändern, werden Sie vielleicht grob ein anderes Schriftbild erzeugen, aber dennoch verschiedene Dinge genau so einbauen, wie es eben Ihrem Charakter entspricht. Die wird ein Fachmann wie ich finden. Also bin ich doch schlauer.« Wieder das gewinnende Lachen.

»Dann funktioniert das also nicht«, schlussfolgerte Max enttäuscht.

»Ha! Das habe ich nicht gesagt. Ich sagte: *nicht ohne weiteres!*«

»Und was meinen Sie damit?«

»Wenn Sie mich überlisten wollen, müssen Sie vollkommen andere Bedingungen schaffen.«

»Das verstehe ich nicht.«

»Logisch. Deshalb bin ich ja auch der Fachmann. Wenn Sie zum Beispiel Wörter groß in die Luft malen, nutzen Sie dazu nicht die Bewegung des Handgelenks, sondern die

Ihres Arms. Absolut ungewohnt, grobmotorischer, anders und – voilà – eine vollkommen neue Ausgangssituation. Wenn Sie sich dazu dann auch noch darauf konzentrieren, können Sie ein vollkommen neues Schriftbild für sich erzeugen.«

Max' Gedanken rasten. *Große* Wörter ...

»Moment ... würde das auch funktionieren, wenn ich große Wörter an eine Wand male?«

»Genau dazu wollte ich jetzt kommen. Sie erwähnten ja die Botschaft an der Wand. Wenn Sie es zuvor oft genug in der Luft geübt haben, ja, klar.«

Max schaffte es kaum noch, ruhig sitzen zu bleiben. Er wusste noch nicht, ob das, was er gerade gehört hatte, ihn wirklich weiterbrachte, aber es konnte endlich eine Erklärung für eine der vielen Ungereimtheiten in diesem Fall sein. Die Botschaft auf dem Rücken der alten Frau fiel ihm ein. »Und wie sieht es aus, wenn ich noch ganz andere Bedingungen habe? Wenn ich zum Beispiel auf einem weichen, unebenen Untergrund schreibe, wieder in recht großen Buchstaben.«

»Weich und uneben? Geht das ein bisschen genauer?«

»Sagen wir auf menschlicher Haut.«

»Hm, das würde einen ähnlichen Effekt erzielen wie die großen Buchstaben an der Wand. Ich denke, die Gemeinsamkeiten würde ich aufdecken können.«

»Und wenn ich an der Wand mit der linken Hand geschrieben habe und auf der Haut mit rechts?«

Wieder entstand eine Pause, dieses Mal jedoch länger. Schließlich sagte Wagner: »Ja, ich denke, das könnte das Bild so sehr verzerren, dass man nicht mehr sicher von derselben Person ausgehen kann. In diesem Fall wären Sie dann wieder der Schlauere.«

Max hätte am liebsten einen Triumphschrei ausgestoßen. »Ich danke Ihnen. Das hilft mir wirklich sehr weiter.«

»Freut mich«, entgegnete Wagner. »Ich wundere mich, dass der Schriftsachverständige der Düsseldorfer Polizei Ihnen diese Fragen nicht beantworten konnte. Oder ist er so ein verknöcherter Typ, der Ihnen die Hölle heißmacht, wenn Sie ihn nachts anrufen? Von denen kenne ich eine ganze Menge. Die rollen immer ganz fürchterlich mit den Augen, wenn ich in einem Gerichtssaal auftauche oder vor irgendwelchen Kommissionen ein Gutachten abgebe.«

Das konnte Max sich sehr gut vorstellen, wenn er sich Wagners Foto so ansah.

»Er hätte es vielleicht tun können«, gab Max zu. »Aber ich habe es vorgezogen, eine neutrale Meinung zu hören.«

»Prima, und der liebe Dr. Wagner konnte Ihnen sogar weiterhelfen, ohne Ihnen am Telefon den Kopf abzureißen.«

»Ja, nochmals danke, auch für die unkomplizierte Art.«

»Sie waren doch bei der Polizei, da kennen Sie vermutlich diese verstaubten Typen mit Stock im Arsch. Mir ist es wichtig zu zeigen, dass Wissenschaft lebendig und spannend sein kann.«

»Da haben Sie recht.« Und spontan fügte Max hinzu: »Darf ich mich wieder bei Ihnen melden, wenn diese Sache vorbei ist? Ich würde mich gern noch mal mit Ihnen unterhalten.«

»Na klar. Sehen Sie, es funktioniert. Kaum ist man ein bisschen locker, beginnen die Menschen, sich für wissenschaftliche Arbeit zu interessieren. Eine Frage habe ich aber auch noch: Sie sprachen von drei Morden.«

»Ja«, bestätigte Max.

»Wie gesagt, ich habe mich nicht näher damit beschäftigt, aber ich habe ein recht gut funktionierendes Gedächtnis und erinnere mich, in den letzten Tagen nur von zwei Morden in Düsseldorf gelesen zu haben. Das würde dann logischerweise bedeuten, der dritte Mord muss gerade erst passiert sein?«

»Ja, vor wenigen Stunden.«

»Shit! Allerdings wird es jetzt spannend. Wir haben eine Wand, Haut und den Zettel im Hintern. Wenn dieselbe Person verschiedene Schriftbilder erzeugen wollte, dann müsste sie damit jetzt am Ende der Möglichkeiten sein. Mir fällt jedenfalls kein weiterer Weg ein, ein Schriftbild so zu verändern, dass ich es nicht mehr erkennen und zuordnen könnte. Es sei denn, der Täter ist schlauer als ich. Das halte ich allerdings für unwahrscheinlich, denn ich bin ziemlich schlau.«

»Ich hoffe inständig, dass es keine weiteren Morde und Nachrichten mehr geben wird«, sagte Max. »Zumindest haben Sie mir eine mögliche Erklärung für eines von vielen Rätseln in diesem Fall geliefert.«

»Cool! Vielleicht geben Sie meine Kontaktdaten einfach mal an Ihre Exkollegen zum Weiterreichen an die Staatsanwaltschaft. Wie schon erwähnt, erstelle ich auch Gutachten für Gerichtsverfahren.«

»Das mache ich, Dr. Wagner. Und nochmals – sorry für die späte Störung und vielen Dank.«

»Hey, hat Spaß gemacht. *See you later, Mr. Investigator.*«

Max beendete das Gespräch, legte das Smartphone auf den Tisch und trank einen Schluck Wein.

Nachdem er das Glas wieder abgestellt hatte, speicherte er die Website von Dr. Marvin Wagner als Lesezeichen und nahm sich fest vor, sich tatsächlich wieder bei ihm zu melden. Wagner hatte einen äußerst interessanten Eindruck auf Max gemacht, und er brannte darauf, diesen Mann persönlich kennenzulernen.

Aber zuerst musste er in diesem Fall weiterkommen.

Kurz dachte er darüber nach, Böhmer nochmals anzurufen und ihm von den Neuigkeiten zu den angeblich verschiedenen Schriften zu erzählen, doch mittlerweile ging es auf Mitternacht zu, und Böhmer lag mit großer Wahrscheinlichkeit schon im Bett. Wenn Max ihn kurz nach dem Einschlafen stören würde, konnte er sich lebhaft ausmalen, wie sein Exkollege darauf reagierte.

Max stand auf, löschte das Licht und ging ins Bad. Beim Zähneputzen dachte er, dass Zahnpasta auf Rotwein ein Geschmackserlebnis der besonderen Art war. Nachdem er sich den Mund gründlich ausgespült hatte, ging er ins Schlafzimmer und ließ sich todmüde ins Bett sinken.

Er wusste, er würde schlafen können. Weil er zumindest ein kleines Licht am Ende des Tunnels entdeckt hatte.

22

Auf meinem Weg komme ich an einem Restaurant vorbei. Es befindet sich auf der anderen Straßenseite. Zwei große Scheiben erlauben den Blick in den in angenehm gedämpftes Licht getauchten Innenraum. Ich werde langsamer, bleibe schließlich stehen, mache zwei Schritte rückwärts, bis ich mit dem Rücken gegen einen Holzzaun stoße. Ich betrachte die Szenen, die sich im Inneren abspielen. Die Gäste werden mich nicht sehen können, selbst wenn ihr Blick nach draußen fällt. Der Abstand, in dem die Straßenlaternen ihre trüben Lichtinseln auf den Bürgersteig werfen, ist zu groß. Ich befinde mich in einem kaum beleuchteten Teil.

Ich stehe da und sehe den Gästen des Restaurants zu. Andere Menschen zu beobachten ist ein großartiger Zeitvertreib. Aber nicht nur.

Ich spüre die Hand, die sich um meinen Magen legt und sich langsam zur Faust ballt. Manchmal ist das Beobachten auch der neidvolle Blick auf Menschen, deren Leben noch in Ordnung ist. Noch nicht vollkommen aus der Bahn geraten. Ich wette, nicht einem der Leute dort in dem Restaurant ist bewusst, wie glücklich sie sich schätzen können mit ihren kleinen Sorgen. Keiner von ihnen weiß, wie sich brennender Hass anfühlt und wozu er führen kann.

Da ist der Vierertisch vor dem rechten Fenster. Drei Männer, eine Frau, alle nicht älter als dreißig. Sie trinken Wein und un-

terhalten sich. Hier und da stößt die Frau ein Lachen aus. Ich kann es nicht hören, aber ich bin sicher, es ist glockenhell und so klar, dass es einstudiert wirkt. Ich sehe es ihrem Gesicht an. Ebenso wie ich den Gesichtern der Männer ansehe, dass jeder von ihnen sie für sich haben möchte.

Bestimmt arbeiten sie tagsüber zusammen. Die drei haben sich abgesprochen, um sie zum Essen einzuladen, das ist weniger verfänglich, als wenn ein Einzelner sie gefragt hätte. Aber sie sind Konkurrenten. Sie wollen sie alle drei.

Der Blondschopf ihr gegenüber wird das Rennen machen, die Signale, die sie ihm sendet, sind eindeutig.

Am Tisch daneben das Paar Anfang fünfzig. Sie sieht schick aus in ihrem dunkelblauen Hosenanzug und der weißen Bluse. Ein bisschen bieder vielleicht. Soweit ich es erkennen kann, hat sie noch eine gute Figur.

Wie sie dasitzen und sich wortlos und mit steinerner Miene das Essen Gabel für Gabel teilnahmslos in den Mund schieben, als hätte man ihnen einen unsympathischen Fremden an den Tisch gesetzt.

Er trägt einen scheußlichen Pullover mit buntem Muster, der ihm zudem mindestens eine Nummer zu klein ist und um den Bauch spannt, das sehe ich sogar aus dieser Entfernung. Es muss ihr aufgefallen sein, als er ihn angezogen hat, aber sie hat nichts zu ihm gesagt. Weil es ihr egal ist.

Sie haben wahrscheinlich schon mehr als die Hälfte ihres Lebens zusammen verbracht, und das ist geblieben. Sie schweigen sich an. Sie öden sich an.

Diese Idioten.

Ich gehe weiter.

Am Ende der Straße biege ich nach links ab. Der Weg vor

mir ist menschenleer, noch weniger ausgeleuchtet als die Straße vor dem Restaurant, und führt in einen Bereich vollkommener Dunkelheit.

Manch einer würde sich unwohl fühlen in einer solchen Umgebung, hätte vielleicht sogar Angst. Ich nicht.

Ich schiebe die Gedanken beiseite. Ich muss mich auf das konzentrieren, was vor mir liegt. Ich muss jemandem etwas klarmachen. Ein für alle Mal.

23

Als Max die Augen öffnete, herrschte um ihn herum eine fast vollkommene Dunkelheit. Er lag auf der Seite und konnte vage die Konturen eines Schranks erkennen. Seines Schranks? Er versuchte, sich zu erinnern, wann er ins Bett gegangen war, aber sein Verstand kam auf eine seltsame Art nicht in Gang. Er fühlte sich völlig benebelt. Max wollte sich auf den Rücken drehen, es gelang ihm aber nicht, ohne dass er verstand, warum er sich nicht bewegte.

Seine Gedanken zogen sich wie Gummi und ergaben keinen Sinn. Dass er sich schließlich doch auf den Rücken gedreht hatte, wurde ihm erst bewusst, als er in seinem äußeren linken Sichtfeld etwas bemerkte, das dort nicht hingehörte. Etwas Störendes. Während er langsam den Kopf in die Richtung drehte, nahm er wahr, dass sein Herz wie verrückt gegen seine Rippen wummerte und er die Schläge als dumpfes Stakkato in seinem Kopf hören konnte.

Dann blickte er in eine wahre Teufelsfratze.

Die Gestalt baute sich wie eine dunkle Wand neben seinem Bett auf und verschmolz zum Teil mit der Dunkelheit. Die Augen jedoch leuchteten in einem dunklen Rot, so intensiv, dass sich ein Schimmer über die fürchterliche Fratze legte und ihre Konturen erahnen ließ. Max hörte einen dumpfen, gequält klingenden Ton und wusste nicht, ob er selbst ihn ausgestoßen hatte oder die fürchterliche Gestalt. Sein Puls raste immer schneller, während eine Angst in ihm aufstieg und ihm die Kehle zuschnürte, wie er sie selten in seinem Leben gespürt hatte.

Die Verbindung aus rotem Schein und Schatten machte das Gesicht dieses Monsters zum Zerrbild eines menschlichen Antlitzes. Max wimmerte und wollte sich abwenden, um den Anblick nicht länger ertragen zu müssen, doch irgendetwas hielt ihn davon ab.

Plötzlich kam Bewegung in die Gestalt. Etwas Dunkles löste sich aus ihr und bewegte sich auf ihn zu. Es waren Hände, die auf sein Gesicht zusteuerten. Das alles fand in einer gespenstischen Stille statt, unterbrochen nur von dem Wimmern, das Max unbewusst ausstieß.

Diese ohnmächtige Angst … Warum tat er denn nichts? Warum sprang er nicht auf, griff dieses Ding an, wehrte sich …

Warum starrte er stattdessen auf die schwarzen Finger, die sich zu Klauen formten und sich seinem Hals näherten?

Max spürte die Berührung von etwas Kaltem, registrierte, wie plötzlich Druck auf seinen Kehlkopf ausgeübt wurde, wollte panisch die Arme hochreißen, aber statt mit einem kraftvollen Ruck diese Klauen von seinem Hals wegzuziehen, legten sich seine Hände in unwirklicher Langsamkeit und völlig kraftlos auf den glatten Stoff der Bettdecke. Max versuchte krampfhaft, Luft in seine Lungen zu saugen, doch der eiserne Griff um seinen Hals ließ dies nicht zu. In seiner Todesangst schaffte er es schließlich, seinen Körper ein Stück weit zu drehen und die Beine aus dem Bett zu schieben. Als der Griff um seinen Hals sich plötzlich lockerte, nutzte er den Moment, um sich mit aller Willenskraft zur Seite zu wälzen. Für eine Sekunde hatte er das Gefühl, in der Luft zu schweben, dann schlug er mit einem dumpfen Knall auf dem Fußboden auf. Noch während er sich orientierte und versuchte, sich wieder aufzurichten, tauchten die rot leuchtenden Augen über ihm auf und starrten ihn an. Drei, vier Sekunden lang.

Dann versank Max in vollkommener Schwärze.

24

Das Läuten des Festnetztelefons riss Max um kurz vor sieben Uhr aus dem Schlaf. Leise fluchend stand er auf und wankte ins Wohnzimmer. Sein Smartphone hatte er immer auf dem Boden neben dem Bett liegen, aber das Festnetzgerät, das stoisch mit seinem elektronischen Zwei-Ton-Signal nach ihm rief, stand oder lag meistens im Wohnzimmer.

Noch bevor er das Telefon erreichte, fiel ihm sein Erlebnis der vergangenen Nacht ein. Welch ein fürchterlicher Traum. So grausam, dass Max sogar jetzt noch ein mulmiges Gefühl hatte. An Einzelheiten konnte er sich nicht mehr erinnern, aber daran, dass ein Monster mit leuchtend roten Augen versucht hatte, ihn umzubringen. Kehrten plötzlich die Albträume seiner Kindheit wieder zurück?

Er griff nach dem Hörer und nahm das Gespräch an. »Ja?«, meldete er sich mit belegter Stimme und ließ sich auf die Couch fallen.

»Guten Morgen, hier ist Nik Wesener.«

»Wer?«, fragte Max, doch schon im nächsten Moment wusste er, wer in der Leitung war. »Ach ja, der angehende Psychologe, der gern überrascht werden wollte. Was möchten Sie am frühen Morgen?«

»Ich wollte mich bei Ihnen entschuldigen.«

»Ach.«

»Ich habe mich gestern ziemlich dämlich benommen. Ich weiß, ich kann manchmal ganz schön ätzend sein. Eigentlich bin ich gar nicht so. Ist einfach eine Scheißzeit, seit Leon ... Jedenfalls tut es mir leid.«

Es hörte sich ehrlich an. Entweder war Wesener ein guter Schauspieler, oder er meinte es wirklich ernst. Max dachte an Katharina Baumann, die sich über Max' Eindruck von Wesener gewundert und ihn als netten Kerl beschrieben hatte.

»Sie haben recht, Sie haben sich ätzend benommen, aber gut, dass es Ihnen selbst aufgefallen ist.«

»Ja. Das war's auch schon, was ich Ihnen sagen wollte. Falls Sie noch Fragen zu Leon haben, können Sie gern wieder zu mir kommen. Dann wird unser Gespräch besser laufen.«

»Gut zu wissen. Ich komme wahrscheinlich darauf zurück. Bis dann.«

»Ja, bis dann.«

Max stellte das Telefon in die Station und rieb sich mit beiden Händen über das Gesicht.

Der Tag begann merkwürdig, aber zumindest nicht negativ. Im Gegensatz zu der Nacht. Er war sich noch nicht ganz im Klaren darüber, was er von Weseners Anruf halten sollte, aber die Tatsache, dass der Psychologiestudent ihn so früh am Morgen kontaktierte, musste einen Grund haben. Entweder tat ihm sein Benehmen wirklich leid, oder er bezweckte etwas anderes mit dem Anruf. Max hoffte, er würde es herausfinden.

Er ging ins Schlafzimmer und wollte sein Smartphone

vom Kabel abziehen, doch die Verbindung war schon getrennt und das Handy lag ein gutes Stück vom Bett entfernt. Eigenartig.

Max hob es auf und ging zurück ins Wohnzimmer. Dort tippte er die Nummer, unter der Wesener ihn gerade angerufen hatte, ins Adressbuch seines Handys und speicherte den Eintrag ab.

Als er damit fertig war, ließ er sich gegen das Rückenpolster der Couch fallen und dachte wieder an den Albtraum. Er fragte sich, was der Auslöser dafür war, und schalt sich im nächsten Moment einen Narren, weil das auf der Hand lag. Dieser Fall. Das Monster war dieser Fall, der ihm die Luft zum Atmen nahm, weil er ihm hilflos ausgeliefert war und seine beste Waffe, sein analytischer Verstand, dieses Mal zu versagen schien.

So weit war es schon gekommen.

Mit einem Ruck stand Max auf. Es nutzte nichts, er durfte sich von diesem Traum nicht beeinflussen lassen.

Auf dem Weg ins Badezimmer dachte er daran, dass Böhmer fast recht gehabt hätte. Nach einigen Stunden Schlaf hätte die Welt wahrscheinlich schon nicht mehr ganz so düster ausgesehen wie am Vorabend, wäre sein Unterbewusstsein in der Nacht nicht mit ihm durch eine kleine Hölle galoppiert.

Aber es gab dennoch einen Lichtblick.

Immerhin sah er nach dem Telefonat mit Wagner am Vorabend zumindest die Möglichkeit, bei den Botschaften weiterzukommen. Er musste sich konzentrieren und alle Fakten so sehr verinnerlichen, dass der Täter für ihn möglichst bald nicht mehr nur ein schwarzer Scherenschnitt vor schwarzem Hintergrund war, sondern sich nach und nach als dreidimensionale Figur aus der Dunkelheit schälte.

Nachdem Max sich die Zähne geputzt hatte, stützte er sich mit den Händen auf dem Waschbecken ab und betrachtete sein Spiegelbild.

Der Schlaf zeigte noch Spuren. Der Abdruck einer Kissenfalte zog sich quer über die rechte Wange wie die Narbe eines Degenhiebs, die blauen Augen waren noch etwas verquollen, die Lider noch nicht vollständig geöffnet. Die kurzen blonden Haare standen nicht wie üblicherweise am Morgen in alle Richtungen vom Kopf ab, sondern lagen noch fast perfekt. Ein Zeichen, dass er sich im Bett kaum bewegt und tief und fest geschlafen hatte.

Max wollte sich gerade abwenden, als sein Blick auf etwas fiel, das ihn die Luft anhalten ließ.

Er beugte sich ein Stück weiter nach vorn, zog die Haut an der Stelle glatt, sah noch einmal genau hin, doch es nutzte nichts. An seinem Hals, zu beiden Seiten des Kehlkopfs, befanden sich kleine blaue Flecke. Wie … Würgemale.

Langsam richtete er sich wieder auf, trat zwei Schritte zur Seite und ließ sich auf den heruntergeklappten Deckel der Toilette sinken.

Das war doch nicht möglich. Er hatte in der Nacht ein *Monster* gesehen, das ihn gewürgt hatte. Ein Monster mit glühenden roten Augen, wie es nur in Albträumen vorkommen konnte. Aber wo kamen die Würgemale her, wenn es nur ein Traum gewesen war?

Es gab nur eine Erklärung: Er hatte sie sich selbst zugefügt, während er davon träumte, diese Kreatur hätte ihre

Hände um seinen Hals gelegt. Wenn es aber stimmte, dass er sich im Schlaf selbst verletzte, dann hatte er ein ernsthaftes psychisches Problem. Oder hatte er gerade etwas gesehen, das gar nicht da war? Schlaftrunken, wie er noch war. Er stand auf, trat erneut ans Waschbecken, sah in den Spiegel … und die winzige Hoffnung zerplatzte. Die Flecken waren noch immer an seinem Hals.

»So ein Blödsinn!«, stieß er aus und wandte sich ab. Er würde dieser seltsamen Sache keine weitere Beachtung schenken. Zumindest nicht im Moment. Wenn es nicht wieder vorkam, war es einfach nur eine ungewöhnliche Art seines Unterbewusstseins, die Dinge zu verarbeiten, die im Moment auf ihn einprasselten.

Max ging unter die Dusche und stellte die Wassertemperatur auf lauwarm. Er musste wach werden, um sich auf diesen Fall konzentrieren zu können.

Als er kurze Zeit später fertig angezogen die Küche betrat und den Kaffeevollautomat anschaltete, fühlte er sich schon ein wenig frischer.

Während die Maschine hochfuhr, verließ er die Küche, ging zu seiner Wohnungstür und öffnete sie. Er beugte sich vor und betrachtete das Schloss aus der Nähe, doch es waren keine Spuren daran zu entdecken. Kopfschüttelnd schloss er die Tür wieder. Was hatte er erwartet? Dass ein schwarzes Monster mit glühenden Augen sein Schloss aufgebrochen hatte?

Nach dem ersten Schluck Kaffee rief er Böhmer an und erzählte ihm von seinem Gespräch mit Dr. Marvin Wagner. Seinen Traum erwähnte er nicht. Er konnte sich vorstellen, wie sein Expartner darauf reagiert hätte.

»Hm ...«, brummte Böhmer, als Max fertig war. »Da frage ich mich doch, ob unser Sachverständiger tatsächlich eine Pfeife ist, weil er nicht auf die Idee gekommen ist, oder ob dieser Wagner einfach nur ein bisschen dick aufträgt, um Werbung für sich zu machen.«

»Also mir leuchtet ein, was er gesagt hat. Ich schlage vor, du erkundigst dich bei eurem Fachmann, ob das, was Wagner gesagt hat, aus seiner Sicht möglich ist.«

»Worauf du dich verlassen kannst. Wir sind übrigens dabei, das Umfeld des dritten Opfers auszuleuchten, aber auch dieses Mal geht es uns ähnlich wie zuvor. Es gibt nicht den geringsten Hinweis auf eine Verbindung zwischen der alten Dame und dem Buchhändler.«

»Was denkst du?«

»Wie – was denke ich?«, fragte Böhmer. »Was meinst du damit?«

Max schüttelte den Kopf. Er wusste selbst nicht, warum er diese Frage gestellt hatte. Für einen Moment hatte es sich angefühlt, als würde er jeden Moment einschlafen.

»Max? Was, zum Teufel, ist denn los? Was meintest du mit: *Was denkst du?*«

Max dachte angestrengt nach. »Nichts, ich war wohl gerade mit den Gedanken woanders.«

»Toll! Ich gebe dir wichtige Infos, und du bist mit den Gedanken woanders?«

»Nein, ich ... ach, vergiss es. Also, du sagtest, es gibt keine Verbindung zwischen der alten Dame und dem Buchhändler. Und wie ist es mit einer Verbindung zu der Frau, die als Erste umgebracht worden ist, Klara Fell?«

»Max, der Fall gilt bei uns als abgeschlossen. Ich weiß, du

siehst das anders, und vielleicht hast du ja sogar recht, aber aus Sicht der Polizei haben wir es nur mit zwei ungelösten Morden zu tun.«

»Ich bleibe dabei. Aber da fällt mir noch was Merkwürdiges ein. Oliver Baumann vom KK23 hat mich gestern Abend angerufen.«

»Baumann? Was wollte der denn?«

»Er wollte mir als Exkollege den guten Rat geben, die Finger von dem ersten Mordfall zu lassen. Und er meinte, die Kolleginnen und Kollegen fühlten sich durch mich … ich weiß nicht, wie ich es sagen soll. So, als traue ich ihnen nicht zu, einen Fall zu lösen, und wolle ihnen zeigen, wie das geht.«

»Wie kommt er …«

»Er faselte etwas davon, dass er gehört habe, dass Katharina mich *überredet* hätte, und sie hysterisch wäre, wenn es um ihre Familie ginge. Und dass sie psychische Probleme hätte.«

»Tzz …«, stieß Böhmer aus.

»Ich habe ihn gefragt, von wem er das *gehört* hätte, aber er ist ausgewichen. Hast du eine Idee, was der Grund für diesen Anruf gewesen sein könnte? Ich verstehe nicht, was er damit bezwecken wollte.«

»Sehr seltsam … aber vielleicht ist das noch die Wut auf seine Exfrau. Katharina hat erzählt, dass er versucht, ihr das Leben so schwer wie möglich zu machen, weil sie ihn verlassen hat. Deshalb ist sie ja auch zu uns gekommen. Wie hast du reagiert?«

»Ich habe ihm zu verstehen gegeben, dass ich das tue, was ich für richtig halte.«

»Tja. Ich würde sagen, wir warten einfach mal ab, aber ich glaube nicht, dass er sich noch mal meldet.«

»Ja, wahrscheinlich hast du recht«, sagte Max, glaubte aber eigentlich nicht daran.

Es entstand eine Pause von einigen Sekunden, in denen Max angestrengt versuchte, seine Gedanken zu ordnen, die ihm plötzlich nicht mehr gehorchen wollten. Er massierte sich die Schläfen und stöhnte unbewusst auf.

»Max, was ist los mit dir?« Böhmer klang besorgt.

»Alles gut. Ich bin nur noch ein wenig müde.«

»Okay ... Und wie geht es dir sonst so heute Morgen? Siehst du immer noch so schwarz wie gestern Abend, oder hast du wieder Hoffnung?«

Für einen kurzen Moment war Max versucht, Böhmer von dem Traumerlebnis zu erzählen, ließ es aber dann doch bleiben.

»Das weiß ich noch nicht. Ich habe heute Vormittag eine Vorlesung, danach möchte ich mich weiter umhören. Ich versuche mal, diesen Dr. Kilian zu erreichen, von dem Professor Bormann gesprochen hat. Ach, da fällt mir ein, ihr habt euch doch sicher auch mit diesem Niklas Wesener unterhalten, dem besten Freund von Leon.«

»Ja, ich habe selbst mit ihm geredet, warum?«

»Was hältst du von ihm?«

»Ich würde sagen, ein typischer Spross aus vermögendem Elternhaus. Ein bisschen überheblich, ein bisschen schnöselig, scheint furchtbar stolz auf sein Psychologiestudium zu sein. Ist vielleicht das erste Mal, dass er selbst was zustande bringt. Ansonsten unauffällig. Warum fragst du?«

»Ich habe mich gestern mit ihm unterhalten, und er hat

sich benommen wie ein Arsch. Er meinte unter anderem, meine Fragen wären langweilig und ich solle ihn doch mal überraschen. Eben hat er mich allerdings angerufen und sich dafür entschuldigt.«

»Wie? Heute Morgen schon?«

»Wie gesagt – gerade eben.«

»Na, immerhin. Das würde auch nicht jeder machen.«

»Da hast du wohl recht. Ich werde mich noch mal mit ihm unterhalten, aber jetzt muss ich gleich los zur Uni. Ich melde mich später.«

»Ich bitte darum«, brummte Böhmer und legte auf.

25

Eine Viertelstunde später verließ Max das Haus. Während der Fahrt bemühte er sich, die Gedanken an den seltsamen Traum zu unterdrücken, doch die Bilder von den rot glühenden Augen ließen sich nicht verdrängen.

Er hielt vor einer Ampel, die gerade auf Rot sprang, und dachte an die Würgemale an seinem Hals. Er erinnerte sich an einen Artikel, den er gelesen hatte, als er in der ersten Zeit nach dem letzten Fall als aktiver Polizist keine Nacht vernünftig schlafen konnte.

Darin war es um die sogenannte *Parasomnie* gegangen, Auffälligkeiten, die während des Schlafs auftreten. Er hatte sich in dieser Zeit viel mit solchen Themen beschäftigt.

Neben Schlafwandeln, Schlaftrunkenheit und anderen Phänomenen war es dabei um die REM-Schlaf-Verhaltensstörung gegangen. Betroffene denken nachts, sie sind aufgewacht, leben aber nur einen Traum aktiv aus. Dabei kann es passieren, dass der Schlafende um sich schlägt, tritt oder sogar aufspringt. Davon, dass man sich dabei selbst so sehr würgen konnte, dass Blutergüsse am Hals zurückblieben, hatte in dem Artikel allerdings nichts gestanden.

Wildes Hupen riss ihn aus seinen Überlegungen. Während er schnell anfuhr, sah er im Rückspiegel den Mann hinter sich heftig gestikulieren.

Was war nur mit ihm los? War er nicht mehr in der Lage, die Fakten eines Falles so zu analysieren und in einen kausalen Zusammenhang zu bringen, dass sich als Schlussfolgerung daraus zumindest eine Spur ergab? Stimmte etwas in seinem Kopf nicht?

Mit großer Anstrengung schob Max diese Gedanken beiseite und hoffte, dass er ein Erlebnis wie das in der vergangenen Nacht nicht noch einmal haben würde. Denn wie er jetzt merkte, hatte es ihn ziemlich mitgenommen, und das machte ihm Angst.

Die Vorlesung zum Thema *Methodik der operativen Fallanalyse* war gut besucht, und Max wurde von den angehenden Polizistinnen und Polizisten mit so vielen Fragen bombardiert, dass er noch fast eine halbe Stunde nach der offiziellen Vorlesungszeit mit einer Gruppe diskutierte.

Zweimal während seiner Vorlesung musste er allerdings bei den Studierenden nachfragen, weil er mitten im Redefluss den Faden verloren hatte. Das war ihm noch nie zuvor passiert.

Als Max den Hörsaal schließlich als Letzter verließ, war er so in diesen Gedanken gefangen, dass er den Mann, der offenbar auf ihn gewartet hatte, erst wahrnahm, als er sich ihm in den Weg stellte. Er war um die fünfzig, schlank, einige Zentimeter größer als Max und hatte volles, ehemals dunkles Haar, das mittlerweile von grauen Strähnen durchsetzt war. Der kurz gestutzte Vollbart und seine Nickelbrille verliehen ihm das Aussehen eines Wissenschaftlers, so dass Max ihn für einen Dozenten der Uni hielt.

»Herr Bischoff«, sagte der Mann lächelnd und kam mit

ausgestreckter Hand auf Max zu. »Ich bin Dr. Gernot Kilian, ich glaube, Professor Bormann hat Ihnen gegenüber meinen Namen schon erwähnt.«

»Ähm ... ja, hat er, gestern«, entgegnete Max verwirrt und fragte sich, wieso Kilian plötzlich in der Uni auftauchte.

Als hätte er Max' Gedanken gelesen, lächelte der Mann und nickte. »Sie fragen sich wahrscheinlich, was meine Anwesenheit hier zu bedeuten hat, aber das ist relativ einfach zu beantworten. Professor Bormann hält große Stücke auf Sie. Er sagt, Sie haben einen äußerst scharfen Verstand und können sich außergewöhnlich gut in die verworrene Gedankenwelt von Tätern hineinversetzen, obwohl Sie keine psychiatrische Ausbildung haben.«

Max zuckte mit den Schultern. Er verstand noch immer nicht, was Kilian von ihm wollte. Und warum man eine psychiatrische Ausbildung brauchte, um sich mit der Fallanalyse zu beschäftigen, erschloss sich ihm auch nicht. Aber das war die typische Denkweise vieler Psychiater, das erlebte er nicht zum ersten Mal.

»Der Professor sorgt sich um Sie«, fuhr Kilian fort. »Er hat mich gebeten, ein Gespräch mit Ihnen zu führen. Er meinte, der Austausch mit mir könnte Ihnen vielleicht weiterhelfen.«

Max überlegte, dass das nach seinem Besuch bei Bormann gewesen sein musste, und fragte sich, warum der Professor die Entscheidung, ob er sich mit diesem Mann unterhalten wollte oder nicht, nicht ihm selbst überließ.

»Ich bin etwas überrascht«, gestand Max. »Es stimmt, ich war gestern Abend bei Professor Bormann, und ja, er hat Ihren Namen erwähnt und meinte, ein Gespräch mit

Ihnen sei eine gute Idee. Ich hatte mit dem Gedanken gespielt, Sie zu kontaktieren …«

Kilian breitete die Arme aus. »Und hier bin ich. Das ist der Magnetismus der Seele.«

Ich würde sagen, das war der Anruf von Bormann, dachte Max, lächelte aber und erwiderte: »Ja, das mag sein. Woher wussten Sie, wo Sie mich finden?«

»Ach, das war nicht schwer. Ich bin an verschiedenen Universitäten als Gastdozent tätig und durfte auch hier schon einige Male junge Menschen mit meiner Erfahrung auf ihrem Weg in die Welt der Wissenschaft unterstützen.« Er lächelte nonchalant. »Da weiß man, wo die Vorlesungspläne hängen.«

»Ah!«, sagte Max und war sich nicht sicher, was er von Kilian halten sollte. Und dann war da schlagartig nur noch Leere, und er wusste gar nichts mehr. Warum stand dieser Mann noch mal vor ihm? Max konzentrierte sich und hätte schreien können. Was war denn auf einmal mit ihm los?

»Herr Bischoff?«

»Ähm … ja?«

»Ist alles in Ordnung?«

»Ja, doch …« Er sah den Mann an … Kilian …, und so schnell, wie diese Leere gekommen war, verschwand sie auch wieder. »Entschuldigen Sie bitte, ich war gerade in Gedanken noch bei meiner Vorlesung«, log er. Es war eine laue Ausrede, aber Kilian schien sich damit zufriedenzugeben.

»Ach, verstehe. Nun, da ich schon einmal hier bin – wollen wir vielleicht irgendwo gemütlich Platz nehmen und eine Tasse Kaffee zusammen trinken? Dabei könnten wir uns ein wenig austauschen.«

Max dachte an Leons Freund Jens Büttner, mit dem er sich noch unterhalten wollte, aber der war sicher noch bei seiner Schwester in Hessen, wie er am Vortag erfahren hatte. Also nickte er und sagte: »Gern. In der Nähe der Uni gibt es ein nettes Café, das um diese Zeit noch nicht von Studentinnen und Studenten belagert ist. Wollen wir dort hingehen?«

»Wunderbar.« Kilian zeigte den Flur entlang. »Bitte, nach Ihnen.«

Kurz darauf saßen sie sich in dem tatsächlich noch fast leeren Café gegenüber und hatten Tassen mit heißem Kaffee vor sich stehen.

»Ich muss gestehen, Professor Bormann hat mich neugierig auf Sie gemacht«, begann Kilian das Gespräch. »Das ist auch der Grund, warum ich Sie nicht telefonisch kontaktiert, sondern gleich in der Universität aufgesucht habe. Ich wollte Sie persönlich treffen, um einschätzen zu können, mit wem ich es zu tun habe. Was der gute Professor mir allerdings nicht verraten hat, ist, worum genau es geht.«

Max setzte seine Tasse ab. »Dazu müsste ich erst einmal wissen, *was* er Ihnen über mich gesagt hat. Zudem frage ich mich allerdings auch, wozu es nötig sein sollte, dass Sie mich *einschätzen* können. Verstehen Sie mich nicht falsch, aber es geht bei diesem Gespräch nicht um meine Person, sondern um eine Reihe von Morden, die ich aufzuklären versuche. Sollte Professor Bormann Ihnen einen anderen Eindruck vermittelt haben, so hat er sich entweder unglücklich ausgedrückt oder Sie haben ihn falsch verstanden.«

»Oh, was der Professor mir erzählt hat, ist in wenigen Sätzen erklärt«, ging Kilian über Max' Einwand hinweg.

»Er berichtete mir, dass Sie sich als Polizist eingehend mit der Fallanalyse beschäftigt haben und nach einigen Ermittlungserfolgen den Dienst bei der Kriminalpolizei Düsseldorf quittierten. Seitdem sind Sie als eine Art Dozent hier an der Universität tätig und erzählen dem Polizeinachwuchs ein wenig über das, was Sie sich im Eigenstudium zum Thema Fallanalyse angelesen haben.«

»Eine Art Dozent?«, hakte Max nach. »Im Eigenstudium angelesen?«

»Nun ja, einen ordentlichen Lehrstuhl haben Sie meines Wissens nach ja nicht inne, aber wenn Sie Wert darauf legen, belassen wir es gern bei der Begrifflichkeit, also als *Dozent*. Was ich – nebenbei bemerkt – als eine sehr beachtliche Leistung erachte, wenn man bedenkt, dass Sie weder ein entsprechendes Studium absolviert haben, noch den akademischen Titel eines Doktors ihr Eigen nennen.«

Noch ehe Max etwas dazu sagen konnte, sprach Kilian weiter. »Zudem betätigen Sie sich laut Professor Bormann als Privatermittler und haben auch dabei schon einen beachtlichen Erfolg verzeichnen können. Man könnte also sagen, Sie gehen auf der Sonnenseite des Lebens spazieren.«

Dieser Mann hatte es geschafft, innerhalb weniger Sätze so viele unterschwellige Spitzen loszulassen, wie Max es selten erlebt hatte. Und während der gesamten Zeit hatte er selbstgefällig gegrinst.

»Ich bin also nach einigen Ermittlungserfolgen eine *Art Dozent*, der auf der Sonnenseite des Lebens spazieren geht«, resümierte Max trocken.

»Das ist etwas vereinfacht ausgedrückt, aber nun ja, wenn Sie ehrlich sind …«

»Der Ehrlichkeit halber muss ich Sie in einem Punkt korrigieren: Der *große Erfolg* als Privatermittler ist nur durch die enge Zusammenarbeit mit einem hervorragenden Ermittler der Kripo Köln zustande gekommen.«

Kilian nickte mehrmals nachdenklich und blickte dabei auf seine Kaffeetasse. »Ja, auch das erwähnte der Professor.« Dann sah er auf und schaute Max in die Augen. »Und dass Sie sich wohl die Schuld an dessen tragischem Tod geben.«

26

»Moment mal …«, fuhr Max überrascht auf. »*Das* hat Professor Bormann Ihnen gesagt?«

Kilian wiegte den Kopf hin und her. »Nicht so direkt, aber anhand dessen, was er mir erzählt hat, war es für mich recht einfach abzuleiten.«

Max stieß ein kurzes Lachen aus und schüttelte den Kopf. »Tut mir leid, aber da täuschen Sie sich. Und wenn Professor Bormann etwas in der Art auch nur angedeutet hat, dann liegt er ebenfalls falsch. Bernd Menkhoffs Tod war tragisch, aber …«

Max stockte mitten im Satz, weil er nicht mehr wusste, was er hatte sagen wollen. Er fühlte sich aufgewühlt wie selten zuvor, und er war wütend. Ihm war klar, dass dieser Mann ihn mit seinen abfälligen Worten gereizt hatte, aber er erinnerte sich nicht mehr, warum. Erneut war nichts als Leere in seinem Kopf.

»Herr Bischoff, ist alles in Ordnung mit Ihnen?«

»Ja, ich …« Plötzlich war alles wieder da, und Max wusste auch wieder, was er Kilian hatte sagen wollen.

»Ja, alles okay. Ich habe in der letzten Nacht sehr wenig geschlafen und hatte kurz den Faden verloren. Was ich sagen wollte: Ich hätte nichts an Menkhoffs Tod ändern können. Insofern gebe ich mir auch keine Schuld.«

»Wie auch immer«, erwiderte Kilian in einer überheblich-nachsichtigen Art, die nicht klischeehafter für einen Psychiater hätte sein können. »Wir sitzen hier ja letztendlich nicht zusammen, um darüber zu urteilen, ob Sie den Tod Ihres Partners hätten verhindern können oder nicht, sondern weil wir Ihre momentane missliche Situation analysieren wollen.«

Max spürte, wie eine Welle der Wut durch seinen Körper schwappte, und er hatte Mühe, nicht laut zu werden. »Nein. Wie ich Ihnen eben schon erklärt habe, tun wir das sicher nicht. Wir sitzen hier nicht in Ihrer Praxis, Herr Dr. Kilian, und ich bin keiner Ihrer Patienten, den Sie analysieren oder gar therapieren müssen. Es war Professor Bormanns Idee, mich mit Ihnen zu unterhalten, weil er es für möglich hielt, dass sich aus dem Gespräch vielleicht eine Anregung ergibt, die mir dabei hilft, gemeinsam mit der Kripo die Mordserie aufzuklären, mit der wir es in Düsseldorf gerade zu tun haben. Allerdings gestehe ich, dass ich im Moment große Zweifel daran habe, dass das eine *gute* Idee war.«

Kilian verzog keine Miene, während die beiden Männer sich in die Augen sahen, doch dann umspielte ein verlegenes Lächeln seine Mundwinkel.

»Ich danke Ihnen für diese klaren Worte. Sie haben recht, entschuldigen Sie.« Er sah zur Seite und schüttelte den Kopf, als wunderte er sich über sich selbst, bevor er sich Max wieder zuwandte. »Ich fürchte, das ist eine Berufskrankheit. Ohne es zu wollen, verfällt man bei solchen Gesprächen automatisch in das Arzt-Patienten-Modell, was natürlich vollkommen deplatziert ist. Das passiert mir hier und da sogar in meinem privaten Umfeld und hat schon dazu geführt, dass der eine oder andere keine Lust mehr verspürte, sich mit mir zu unterhalten. Man ist irgendwann so sehr in dieser Rolle verankert, dass man vollkommen vergisst, den Schalter von *beruflich* auf *privat* umzulegen. Zumal, wenn es sich wie hier um eine Unterhaltung handelt, bei der die Grenzen verschwimmen. Nehmen Sie es mir also bitte nicht übel, und lassen Sie uns noch mal von vorn beginnen. Ich gelobe Besserung. Ich halte Sie für einen sehr interessanten Menschen und fände es äußerst bedauerlich, wenn das Gespräch an der Stelle schon zu Ende wäre, noch bevor es richtig begonnen hat. Was sagen Sie?«

So schnell, wie Max' Ärger aufgezogen war, verrauchte er auch wieder angesichts der Tatsache, dass Kilian einlenkte.

»Also gut, wenn wir uns dann bitte auf die Dinge beschränken könnten, die wirklich wichtig sind ...«

»Gern. Erzählen Sie mir doch einfach, was Sie im Moment beschäftigt und was dazu führt, dass Sie – und das sind die Worte des Professors – an sich selbst zweifeln.«

»Allerdings müssen wir dann zumindest in diesem einen Punkt so tun, als wäre ich einer Ihrer Patienten. Sie müssen mir absolute Verschwiegenheit zusichern, denn manches von dem, was ich Ihnen erzählen werde, ist streng vertraulich.«

Kurz huschte ein selbstgefälliges Grinsen über Kilians Gesicht, doch dann nickte er und erwiderte ernst: »Selbstverständlich.«

Max trank den letzten Schluck des mittlerweile lauwarmen Kaffees, schob den Gedanken an den Traum beiseite und berichtete Kilian von den Morden und den Botschaften, die der oder die Täter hinterlassen hatten.

Der Psychiater hörte ihm aufmerksam zu und unterbrach

ihn nicht. Als Max sich schließlich gegen die Rückenlehne seines Stuhls sinken ließ und sagte: »So sieht's aus«, stieß Kilian pustend die Luft aus.

»Das ist allerdings ein harter Brocken. Jetzt verstehe ich, dass man als Ermittler bei einer solchen Sachlage verzweifeln könnte. Und das erklärt natürlich auch, weshalb Sie im Moment schlecht schlafen und Konzentrationsschwierigkeiten haben.«

Max winkte dem Kellner und bestellte ein Wasser, Kilian orderte einen weiteren Kaffee.

»Ja, das mag sein. Ich habe noch nie zuvor eine so widersprüchliche Sachlage erlebt«, erklärte Max, als der junge Mann sich wieder entfernt hatte. »Alles, bis auf die Botschaften, deutet auf Einzeltäter hin, und doch sagt mir mein Gefühl, dass die Taten zusammenhängen.«

»Das kann ich verstehen«, erwiderte Kilian nachdenklich.

»Was mich aber völlig verrückt macht«, fuhr Max fort, »ist die Tatsache, dass ich keinen Ansatzpunkt finde, keine einzige Gemeinsamkeit, kein Motiv.« Erneut blickte er den Psychiater ernst an. »Der Professor erwähnte eine Theorie von Ihnen, wonach ein Mord ohne Motiv nicht aufgeklärt werden kann.«

Kilian lächelte. »Grundsätzlich ist das richtig, aber es gehört noch ein anderer Aspekt dazu. Ich bin der festen Überzeugung, dass ein Mord nicht aufgeklärt werden kann, wenn es kein Motiv für die Tat gibt *und* der Mörder keine Spuren hinterlässt.«

»Aber warum sollte jemand einen Menschen töten, wenn er keinen Grund dazu hat?«, fragte Max.

»Vielleicht einfach so, aus einer Laune heraus?«

»Aber ist das Motiv dann nicht ... Nein, Sie haben recht. Wenn der Täter wirklich aus einer Laune heraus einen Menschen umbringt, den er vorher nicht gekannt hat, dann hat er kein Motiv. Er muss hochgradig gestört sein, aber ein Motiv ist das nicht.«

»Exakt. Und wenn er keine Spuren hinterlässt und nicht gesehen wird, ist es unmöglich, ihn zu überführen.«

»Gut, nehmen wir einmal an, das stimmt ...«

»Das tut es ...«, unterbrach Kilian ihn lächelnd, doch dieses Mal hatte Max das Gefühl, das Lächeln war aufgesetzt.

»Aber drei Menschen bringt man nicht aus einer Laune heraus um. Und schon gar nicht, wenn man bei ihnen zu Hause eindringen muss, um sie zu töten.«

Erneut das Lächeln. »Aber Herr Bischoff, das habe ich doch nicht gesagt. *Sie* haben meine These erwähnt. *Ich* habe mit keinem Wort behauptet, dass sie auf diese Taten zutrifft.«

»Ja, das stimmt, entschuldigen Sie.«

»Ach, da gibt es nichts zu entschuldigen. Aber betrachten wir diese drei Fälle doch genauer und nehmen dabei einfach einmal an, für alle drei Morde hätten der oder die Täter kein Motiv gehabt. Im ersten Fall traf die zweite Bedingung für meine These nicht zu, denn der Täter hat Spuren von sich am Tatort hinterlassen. Er wurde überführt.«

Er wurde beschuldigt, wollte Max ihn verbessern, verkniff es sich aber, um nicht mit Kilian auch noch eine Diskussion über Begrifflichkeiten anzufangen.

»Im zweiten und dritten Fall jedoch sind keine Spuren

gefunden worden. Das Resultat: Die Polizei und Sie tappen vollkommen im Dunkeln.« Kilian stützte die Unterarme auf den Tisch und beugte sich verschwörerisch nach vorn. »Ich wage eine Prognose«, sagte er mit einem leichten Grinsen. »Falls es dabei bleibt, dass sie keine DNA- oder sonstige Spuren des Täters finden, wird es auch dabei bleiben, dass Sie im Dunkeln tappen.«

»Was im Umkehrschluss bedeutet, dass Sie doch davon ausgehen, dass Ihre These für diese Fälle zutrifft und der oder die Täter ohne Motiv gehandelt haben«, bemerkte Max mit der unterschwelligen Genugtuung, Kilian die Widersprüchlichkeit seiner Aussagen vor Augen zu führen.

Doch statt sich ertappt zu fühlen, zeigte Kilian ein siegesgewisses Lächeln. »Vielleicht gehe ich tatsächlich davon aus, dass es so ist, gesagt habe ich es aber nicht.«

Max neigte den Kopf zur Seite. »Wirklich, Herr Dr. Kilian? Solche Spitzfindigkeiten?«

Noch breiter lächelnd schüttelte der Psychiater den Kopf. »Nein, natürlich nicht. Ich wollte Sie nur ein wenig ... necken.«

»Verzeihen Sie, wenn mir angesichts der Tatsache, dass drei Menschen auf grausame Weise getötet worden sind, der Sinn für Neckereien abhandengekommen ist. Ich schätze, als Psychiater hat man vielleicht einfach eine andere Art von Humor.«

Max wusste nicht, wie er diesen Mann einschätzen sollte, spürte aber mit zunehmender Gewissheit, dass er und Kilian keine Freunde werden würden. Ganz nebenbei fragte er sich, wie Professor Bormann mit Kilians Art zurechtkam.

»Ja, vielleicht. Vielleicht braucht man in meinem Beruf

diese Art von Humor, um nicht an den Problemen zu verzweifeln, mit denen man tagtäglich konfrontiert wird. Aber letztendlich dürfte es Ihnen als Polizist doch ganz ähnlich ergangen sein. War das der Grund dafür, dass Sie sich nicht mehr in der Lage gesehen haben, Ihren Beruf auszuüben?«

Max zog sein Portemonnaie aus der Tasche und legte einen Zehneuroschein auf den Tisch. »Wie auch immer – es wird Zeit für mich.«

Kilian sah ihm dabei zu, wie er aufstand und seine Jacke anzog. »Es tut mir leid, wenn das, was ich gesagt habe, Sie so sehr irritiert hat, dass Sie jetzt gehen. Aber auch das erlebe ich immer wieder mit Menschen, die in ihrer einfachen und nicht selten deutlich begrenzten Gedankenwelt gefangen sind, wobei ich betonen möchte, dass ich Sie natürlich nicht dazuzähle. Ich neige dazu auszusprechen, was ich denke, auch auf die Gefahr hin, dass es meinem Gegenüber nicht gefällt oder er es schlicht nicht versteht. Bleibt zu hoffen, dass ich Ihnen vielleicht trotzdem den einen oder anderen Denkanstoß geben konnte.«

Max schürzte für einen Moment nachdenklich die Lippen, bevor er den Kopf schüttelte. »Um in Ihrer Gedankenwelt zu bleiben und auszusprechen, was *ich* denke: Nein, das haben Sie nicht. Trotzdem danke für Ihre Zeit. Ich wünsche Ihnen noch einen schönen Tag.«

Damit wandte Max sich ab und verließ das Café. Auf dem Weg zum Auto dachte er darüber nach, ob er Professor Bormann anrufen und ihn fragen sollte, warum er ihm diesen seltsamen Menschen auf den Hals gehetzt hatte, ließ es dann aber sein. Er war sicher, der Professor hatte es gut gemeint und wollte ihm tatsächlich helfen. Zudem stellte er sich die Frage, ob es möglich war, dass Bormann ebenso verwundert reagieren würde wie Katharina Baumann, als er sie nach Niklas Wesener gefragt hatte.

Was, wenn Dr. Kilian sich Bormann gegenüber anders verhielt, so wie Wesener es offenbar Katharina gegenüber getan hatte? Was, wenn es nicht an Wesener und Kilian lag, dass die Begegnungen mit ihnen so seltsam verlaufen waren, sondern an ihm selbst? Was, wenn sein eigenartiger und besorgniserregender Zustand damit zu tun hatte? Diese ungewöhnliche Müdigkeit und die Leere, die immer wieder von einer Sekunde auf die nächste in seinem Kopf entstand.

Max dachte wieder an den Traum.

27

Max überlegte, ob er Böhmer anrufen sollte, entschied sich aber dafür, stattdessen ins Präsidium zu fahren und dort mit ihm zu reden. Mit etwas Glück würde er auf Keskin treffen.

Nach ihrem persönlichen Gespräch hatte Max gehofft, dass sie ihm nun etwas freundlicher gesinnt wäre, doch nachdem sie ihm am Vorabend einen derart kalten Platzverweis am Tatort erteilt hatte, sah es nicht danach aus. Vielleicht könnte er das in einem weiteren Gespräch doch noch ändern.

Max war kein Polizist mehr, im Grunde konnte es ihm egal sein, was die Kriminalrätin über ihn dachte, aber wenn er neben seiner Dozententätigkeit als privater Ermittler weitermachen wollte, wäre es auf Dauer sehr hinderlich, wenn die Chefin des KK11 – und damit Böhmers Vorgesetzte – jede Zusammenarbeit mit ihm verweigerte und den anderen untersagte. Und er wollte weitermachen. Nicht zuletzt, weil er es Bernd Menkhoff versprochen hatte.

Etwa eine Stunde später holte Böhmer ihn an der Schleuse des Präsidiums ab. Seiner Miene nach zu urteilen hatte der Vormittag für ihn nahtlos an den vorangegangenen Abend angeknüpft.

»Dicke Luft?«, fragte Max vorsichtig nach, als sie vor dem Aufzug standen.

»Dicker Mist«, entgegnete Böhmer, den Blick auf die Edelstahlverkleidung der Aufzugtür gerichtet.

»Keskin?«

»Keskin, der Staatsanwalt, die Presse, mindestens ein durchgeknalltes Arschloch, das Leute umbringt ... such dir was aus.«

Die Aufzugtür öffnete sich, und sie betraten die Kabine.

»Verstehe. Wie hast du letzte Nacht geschlafen?«

Endlich sah Böhmer Max an. »Was stellst du denn für Fragen? Scheiße, warum?«

»Ich erinnere mich an einen Tipp, den mir ein brummiger Exkollege gegeben hat. *Fahr nach Hause und leg dich ins Bett. Wenn du in ein paar Stunden ausgeruht über alles nachdenkst, sieht die Welt schon anders aus.*«

Der Aufzug hielt an, und sie gingen zu Böhmers Büro.

»Ja, wahrscheinlich lege ich mich am helllichten Tag ins Bett, damit die Frau Keskin mich gleich in irgendein Hinterzimmer zum Aktensortieren versetzen lassen kann.«

»Ist sie da?«, fragte Max, als sie die Tür zu Böhmers Büro erreicht hatten, und blickte dabei den Flur entlang.

»Ja. Und sie hat eine Scheißlaune.« Böhmer zog die Brauen hoch, wodurch sich tiefe Falten in seine Stirn gruben, und deutete auf Max' Hals. »Was hast du da gemacht? Sind das Knutschflecke?«

»Nein, ich ... habe mich irgendwie heute Nacht mit meinem Bettlaken stranguliert.«

Böhmer schüttelte den Kopf. »Mit dem Bettlaken ... Mann, Mann, Mann, du solltest zusehen, dass du eine Frau findest.«

»Damit die mich stranguliert?«, witzelte Max, um sein

Unwohlsein zu überspielen. Als Böhmer nicht lachte, winkte er ab. »Also, ich gehe dann mal zur Frau Kriminalrätin.«

»Du möchtest dir wirklich wieder eine Abfuhr abholen? Ich sagte doch schon, dass sie eine Scheißlaune hat.«

Max legte seinem Expartner eine Hand auf die Schulter. »Ich habe das Gefühl, hier grassiert gerade ein Scheißlaune-Virus. Da ist es doch egal, von wem ich mich anschnauzen lasse.«

Damit wandte er sich um und sagte: »Ich komme gleich auch noch zu dir.«

»Ach ja?«, brummte Böhmer und verschwand in seinem Büro.

Dieses Mal wartete Max nach dem Anklopfen auf ein Zeichen von der anderen Seite der Tür und hoffte, dass er von diesen Momenten der Leere in seinem Verstand verschont bleiben würde, während er mit Eslem Keskin sprach.

Als er die gedämpfte Stimme der Leiterin des KK11 hörte, öffnete er die Tür und streckte den Kopf in den Raum.

»Bischoff!«, stellte Keskin nüchtern fest und legte einen Stapel Akten zur Seite. »Eines muss man Ihnen lassen: Sie sind hartnäckig. Man könnte es auch lästig nennen.«

Max trat ein und schloss die Tür hinter sich.

»Ja, das könnte man vielleicht. Ich bevorzuge aber, es mit dem Willen zur Konfliktbewältigung zu beschreiben.«

Die Kriminalrätin verdrehte die Augen und schüttelte den Kopf, deutete aber auf den Stuhl vor ihrem Schreibtisch.

»Also gut, setzen Sie sich und legen Sie los mit Ihrer Konfliktbewältigungsstrategie. Aber machen Sie sich keine allzu großen Hoffnungen. Sie werden mich weder als Fan Ihrer privaten Schnüffelei noch als Freundin gewinnen.«

»Ach, wissen Sie«, entgegnete Max, setzte sich auf den Stuhl und schlug locker die Beine übereinander, »wenn ich erreiche, dass Sie sich fair mir gegenüber verhalten und Sie Ihre ungerechtfertigten Vorurteile beiseiteschieben können, reicht mir das völlig aus. Und was die Freundin betrifft, können Sie beruhigt sein. Ich umgebe mich in meinem Privatleben ausschließlich mit Personen, die mir wohlgesinnt sind.«

Es entstand eine kurze Pause, in der Keskin darüber nachzudenken schien, wie sie auf diese Ansage reagieren sollte, doch Max wartete nicht, bis sie sich entschieden hatte.

»Horst hat mir erzählt, dass der Staatsanwalt Druck macht.«

»Ach ja, ich vergaß ja, dass Sie einen Maulwurf hier bei uns haben.«

Abrupt beugte Max sich nach vorn, woraufhin Keskin hinter ihrem Schreibtisch kurz zusammenzuckte. »Verdammt, was ist denn nur mit Ihnen los? Sind Sie wirklich so verbittert, dass die Aufklärung dieses Falles für Sie hinter Ihrer persönlichen Animosität mir gegenüber zurückstehen muss? Maulwurf! Weil Horst mir Informationen an die Hand gibt, mit denen ich vielleicht etwas zur Aufklärung beitragen kann. Es sind drei Menschen ermordet worden, Frau Kriminalrätin, und Sie haben noch keinen blassen Schimmer, wer oder was dahintersteckt. Doch statt jede Hilfe anzunehmen, die Sie bekommen können, versprühen Sie Ihr Gift und schlagen um sich, sobald ich in Ihre Nähe komme, und das, obwohl ich Sie nie angegriffen habe.

Was, wenn es beim nächsten Fall wieder jemanden gibt, den Sie nicht leiden können? Werden Sie die Aufklärung dann auch wegen eines persönlichen Rachefeldzugs vernachlässigen? Möchten Sie wirklich *so* das KK11 leiten? Was glauben Sie eigentlich, wie lange Ihre Vorgesetzten und der Staatsanwalt dabei zusehen werden?«

»Was fällt Ihnen ein, so mit mir zu reden?«, entgegnete Keskin in einem Ton, dem allerdings die erwartbare Schärfe fehlte.

»Was fällt Ihnen ein, mir Dinge zu unterstellen, die ich nicht getan habe?«, zischte Max. »Und was fällt Ihnen ein, weitere Menschenleben zu riskieren, indem Sie eben nicht alles in Ihrer Macht Stehende tun, um diesen Irren zu stoppen?«

Max bemerkte, wie sich Keskins Miene veränderte, wie die harten Linien nach und nach verschwanden.

»Das sind schwere Vorwürfe, die Sie mir da machen.«

»Ja, und es sind unfaire und vor allem falsche Unterstellungen, die Sie hernehmen, um gegen mich zu agieren. Und? Was machen wir jetzt?«

Keskin atmete tief durch und richtete den Blick aus dem Fenster. Fünf Sekunden, zehn …

»Ich habe ihn wirklich gemocht«, sagte sie schließlich leise. »Er war der einzige Polizist, den ich bewundert und zu dem ich aufgeschaut habe. In dem Moment, als all meine Kolleginnen und Kollegen mich fallenließen wie eine heiße Kartoffel, war Bernd da, obwohl er mich bis dahin noch so gut wie gar nicht kannte.« Sie richtete den Blick wieder auf Max.

»Ich habe ihm alles zu verdanken. Können Sie nicht verstehen, dass mir sein Tod sehr nahegegangen ist?«

»Doch, das kann ich, sehr gut sogar. Obwohl ich ihn nur kurze Zeit kannte und ihm der Ruf vorausgeeilt ist, ein kauziger, ewig schlecht gelaunter Mistkerl zu sein, habe ich ihn schätzen gelernt als einen der besten Polizisten und Partner, die man haben kann. Sein Tod hat auch mich sehr getroffen. Aber ich trage keine Schuld daran. Es gibt nichts, was ich hätte tun können, das diese Tragödie verhindert hätte.«

Keskins Augen begannen, feucht zu glänzen. »Sie hätten einfach von ihm wegbleiben sollen.«

»Bernd und ich haben diesen Fall gemeinsam gelöst. Ja, vielleicht wäre er tatsächlich noch am Leben, wenn wir nicht zusammengearbeitet hätten. Weil er den Fall dann vielleicht nicht gelöst hätte und nie in die Situation dort in der Waldhütte gekommen wäre. Das würde aber auch bedeuten, dass der Dreckskerl, den wir gemeinsam gestellt haben, weiterhin die Möglichkeit gehabt hätte, kleine Mädchen zu missbrauchen und zu töten.« Und mit ruhiger Stimme fügte er hinzu: »Sie haben Bernd besser gekannt als ich. Glauben Sie, das hätte er gewollt als Preis für sein Leben?«

Tränen lösten sich aus Keskins Augenwinkeln und rannen ihr über die Wangen. Sie kümmerte sich nicht darum, sondern schüttelte in einer langsamen, zeitlupenartigen Bewegung den Kopf. »Nein, das hätte er nicht.«

»Ich glaube das auch nicht. *Er* war es, dem ich versprechen musste, nicht damit aufzuhören, diese Irren zu jagen und sie gemeinsam mit der Polizei zur Strecke zu bringen. Wenn Sie ihn wirklich gemocht haben, warum tun Sie dann jetzt alles, um zu verhindern, dass ich dieses Versprechen ihm gegenüber einlösen kann?«

Sekunden vergingen, in denen beide schwiegen. Vielleicht wurden sie zu Minuten, Max wusste es nicht, denn seine Gedanken waren wieder bei Bernd Menkhoff, bei diesen letzten Momenten …

»Ich muss mich an die Vorschriften halten«, riss Keskin Max von diesen Bildern weg. Er hatte das deutliche Gefühl, dass sie sich sehr bemühte, ihrer Stimme einen festen Klang zu verleihen. »Selbst wenn ich wollte, darf ich Ihnen nicht alle Informationen zu laufenden Ermittlungen zukommen lassen, das wissen Sie. Sie sind Zivilist.«

»Das bin ich. Aber das war ich auch schon, als ich mit Bernd zusammengearbeitet habe.«

»Ich weiß«, entgegnete Keskin. »Übrigens hatte ich ein Gespräch mit meinem Kollegen Oliver Baumann, dem Leiter des Kriminalkommissariats dreiundzwanzig.«

»Ach«, entfuhr es Max. »Und?«

»Er wunderte sich darüber, dass ich es dulde, dass ein Zivilist in offiziellen Mordermittlungen herumschnüffelt.«

Das fand Max interessant. Und es war der Beweis dafür, dass Böhmer unrecht hatte mit seiner Prophezeiung, Oliver Baumann würde sich nicht wieder melden.

»Ich frage mich, was ihn das interessiert? Er beschäftigt sich mit Korruption. Was hat er mit dem KK11 zu tun?«

»Er sagte, er sorge sich um den Ruf der Düsseldorfer Kripo.«

Max konnte nicht anders, als ein Lachen auszustoßen. »Was soll dem Ruf der Düsseldorfer Kripo denn schaden? Dass ein ehemaliger Kollege freiwillig dabei hilft, einen Serienmörder zu fassen?«

»Nein, dass offenbar einige Kolleginnen und Kollegen der Soko sich von einem Zivilisten beeinflussen lassen und infolgedessen noch keine Spur von diesem Killer haben.«

Sie zeigte zur Tür. »Wenn Sie jetzt erlauben – ich habe noch viel zu tun.«

»Ja«, sagte Max nachdenklich und erhob sich, »ich ebenso. Und ich hoffe, Sie lassen mich.«

28

»Na, geht es dir jetzt besser oder schlechter?«, fragte Böhmer, ohne vom Monitor aufzusehen, als Max sein Büro betrat.

»Wir werden definitiv keine Freunde, aber ich denke, wir kommen schon klar. Es braucht einfach ein bisschen Zeit. Oliver Baumann hat sich bei ihr beschwert.«

»Beschwert? Worüber?«

»Kurz gesagt: Er macht sich Sorgen um den Ruf der Düsseldorfer Kripo, weil ich als Zivilist in einem Mordfall herumschnüffle, der deshalb noch nicht gelöst ist.«

»Ja, leck mich doch einer …«, polterte Böhmer los und griff nach dem Telefonhörer. »Chef hin oder her. Ich rufe den jetzt an und frage ihn, ob er noch alle Latten am Zaun hat.«

»Tu das nicht«, bat Max, woraufhin Böhmer ihn überrascht ansah. »Warum? Willst du dir das wirklich gefallen lassen?«

»Wenn du ihn jetzt anrufst, wirbelst du doch nur noch mehr Staub auf. Wahrscheinlich hast du recht, und es geht ihm nur darum, sich an Katharina zu rächen. Wenn niemand auf diesen Quatsch reagiert, wird Baumann von selbst Ruhe geben. Außerdem hat er ja nichts Schlimmes gemacht. Warum auch immer er sich einmischt – das, was er sagt, kann man ja sogar nachvollziehen. Gibst du mir mal eine ganz ehrliche Antwort?«

»Klar, worauf?«

»Gibt es Kolleginnen oder Kollegen im KK11, die sich durch meine Anwesenheit gestört fühlen? Oder die das Gefühl haben, ich traue ihnen nicht zu, einen Fall zu lösen?«

Böhmer stieß schnaubend die Luft aus. »Mein Gott, wir sind alle unterschiedliche Menschen, und jeder tickt anders. Ich denke schon, dass der eine oder andere sich fragt, was du eigentlich da tust. Aber …«

»Denkst du oder weißt du?«

»Es gab von zwei oder drei Kollegen ab und an Bemerkungen, aber das war's. Die allermeisten sind froh über jede Hilfe. Außerdem solltest du dir darüber keine Gedanken machen. Ich verspreche dir, wenn die Stimmung im Team mal umschlägt, werde ich es dir sagen. Das macht man so unter Freunden.«

»Gut, danke. Das ist mir wichtig.«

»Na denn, anderes Thema. Ich habe gerade mit dem Rechtsmediziner gesprochen. Die alte Dame – sie hieß übrigens Maria Merten – ist tatsächlich erstickt, nachdem der Täter sie aufgehängt hat. Anhand der schweren Verletzungen in ihrem Gesicht geht er aber davon aus, dass sie da schon nicht mehr bei Bewusstsein war.«

»So ein krankes Arschloch. Irgendwelche Erkenntnisse, was es mit dem Rasieren ihres Kopfes auf sich hat?«

»Nein. Er hat die Kopfhaut genau untersucht. Bis auf kleinere Schnittverletzungen durch den Rasierer nichts Auffälliges.«

Max lehnte sich gegen die Kante des hüfthohen Aktenschranks, der an der Wand stand. »Verrückt. Habt ihr den Rasierer gefunden?«

»Ja. Ein Einwegrasierer. Die Schere, mit der die Haare zuerst abgeschnitten worden sind, haben wir auch gefunden. Beides stammt aus dem Haushalt der Frau. Keine Ahnung, warum der Kerl das gemacht hat. Vielleicht hat er ja Haare von ihr als Trophäe mitgenommen.«

»Und ihr dafür den Kopf kahl rasiert?«

»Was weiß ich. Aber jetzt mal im Ernst. Wie geht es weiter mit dir und Keskin? Darfst du überhaupt noch hier sein?«

»Ich weiß es nicht. Als ich das Büro verlassen habe, war sie recht zahm. Ich hoffe, sie hat endlich verstanden, dass ich nicht an Bernd Menkhoffs Tod schuld bin und hier nur helfen möchte. Aber wer weiß – das habe ich schon mal geglaubt.«

»Ja, sie ist schwer einzuschätzen«, stimmte Böhmer ihm zu.

Max nickte und kämpfte gegen eine schnell zunehmende Müdigkeit an. Wenn das so weiterging, würde er nicht bis zum Abend durchhalten, ohne wenigstens ein Stündchen geschlafen zu haben.

»Ich hatte eben eine Unterhaltung mit einem Bekannten von Professor Bormann, diesem Psychiater Dr. Kilian aus Köln.«

»Der Name sagt mir immer noch nichts.«

»Kilian hat die Theorie, dass ein Mord ohne Motiv nicht aufzuklären ist, wenn der Täter keine Spuren hinterlässt.«

»Ein Mord ohne Motiv?«

»Ja, er meint damit, dass der Täter sein Opfer spontan und wahllos aussucht und einfach tötet.«

»Warum sollte jemand so was tun?«

Max zuckte mit den Schultern. »Du weißt doch selbst am besten, wozu manche fähig sind.«

»Ja, klar, aber wenn jemand einen Menschen, den er nicht kennt, ohne jeden Grund umbringt, dann ist er ja wohl geisteskrank. Und damit hat er wieder ein Motiv, nämlich seine Geisteskrankheit.«

Max schüttelte den Kopf. »Geisteskrankheit kann ein Auslöser für solche Taten sein, aber kein Motiv.«

»Wie auch immer. Was hat das mit den aktuellen Fällen zu tun? Katharinas Neffe hat Spuren hinterlassen, und zwar nicht zu knapp. Und die beiden anderen …«

»Ja, ich weiß. In den beiden anderen Fällen ist der Täter in Häuser eingebrochen, um seine Opfer zu töten, die noch dazu zu diesem Zeitpunkt allein waren. Das muss er geplant haben, von Beliebigkeit also keine Spur.«

Böhmer drehte die Handflächen nach oben. »Eben. Warum erzählst du mir dann von diesem Psychiater und seinen Theorien?«

»Ich weiß es nicht. Vielleicht, weil der Kerl ein wenig seltsam ist. Und er ist sehr von sich und seinen Ideen überzeugt. Das Gespräch mit ihm beschäftigt mich einfach.«

»Psychiater eben. Die meisten von denen haben doch selbst einen gehörigen Schaden. Aber kommen wir zu dir. Was hast du als Nächstes vor?«

»Ich unterhalte mich mit Jens Büttner, dem Freund von Leon.«

»Der ist doch zur Hochzeit seiner Schwester gefahren. Ist er wieder da?«

Max stieß sich vom Schrank ab. »Ich hoffe es. Seit wann ist er eigentlich weg, weißt du das?«

»Soweit ich weiß, ist er am Tag nach Leons Tod gefahren. Ich habe einmal mit ihm telefoniert. Da wirkte er sehr niedergeschlagen, hat aber bestätigt, was Niklas Wesener uns über den Ablauf des Abends erzählt hatte. Es gab bisher keinen Grund, ihn nochmals zu befragen.«

»Trotzdem werde ich mich mit ihm ...«

»Entschuldigung«, wurde Max in diesem Moment unterbrochen. Katharina Baumann stand in der Tür.

»Könnte ich euch bitte mal kurz sprechen?«

»Ja, klar«, entgegnete Böhmer.

Sie betrat das Büro und zog die Tür hinter sich zu.

»Entschuldige, Horst, ich weiß, du hast die Tür am liebsten offen, aber wenn die Keskin mitbekommt, dass ich mit dir über den Fall rede, macht sie wieder einen Aufstand. Ich bin ja außen vor.« Und mit Blick auf Max fügte sie hinzu: »Hallo, Max, schön, dich zu sehen. Bist du immer noch mit dem Fall beschäftigt?«

»Tja, wenn man mal anfängt ...«, entgegnete Max.

»Keskin hin oder her, meine Tür ist immer für dich offen, auch wenn es um diesen Fall geht. Und du darfst sie auch schließen.« Böhmer deutete auf einen Stuhl. »Setz dich doch.«

Katharina ignorierte die Aufforderung und blieb stehen. »Ich hatte heute Morgen einen Anruf von Jens Büttner«, begann sie, woraufhin Max sie unterbrach. »Büttner? Das ist ja ein Zufall. Wir haben gerade über ihn gesprochen. Ist er zurück? Mit ihm wollte ich heute auch noch reden.«

»Nein, ist er nicht. Und das Gespräch war sehr seltsam.«

»Inwiefern?«

»Erst einmal habe ich mich gewundert, dass er mich überhaupt anrief. Ich hatte bisher zu ihm so gut wie keinen Kontakt und habe ihn nur mal kurz bei Leon gesehen. Er sagte, er würde noch ein paar Tage bei seiner Schwester bleiben, weil es ihm nicht gutginge und er noch nicht hierher zurückkommen möchte.«

»Hm ... das kann man ja verstehen«, warf Böhmer ein. »Wenn Leon und er sich nahegestanden haben ... Die Frage ist aber tatsächlich, warum er dich extra anruft, um dir das mitzuteilen.«

»Das kann ich dir sagen. Er erklärte, er habe Angst davor, Leons Eltern oder mir zu begegnen. Ich war ziemlich überrascht und habe gefragt, warum er vor einer Begegnung mit uns Angst habe. Er meinte, weil ihm das, was mit Leon passiert ist, schrecklich leidtut.«

»Und deshalb hat er Angst, dir oder Leons Eltern zu begegnen?«, hakte Böhmer nach.

»Die Frage habe ich ihm auch gestellt, aber er wiederholte nur, dass ihm alles furchtbar leidtue.«

»Das ist ja seltsam«, murmelte Max nachdenklich. »Das klingt ja fast danach, als wüsste er etwas, das wir noch nicht wissen.«

Katharina nickte. »Genau das Gefühl habe ich auch.«

»Sonst noch was?«

»Nein, damit war das Gespräch beendet. Aber wie Max schon sagte, klingt das doch sehr danach, dass Jens Büttner einiges weiß, was er euch bisher verschwiegen hat. Und vielleicht könnte das ja dazu führen, Leons Unschuld zu beweisen.«

Max spürte, dass er unruhig wurde. Er hatte das Gefühl, gerade an einem wichtigen Punkt angekommen zu sein. Vielleicht sogar an einem Wendepunkt. »Das ist wirklich sehr seltsam. Wo wohnt denn diese Schwester?«

»Moment«, sagte Böhmer, beugte sich vor und kramte in den Papieren auf seinem Schreibtisch herum, bis er schließlich ein zerfleddertes Notizbuch herauszog, das er aufschlug. Nachdem er eine Weile darin geblättert hatte, deutete er mit dem Finger auf eine Stelle darin. »Hier. In Wetzlar. In der Frankenstraße.«

»Na dann …«, sagte Max.

Böhmer drückte sich aus seinem Stuhl und schlug mit der flachen Hand auf den Tisch. »Auf nach Wetzlar.«

»Ich würde schrecklich gern mitkommen, aber …«, setzte Katharina an.

»Auf keinen Fall«, entschied Böhmer. »Die Keskin reißt uns beiden den Allerwertesten auf und versetzt uns in die Hölle, wenn wir das tun.« Er nickte Max zu. »Es reicht schon, dass ich einen *Zivilisten* mitnehme.«

»Falsch«, entgegnete Max. »Ich muss dir ja nichts zum Thema Zivilisten in Dienstfahrzeugen sagen, oder? Allein versicherungstechnisch … *Ich* nehme *dich* mit. Ich fahre.«

29

Sie nahmen die A4 an Köln vorbei und brauchten rund zweieinhalb Stunden, von denen sie nur in den ersten zwanzig Minuten über die Mordfälle sprachen. Danach rutschte Böhmer im Sitz etwas tiefer und schloss die Augen. Nach einer Weile, in der vom Beifahrersitz nur ein leichtes Grunzen an Böhmers Anwesenheit erinnerte, dachte Max an seinen grauenhaften Traum und fragte sich erneut, ob mit ihm etwas nicht stimmte. Er überlegte, ob er einen Arzt aufsuchen und sich untersuchen lassen sollte, kam dann aber zu einem anderen Entschluss. Es gab nur einen Menschen, der fast alles über ihn wusste und mit dem er auch über alles reden konnte, und das war seine Schwester.

Er hatte sich am Abend sowieso mit ihr verabredet. Max nahm sich vor, Kirsten von seinem nächtlichen Erlebnis zu erzählen.

Das Einfamilienhaus in der Frankenstraße in Wetzlar sah gepflegt aus mit seinem kleinen Vorgarten und der gepflasterten Einfahrt, die zu der angebauten Garage auf der rechten Seite führte.

Max parkte vor dem Garagentor, blieb im Wagen sitzen und betrachtete das Haus. »Ich bin sehr gespannt, was Jens Büttner uns zu erzählen hat.«

»Um das zu erfahren, sollten wir aussteigen«, erwiderte Böhmer und öffnete die Tür.

Der Mann, der auf ihr Klingeln hin öffnete, mochte Mitte dreißig sein, also etwa in Max' Alter.

»Guten Tag«, begann Böhmer. »Wir würden gern mit Jens Büttner sprechen. Soweit wir wissen, ist er bei Ihnen zu Gast.«

Der Mann musterte die beiden. »Sie sind von der Polizei, oder?«

Böhmer nickte. »Ja, richtig. Wir kommen aus Düsseldorf und ermitteln in einer Reihe von Mordfällen.«

»Wir ermitteln nicht gegen Herrn Büttner«, ergänzte Max schnell. »Wir möchten ihm nur ein paar Fragen stellen.«

»Schon gut, ich weiß über die Sache Bescheid.« Sein Gesicht verfinsterte sich. »In diesem Haus wird seit Tagen über nichts anderes gesprochen, obwohl es eigentlich ein freudigeres Thema geben sollte.«

»Sie sind also der frischgebackene Ehemann?«, erkundigte sich Böhmer.

»Ja, der bin ich. Daniel Padberg.« Er trat einen Schritt zur Seite. »Aber bitte, kommen Sie doch rein. Jens ist mit seinem Kumpel oben im Gästezimmer.«

»Mit seinem Kumpel?« Max betrat, vor Böhmer und an Padberg vorbei, die verhältnismäßig geräumige Diele, auf deren linker Seite eine Treppe nach oben führte.

»Ja, Kumpel, Freund ... er ist aus Düsseldorf wie Sie. Ich kenne ihn nicht. Er ist vor einer halben Stunde hier angekommen, sie haben die Köpfe zusammengesteckt, und dann ist Jens gleich mit ihm nach oben verschwunden. Ich hatte nicht einmal die Gelegenheit vorzuschlagen, dass es für die beiden viel einfacher wäre, wenn Jens zurück nach Düsseldorf fährt und sich wieder seinem Studium widmet.« Nachdem er die Haustür geschlossen hatte, fügte er hinzu: »Und für uns auch. Bitte, gehen Sie einfach durch.«

Das angrenzende Wohnzimmer war hell und freundlich eingerichtet, die Wände strahlten in makellosem Weiß. Max vermutete, dass es frisch renoviert war.

Padberg deutete auf den Esstisch mit sechs Stühlen, der seitlich vor einem großen Fenster stand. »Bitte, setzen Sie sich, ich sage oben Bescheid.«

Damit wandte er sich um und verließ den Raum.

»Was glaubst du, wer hier ist?«, fragte Böhmer.

»Ich schätze mal, Axel Kramp. Die beiden studieren doch zusammen und sind offenbar gut befreundet.«

Es war nicht Axel Kramp, wie Max überrascht feststellte, als kurz darauf ein dunkelhaariger, blasser junger Mann hinter Padberg das Wohnzimmer betrat, dem ein weiterer folgte.

»Herr Wesener!«, stieß Max aus. »Das ist ja eine Überraschung.«

»Warum überrascht Sie das?« Wesener blieb neben Büttner stehen. »Jens ist mein Freund, ich bin hier, weil ich wissen wollte, wie es ihm geht.«

»Sie sind also Jens Büttner?« Böhmer wandte sich an den Dunkelhaarigen mit der blassen Gesichtsfarbe. Max fiel auf, dass Jens' Augen gerötet waren.

»Ja. Daniel sagte, Sie sind von der Polizei?«

»Kripo Düsseldorf. Mein Name ist Böhmer. Wir haben vor ein paar Tagen miteinander telefoniert.«

»Und … was wollen Sie noch von mir?«

Max spürte, wie sehr Büttner sich bemühte, keine Schwäche zu zeigen, doch es misslang. Das Zittern in seiner Stimme war nicht zu überhören.

»Wir würden Ihnen gern ein paar Fragen stellen«, erklärte Max.

»Wie wäre es, wenn wir uns setzen würden?«, schlug Padberg vor. »Da meine Frau und ihr Bruder ja sowieso seit Tagen nur über dieses eine Thema reden, statt auch mal über unsere Hochzeit …«

»Herr Padberg, ich weiß, es ist ziemlich unhöflich«, fuhr Böhmer dazwischen, »aber wäre es möglich, dass wir mit Herrn Büttner allein sprechen?«

Für einen kurzen Moment schien Padberg irritiert, doch dann hatte er sich wieder gefangen und hob beide Hände. »Natürlich, fühlen Sie sich wie in Ihrem Präsidium. Ich setze mich derweil in meine Küche und blättere das Album von meiner Hochzeit durch.«

Als er sich abwandte, fügte Max hinzu: »Danke. Und seien Sie doch bitte so nett und nehmen Herrn Wesener mit.«

»Was?«, rief Wesener sichtlich empört. »Aber warum das denn? Ich war doch dabei und kann Ihnen genauso viel über den Abend sagen wie Jens.«

Max nickte. »Wir würden uns trotzdem gern mit Herrn Büttner allein unterhalten.«

Nach einem schwer zu deutenden Blick auf Jens Büttner drehte sich Nik Wesener daraufhin wortlos um und folgte Padberg aus dem Zimmer. Büttners Blick verfolgte ihn, bis er nicht mehr zu sehen war. Er erinnerte Max an den

Blick eines kleinen Kindes, dessen Mutter den Raum verlässt.

»Warum wollen Sie mit mir allein reden? Nik hat recht, er weiß genauso viel wie ich.«

»Aber er hat heute Morgen nicht Leons Tante angerufen«, entgegnete Böhmer. »Warum haben Sie das getan?«

»Ich ... ich wollte ihr nur sagen, dass es mir leidtut, was mit Leon passiert ist. Ist daran irgendetwas falsch?«

»Nein. Aber Sie sagten, sie hätten Angst, ihr oder Leons Eltern zu begegnen. Warum? Welchen Grund könnte es geben, dass *Sie* Angst vor einer Begegnung mit den Eltern oder der Tante Ihres toten Freundes haben?«

Büttner senkte den Kopf, bevor er sich auf den mit grauem Velours bezogenen Sessel sinken ließ, der neben ihm stand. »Weil ich mich mitschuldig fühle.«

Er sagte es so leise, dass er kaum zu verstehen war.

»Was? Warum?«

»Wir waren an dem Abend zusammen in der Kajüte, haben gefeiert und ein paar Gläser getrunken. Irgendwann wollte ich nach Hause, und Axel ist mitgekommen. Wenn wir nicht früher gegangen wären, dann ...« Er schluckte mehrmals und sah Max an. »Können Sie das nicht verstehen? Wir waren nicht nur Kommilitonen, wir waren auch Freunde. Ich fühle mich einfach mitverantwortlich für das, was passiert ist.«

»Helfen Sie mir mal, ich verstehe das nicht«, warf Böhmer ein. »Es ist doch sicher nicht das erste Mal gewesen, dass Sie nicht alle gemeinsam nach Hause gegangen sind. Dass sich in einer Gruppe die einen früher, die anderen später verabschieden, ist doch völlig normal. Warum geben Sie sich dann eine Mitschuld an etwas, das geschehen ist, als Sie schon zu Hause waren? Wenn Sie dabei gewesen wären und zugeschaut hätten, statt etwas zu unternehmen, als Leon Kehler ... falls er die Frau getötet hat, dann könnte ich das ja noch verstehen. Aber das waren Sie ja nicht, habe ich recht?«

»Natürlich war ich nicht dabei.«

»Was also ist wirklich der Grund, dass Sie sich schuldig fühlen?«

Büttner antwortete nicht, sondern senkte wieder den Blick wie ein ertapptes Kind.

Sie ließen ihm eine Weile Zeit, bis Böhmer hörbar genervt sagte: »Also jetzt mal raus mit der Sprache, Herr Büttner. Was ist an dem Abend passiert, das dazu führt, dass Sie sich eine Mitschuld geben?«

Auch darauf erhielt Böhmer keine Antwort.

»Mal eine ganz andere Frage«, versuchte es Max. »Glauben Sie eigentlich, dass Leon Kehler diese Frau umgebracht hat?«

Das wirkte. Regelrecht erschrocken sah Büttner auf. »Aber ... man hat ihn doch gesehen.« Sein Blick richtete sich auf Böhmer. »Das haben Sie mir doch gesagt. Und dass man Spuren von ihm gefunden hat, da, wo die tote Frau lag. Sie sagten, er ist als Täter so gut wie überführt.«

»Das ist alles richtig«, beharrte Max und lenkte damit Büttners Aufmerksamkeit wieder auf sich, »beantwortet aber nicht meine Frage. Glauben *Sie*, dass Leon Kehler die Frau getötet hat?«

»Ich ... ich wünschte, es wäre anders, aber so, wie es aussieht, hat er es wohl getan.«

30

»Sie sind also der Meinung, Ihr Freund hat eine Frau umgebracht«, wiederholte Max überrascht. Er hatte damit gerechnet, dass Jens Büttner fest an Leons Unschuld glauben würde. Er tauschte einen Blick mit Böhmer und glaubte zu erkennen, dass es ihm ähnlich ging.

»Und daran fühlen Sie sich mitschuldig?«

»Ja, verdammt«, fuhr Büttner auf, und seine Augen füllten sich mit Tränen. »Wären Axel und ich bei ihm geblieben, dann wäre er vielleicht gar nicht auf die Idee gekommen … vielleicht hätten wir ihn ja davon abhalten können.«

»Was ist mit Ihrem Kumpel Niklas Wesener, der extra hierhergekommen ist, um sich nach Ihrem Wohlbefinden zu erkundigen? Er blieb an dem Abend doch noch bei Leon, nachdem Sie und Herr Kramp bereits gegangen waren. Warum konnte *er* ihn nicht davon abhalten?«

»Das weiß ich nicht. Fragen Sie ihn doch selbst.«

»Oh, das werden wir mit Sicherheit tun«, versprach Böhmer.

»Wie kommt es eigentlich, dass Ihr Kommilitone Axel Kramp erzählte, dass Niklas Wesener sich nach dem Tod von Leon Kehler von Ihnen beiden zurückgezogen hat, Wesener andererseits aber zweihundert Kilometer fährt, um nachzusehen, wie es Ihnen geht?«

»Das … das weiß ich nicht. Ich weiß nicht, warum Axel das gesagt hat.«

»Hatten Sie in den letzten Tagen Kontakt zu ihm?«

»Zu Axel?«

»Ja«, stieß Böhmer zwischen den Zähnen aus, und Max befürchtete schon, er würde den vollkommen überforderten jungen Mann gleich anschreien.

»Nein.«

»Warum nicht?«

»Wie, warum nicht?« Büttner stand auf und begann, die Hände in den Hosentaschen vergraben, im Wohnzimmer auf und ab zu gehen. »Woher soll ich das denn wissen? Was stellen Sie eigentlich für seltsame Fragen?«

Böhmer wollte schon zu einer Antwort ansetzen, doch Max stoppte ihn mit einer Handbewegung und sagte: »Wir versuchen nur, ein paar Dinge zu verstehen. Lassen Sie mich noch mal zusammenfassen. Da haben wir Ihren Kommilitonen und Freund Axel Kramp, mit dem Sie gemeinsam an diesem Abend früher nach Hause gegangen sind, der also im Grunde in der gleichen Situation ist wie Sie, zu dem Sie aber seit Tagen keinen Kontakt haben. Dann haben wir Leon Kehlers Tante, die Sie so gut wie überhaupt nicht kennen, aber trotzdem anrufen, um ihr zu sagen, dass Sie sich schuldig fühlen. Und zu guter Letzt gibt es Niklas Wesener, der eigentlich nie wirklich mit Ihnen befreundet war und sich laut Axel Kramp nach Leons Tod komplett zurückgezogen hat, jetzt aber extra hierherkommt, weil er wissen will, wie es Ihnen geht.«

»Ja, und?«

»Das stinkt zum Himmel«, knurrte Böhmer, und fuhr fort,

noch ehe Büttner reagieren konnte: »Soll ich Ihnen sagen, was ich denke? Ich denke, an diesem Abend ist irgendetwas vollkommen schiefgelaufen, und Sie wissen ganz genau, was, aber Sie wollen es uns nicht sagen. Warum nicht? Weil Sie damit sich selbst oder jemand anderen belasten würden?«

»Nein, das ... das ist Blödsinn. Ich weiß überhaupt nicht, was Sie von mir wollen. Da ist nichts schiefgelaufen.«

Nach einigen Sekunden, in denen die Stille im Raum fast erdrückend wirkte, nickte Böhmer.

»Gut. Ich sage Ihnen jetzt was.« Er sprach gefährlich ruhig. »Ich habe einen guten Geruchssinn, aber den bräuchte ich gar nicht, um zu bemerken, dass Ihre Geschichte gewaltig stinkt. Es geht hier nicht um einen Ladendiebstahl, Herr Büttner, sondern um zwei tote Menschen. Eine ermordete Frau und einen jungen Mann, der sich selbst umgebracht hat. Wir werden an Ihnen dreien dranbleiben, wir werden jede Minute dieses Abends nachvollziehen und jeden befragen, der in dieser Zeit auch nur in Ihrer Nähe gewesen ist. Und ich verspreche Ihnen, wir werden herausfinden, was es ist, das an Ihrer Geschichte stinkt. Und wenn sich herausstellen sollte, dass Sie uns angelogen haben, dann Gnade Ihnen Gott.«

Tränen lösten sich aus den Augenwinkeln des jungen Mannes, und wie er so dastand, mit hängenden Schultern und der puren Verzweiflung im Gesicht, tat er Max fast leid.

Aber Böhmer hatte recht. Einiges an der Geschichte, die Büttner ihnen erzählt hatte, war mehr als eigenartig. Und ein Gefühl sagte Max, dass Niklas Wesener an dem Ganzen nicht unbeteiligt war.

Als Max kurz darauf in die Küche ging, um Wesener zu

holen und ihm einige Fragen zu stellen, fand er nur Büttners Schwager vor.

»Wo ist Niklas Wesener?«, fragte er verwundert.

»Nach Hause gefahren. Er meinte, er habe Besseres zu tun als hier herumzusitzen.«

»Na, der hat ja Nerven.« Max zog sein Smartphone aus der Tasche und wählte auf dem Weg zurück ins Wohnzimmer Weseners Nummer.

Der Psychologiestudent hob nur Sekunden nach dem ersten Läuten ab. Das Rauschen im Hintergrund deutete darauf hin, dass er im Auto saß.

»Bischoff hier«, polterte Max los. Er hatte mittlerweile das Wohnzimmer erreicht und wurde von Böhmer mit einem fragenden Blick bedacht. »Was denken Sie sich eigentlich, einfach so zu verschwinden?«

»Moment. *Sie* haben doch gesagt, Sie wollten nicht mit mir reden, oder? Und der Herr Kriminalpolizist, also der echte, der wirklich was zu sagen hat, erwähnte mit keinem Wort, dass ich bleiben soll. Unter diesen Umständen kann ich Ihnen sagen, was ich gedacht habe. Ich dachte: Das ist mir zu blöd, in einer fremden Küche mit einem fremden Mann zu sitzen, der ununterbrochen von seiner Hochzeit schwadroniert und darüber, dass er wegen Leon um die ersten Tage als frischgebackener Ehemann gebracht worden ist und so weiter und so weiter. Das habe ich gedacht.«

So ärgerlich es auch war, Max konnte Wesener nicht widersprechen. Es gab tatsächlich keinen formalen Grund, warum er sich nicht auf den Rückweg hätte machen sollen.

»Bleiben Sie bitte zu Hause, wir kommen später noch zu Ihnen.«

»Wenn nichts anderes anfällt, werde ich vielleicht zu Hause sein. Falls der Kriminalbeamte mich sprechen möchte, kann er mir das ja sagen.«

»Was war das heute Morgen, Herr Wesener?«

»Was meinen Sie?«

»Ihren Anruf heute Morgen um sieben. Sie meinten, Sie hätten sich bei unserem ersten Gespräch dämlich benommen und dass Sie eigentlich gar nicht so sind. Ich sage Ihnen was: Sie benehmen sich gerade wieder dämlich, und ich denke, Sie sind auch dämlich. Und wissen Sie, warum ich das sagen kann? Weil ich kein Polizeibeamter bin und Sie keine Dienstaufsichtsbeschwerde gegen mich einreichen können. Kommen Sie gut nach Hause und sehen Sie zu, dass Sie da sind, wenn wir klingeln. Ich kann Ihnen versichern, auch als Privatermittler kann ich Ihnen eine ganze Menge Ärger machen.«

Damit legte er auf und steckte das Telefon weg. Sowohl Böhmer als auch Büttner sahen ihn fragend an.

»Alles gut«, sagte Max, und an Böhmer gewandt: »Fahren wir?«

»Und was ist jetzt mit mir?«, fragte Büttner.

»Wie wäre es, wenn du dich anschließt und auch nach Düsseldorf zurückfährst?«, schlug Daniel Padberg vor. »Ich verstehe ja, dass diese Sache dich belastet, aber mal ganz davon abgesehen, dass ich so kurz nach der Hochzeit meine Frau wirklich mal gern für mich hätte, hast du auch noch ein Studium, um das du dich kümmern musst.«

Harte, aber ehrliche Worte, fand Max, und er konnte Padberg sogar verstehen.

»Aber …«, setzte Büttner niedergeschlagen an, blickte

hilfesuchend von Max zu Böhmer und dann wieder zu Padberg.

»Ich – ich muss mit Jessica reden.«

Padberg schien nach den richtigen Worten zu suchen, bevor er antwortete. »Jens, das tust du doch schon seit Tagen. Was soll das denn noch …«

»Noch ein Mal.« Etwas in Büttners Stimme hatte sich verändert. Und nicht nur in seiner Stimme. Auch seine Körperhaltung schien plötzlich straffer zu sein, als hätte er sich zum ersten Mal, seit sie sich unterhielten, aufgerichtet. Auf Max wirkte es, als hätte er erkannt, dass er verloren hatte, und sich entschlossen, der Niederlage aufrecht entgegenzusehen. Im Gegensatz zu dem vorherigen Gespräch klang seine Stimme nun ruhig und sachlich. »Bald bist du mich los.«

»Jens, es geht doch nicht darum, dass ich dich …« Padberg schien sich wieder bewusst zu werden, dass sie nicht allein waren. Er wandte sich Max und Böhmer zu und sagte: »Kommen Sie gut zurück nach Düsseldorf.«

31

»Die verarschen uns doch alle«, stieß Böhmer wütend aus, als er und Max wieder im Wagen saßen.

»Ich weiß nicht, ob alle das tun«, erwiderte Max nachdenklich und fuhr los. Er fühlte sich wie gerädert und musste sich zwingen, sich auf die Straße zu konzentrieren. Die vergangene Nacht hatte ihre Spuren hinterlassen. Max konnte sich nicht erinnern, aber nach dem zu urteilen, wie er sich in diesem Moment fühlte, hatte er nach dem Traum entweder gar nicht mehr oder nur sehr schlecht geschlafen.

»Vielleicht nicht. Aber dieser Büttner, und vor allem Wesener, lügen uns die Taschen voll. Die wissen mehr, als sie zugeben, da bin ich sicher. Wir werden uns Wesener noch mal vornehmen. Gleich nachher, wenn wir zurück sind.«

»Ja, das machen wir.«

»Ist dir die Veränderung an Büttner aufgefallen, kurz bevor wir gefahren sind?«

»Ja.«

»Und? Was denkst du darüber?«

»Vielleicht sagt er seiner Schwester jetzt die Wahrheit.«

Max spürte Böhmers Blick auf sich und sah ihn kurz an.

»Was ist?«

»Ist alles okay mit dir? Ich habe das Gefühl, du stehst weit neben dir.«

»Ach, ich bin einfach nur ziemlich müde. Ich habe letzte Nacht nicht sonderlich gut geschlafen.«

»Soll ich fahren?«

»Nein, ich denke, es geht schon.«

»So, das denkst du … Fahr da vorn rechts ran.« Böhmer deutete auf einen kleinen Parkplatz.

Max wollte protestieren, doch selbst das war ihm zu anstrengend. Es war vielleicht wirklich besser, wenn Böhmer fuhr. Er fühlte sich alles andere als fit. Er setzte den Blinker und hielt an.

Wenig später bog Böhmer auf die B49 in Richtung Limburg an der Lahn, dann sah er zu Max hinüber. »Wenn wir zurück sind, fahre ich dich nach Hause, und du legst dich ein, zwei Stunden ins Bett, klar?«

»Das ist nicht nötig. Ich schließe jetzt ein bisschen die Augen, dann geht es schon wieder.«

»Hm …«, grummelte Böhmer. Beide schwiegen eine Weile, bis Max sagte: »Axel Kramp machte einen ehrlichen und vernünftigen Eindruck. Seltsamerweise ist er zudem der Einzige von den dreien, der an Leons Unschuld glaubt.«

»Mag sein, aber er war an dem Abend ebenfalls dabei. Wenn die anderen beiden etwas verschweigen, würde es mich sehr wundern, wenn er nichts davon wüsste. Immerhin hat er an dem Abend gemeinsam mit Büttner die Kneipe verlassen. Was Büttner weiß, müsste also eigentlich auch Kramp mitbekommen haben, findest du nicht?«

»Wir werden sehen«, entgegnete Max und schloss die Augen. Er fühlte sich unendlich müde …

Als Max wieder aufwachte, befanden sie sich bereits im Stadtgebiet von Düsseldorf. Benommen richtete er sich im Sitz auf und rieb sich mit beiden Händen über das Gesicht.

Böhmer warf ihm einen kurzen Blick zu. »Na? Geht's dir besser?«

»Ich weiß nicht. Ich muss erst mal zu mir kommen. Habe ich echt fast zwei Stunden geschlafen?«

»Sieht ganz so aus. Und offenbar hat dein Körper das gebraucht.«

»Ja, scheint so. Wo fahren wir überhaupt hin?«

»Ich bringe dich jetzt nach Hause und nehme dein Auto mit. Heute Abend bekommst du es zurück.«

»Nein, mir geht's schon besser. Die zwei Stunden haben mir gutgetan. Lass uns Niklas Wesener auf den Zahn fühlen.«

Ein erneuter Blick, dieses Mal kritischer. »Bist du sicher?«

Max nickte. »Ja, bin ich. Also los.«

Wesener war tatsächlich zu Hause, als sie an seinem Luxusapartment ankamen. Er öffnete ihnen die Tür und deutete, ohne eine Miene zu verziehen, in die Wohnung.

»Herr Böhmer, diese Unterhaltung findet nur statt, weil ich meinen guten Willen zeigen möchte, zur weiteren Aufklärung beizutragen.« Wesener schloss die Tür und fuhr fort, während er vor den beiden herging: »Ich mache Sie darauf aufmerksam, dass ich diese Unterhaltung sofort abbrechen oder meinen Anwalt hinzuziehen werde, wenn ich Ihre Fragen als zu weitgehend empfinde. Sollten Sie ...«

»Jaja.« Böhmer winkte ab. »Ich kenne die Standardsprüche von Rechtsanwälten. Ich nehme an, die haben Sie von Ihrem Vater?«

»Von einem seiner angestellten Prozessanwälte. Mein Vater hat in Wirtschaftsrecht promoviert.«

»Ich kotze gleich«, murmelte Max, woraufhin Wesener sich ihm zuwandte. »Bitte?«

»Mir wird vom Autofahren immer schlecht, und manchmal muss ich mich übergeben«, entgegnete Max und sah, wie Böhmer angestrengt in eine andere Richtung blickte. »Wo ist die Toilette? Nur für alle Fälle.«

Wesener deutete auf den Durchgang, der den Eingangsbereich vom Wohnzimmer trennte. »Da vorn, neben der Wohnungstür.«

»Also, Herr Wesener«, begann Böhmer, »jetzt erzählen Sie uns doch mal, was Sie dazu veranlasst hat, zweihundert Kilometer zu Jens Büttner nach Wetzlar zu fahren? In Anbetracht der Tatsache, dass Sie keine engen Freunde sind, wundern wir uns ein wenig darüber. Ich bin sehr auf Ihre *glaubwürdige* Erklärung gespannt.«

Wesener schien einen Moment zu überlegen, bevor er antwortete. »Mein Anwalt hat mir geraten, gar nicht mit Ihnen zu reden, wenn er nicht anwesend ist. Ich sagte ihm, ich wolle zuerst einmal sehen, in welche Richtung das Gespräch läuft. Da es schon mit der Unterstellung beginnt, die Antwort, die ich Ihnen bereits in Wetzlar auf diese Frage gegeben habe, sei nicht glaubwürdig, hat er wohl recht gehabt. Einen Moment bitte.« Wesener nahm sein Smartphone vom Tisch, tippte zweimal darauf und hielt sich das Gerät dann ans Ohr. Nach wenigen Sekunden sagte er: »Ja, ich bin's wieder. Sie hatten recht. Wann können Sie hier sein? … Gut. Bis gleich.«

Nachdem er das Handy zurückgelegt hatte, stand er auf.

»Kann ich Ihnen etwas zu trinken anbieten? Mein Anwalt wird in fünfzehn Minuten hier sein. So lange müssen wir die Zeit mit Smalltalk überbrücken.«

Obwohl er sich noch immer erschöpft fühlte, schaffte Max es nur mit großer Mühe, ruhig zu bleiben, doch er wusste, als Zivilist lief er Gefahr, dass Wesener ihn aus seiner Wohnung warf, wenn er sich einmischte. Der junge Mann schien bestens auf die Situation vorbereitet worden zu sein.

»Wasser«, knurrte Böhmer und tastete im nächsten Moment an seiner Manteltasche herum. Nachdem er es geschafft hatte, sein Telefon herauszufingern, hielt er es sich ans Ohr und sagte: »Was gibt's?«

Dann wurde er blass.

32

»Scheiße«, stieß Böhmer aus und ließ die Hand mit dem Telefon sinken. Er richtete den Blick auf Wesener, und Max konnte darin unverhohlene Wut erkennen.

»Ich möchte von Ihnen die Wahrheit darüber hören, was an diesem verdammten Abend geschehen ist. Und zwar jetzt sofort.«

»Ich sagte Ihnen doch schon …«

»Jens Büttner ist tot.«

Wesener verstummte abrupt, während Max seinen Ex-kollegen überrascht ansah. »Mist. Was ist passiert?«

»Er hat sich im Gästezimmer in Wetzlar erhängt, noch bevor seine Schwester nach Hause gekommen ist.« Böhmer blickte Niklas Wesener weiter an. »Er hat einen Zettel hinterlassen, auf dem steht *Leon war es nicht*. Da stellt sich mir die Frage: Wer war es dann?«

Wesener schien nicht registriert zu haben, dass Böhmers Frage an ihn gerichtet war. Sein Blick war starr an ihm vorbeigerichtet.

»Herr Wesener?«

»Jens war's«, antwortete Wesener tonlos und ließ den Kopf sinken. »Er hat es mir gesagt.« Als er wieder aufsah, standen Tränen in seinen Augen. »Er hat mich heute Morgen angerufen und erklärt, dass er es nicht mehr aushält.

Deshalb war ich dort. Ich bin gleich nach seinem Anruf losgefahren. Ich dachte, ich hätte ihn wieder ein wenig beruhigt, als Sie aufgetaucht sind.«

»Warum Sie?«, fragte Max.

»Was?«

»Er hat doch Axel Kramp viel näher gestanden als Ihnen. Warum hat er Sie angerufen und nicht ihn?«

»Weil *ich* an dem Abend dabei war und nicht Axel.«

»Wobei?«, schaltete sich Böhmer ein.

»Als Jens zurückgekommen ist.«

»Moment … er ist noch mal zurück in die Kneipe gekommen?«

»Ja. Und dann wurde es irgendwann ziemlich seltsam.«

»Verdammt, nun sagen Sie endlich …«, setzte Böhmer an, doch Max hob die Hand und schüttelte den Kopf. Er hatte das Gefühl, dass Wesener nur dann mit der ganzen Wahrheit herausrücken würde, wenn sie ihn nicht zu sehr in die Enge trieben. Vor allem in diesem Moment, in dem er vom Tod seines Kumpels erfahren hatte.

Der Student atmete tief durch und sah Böhmer offen an. »Ich werde Ihnen alles erzählen, jetzt ist es sowieso egal. Aber ich möchte auf meinen Anwalt warten.«

Die zehn Minuten bis zum Eintreffen des Anwalts verbrachten sie großenteils schweigend. Nur Böhmer führte ein kurzes Telefonat mit Kollegen der Sonderkommission.

Als der Anwalt schließlich die Wohnung betrat, war Max von dessen Aussehen überrascht. Er hatte jemanden in dunklem Anzug mit akkurat gescheitelten Haaren und manikürten Fingernägeln erwartet, doch der etwa Vierzigjährige, der nun vor ihnen stand, trug helle, an den Knien eingerissene Jeans, einen beigefarbenen Strickpullover und darüber eine fellgefütterte Lederjacke. Die Haare waren millimeterkurz geschnitten und hatten in etwa die gleiche Länge wie sein Dreitagebart.

»Guten Tag, mein Name ist Johannes Debusmann, ich bin Herrn Weseners Anwalt. Danke, dass Sie auf mich gewartet haben.«

Sein Blick richtete sich auf Max. »Ich nehme an, Sie sind Herr Bischoff?«

»Der bin ich.«

»Als ehemaliger Polizist wissen Sie, dass Sie eigentlich nicht hier sein dürften.«

Max nickte. »Es sei denn, Herr Wesener hat nichts dagegen. Das ist eine Privatwohnung, ich bin privat hier.«

Die Blicke beider richteten sich auf den Studenten.

»Ist okay, er kann bleiben.«

Debusmann zuckte mit den Schultern. »Also gut. Ist sonst alles in Ordnung?«

»Nein. Jens ist tot.« Als Debusmann daraufhin die Brauen hob, fügte Wesener hinzu: »Jens Büttner. Er war dabei an dem Abend, an den ich keine Erinnerung mehr habe. Er hat sich umgebracht.«

»Er hat was?«

»Er hat sich im Haus seiner Schwester erhängt. Deshalb werde ich jetzt alles erzählen, was ich weiß.«

»Wir sollten uns vorher vielleicht kurz unterhalten. Ich denke ...«

»Nein!«, unterbrach Wesener seinen Anwalt. »Leon und Jens sind tot. Es reicht. Ich habe keinen Grund mehr zu schweigen.«

Er wandte sich an Böhmer und Max und nickte. »Bereit?«

»Seit wir hergekommen sind«, erwiderte Böhmer.

»Wir waren an dem Abend ab etwa acht Uhr zusammen in der Kajüte. Leon, Jens, Axel und ich. Wir hatten einiges getrunken, und irgendwann so gegen elf meinte Axel, er hätte genug und müsse ins Bett, weil am nächsten Morgen eine wichtige Klausur anstand. Jens wäre noch gern geblieben, das hat man ihm angesehen, aber er musste die Klausur ja auch schreiben und ist schließlich mitgegangen. Leon und ich sind geblieben. Etwa eine Dreiviertelstunde später stand Jens dann plötzlich wieder vor uns. Er meinte, als er in seinem Zimmer im Wohnheim angekommen war, hätte er es sich anders überlegt und wäre wieder losgezogen. Wir haben dann eine Runde Hütchen bestellt…« Er sah Böhmer an. »Das ist Asbach mit Cola und wird in einem Cognac…«

»Ich weiß, was ein Hütchen ist«, versicherte Böhmer ungeduldig. »Erzählen Sie weiter.«

»Jedenfalls haben wir die auf ex getrunken und dann noch eine Runde geordert.« Wesener richtete den Blick auf den Boden. »Und dann wurde alles ganz seltsam.«

»Inwiefern?«, hakte Max nach, als Wesener keine Anstalten machte weiterzureden.

»Alles um mich herum wurde mit einem Mal völlig… surreal. Als wäre ich nicht mehr ich selbst. Ich konnte nicht mehr denken, und auf eine ganz sonderbare Art wusste ich nicht mehr, was ich tun wollte. Ich habe nur dagesessen, und im nächsten Moment war ich irgendwo im Freien. Ich glaube, Leon gesehen zu haben, bin mir aber nicht sicher. Das Nächste, was ich sicher weiß, ist, dass ich am anderen

Morgen in meinem Bett aufgewacht bin. Ich habe keine Ahnung, was wir in der Nacht gemacht haben und wo wir waren. Es gibt da nur einzelne Schnipsel in meiner Erinnerung, wie unscharfe, viel zu dunkle Fotos, auf denen man so gut wie nichts erkennt.«

»Nachdem Herr Büttner zurückgekommen ist und Sie die Getränke bestellt haben, hatten Sie da Kontakt zu anderen Gästen?«, fragte Max dazwischen. »War jemand bei Ihnen am Tisch?«

»Nein. Der Laden war ziemlich voll, überall haben Leute gestanden, auch neben unserem Tisch, aber direkt bei uns war niemand.«

Als er eine Pause machte, setzte Böhmer an, etwas zu sagen, doch Weseners Anwalt hob die Hand und sagte: »Warten Sie, es geht noch weiter.« Und an Wesener gewandt: »Erzähl ihnen den Rest.«

Der Student nickte. »Kurz nachdem ich aufgewacht bin, hat Jens mich angerufen. Er hat geweint und war völlig fertig.«

»Lassen Sie mich raten: Er konnte sich auch an nichts mehr erinnern«, vermutete Böhmer, woraufhin Wesener den Kopf schüttelte. »Das stimmt zwar, aber das war es nicht, was ihn so fertiggemacht hat. Er ist wie ich auch in seinem Bett aufgewacht, aber … er sagte, seine Hände, sein Gesicht und Teile seiner Kleidung wären voller Blut gewesen.«

Max' Gedanken rasten. Dieses seltsame Gefühl, das Wesener beschrieben hatte, die Teilamnesie … das hörte sich sehr nach Drogen an, aber in Leon Kehlers Blut waren keine Drogen festgestellt worden.

Leon war am Tatort gesehen worden, es gab Fasern seines Pullovers am Tatort … aber keine Blutflecke an irgendeinem seiner Kleidungsstücke. Dafür aber an Jens' Kleidung und an ihm selbst – falls das stimmte, was Wesener erzählte.

»Haben Sie an diesem Abend irgendwelche Drogen zu sich genommen?«, wollte Böhmer wissen.

Wesener schüttelte den Kopf. »Nein. Wir trinken manchmal recht viel, aber wir nehmen keine Drogen. Also, außer dem Alkohol. Keiner von uns. Aber so, wie ich mich gefühlt habe … Vielleicht hat uns jemand K.-o.-Tropfen in die Getränke gekippt oder so was.«

»Was ist als Nächstes passiert?«, hakte Max nach.

»Ich habe Jens gefragt, ob er schon mit Leon gesprochen hat. Aber es war schwierig, überhaupt mit ihm zu reden. Er war völlig verzweifelt und sagte, er hätte es versucht, hätte Leon aber nicht erreicht.«

»Und dann?«

»Jens wollte, dass ich zu ihm komme, aber ich wollte vermeiden, dass Axel etwas davon mitbekommt. Er hat ja schon im Bett gelegen, als das alles passiert ist. Ich habe Jens dann in der Nähe des Wohnheims abgeholt, und wir sind hierhergefahren.«

»Was hat er mit den blutigen Kleidungsstücken gemacht?«, fragte Max.

»Keine Ahnung, ich habe ihn nicht danach gefragt.«

»Und dann?«, bohrte Böhmer. »Wie ging es weiter?«

Wesener warf dem Anwalt einen Blick zu, der ihm zunickte.

»Jens wollte von mir wissen, was er jetzt machen solle.

Ich habe ihm gesagt, eine Möglichkeit wäre, zur Polizei zu gehen.«

»Eine *Möglichkeit*?«, fuhr Böhmer ihn an. »Da geschieht ein Mord, ihr Freund ist voller Blut und weiß nicht, woher es stammt, und Sie sind der Meinung, es wäre eine … *Möglichkeit*, zur Polizei zu gehen?«

»Herr Böhmer«, sagte Debusmann, bevor Wesener darauf reagieren konnte. »Wenn Sie möchten, dass Herr Wesener Ihnen die ganze Geschichte wahrheitsgemäß erzählt, sollten Sie ihn vielleicht ausreden lassen, ohne ihn zu unterbrechen oder zu belehren. Davon abgesehen geben Sie mir sicher recht, dass Herr Wesener zu diesem Zeitpunkt noch gar nichts von einem Mord wissen konnte.«

»Ja, ich sagte ›eine Möglichkeit‹.« Weseners Stimme klang trotzig. »Weil zu diesem Zeitpunkt noch nichts von einem Mord bekannt war. Ich bin davon ausgegangen, dass Jens in irgendeine Schlägerei geraten ist. Ich meine … ein Mord! Wie sollte ich denn auf die Idee kommen, dass ein Kumpel tatsächlich einen Mord begangen hat? Das ist doch … total abwegig.«

»Wie ging es dann weiter?«, schaltete sich Max wieder ein.

»Ich konnte Jens einigermaßen beruhigen und sagte ihm, dass er sich wahrscheinlich geprügelt hätte und dass daher das Blut stammt. Das ist genau das, was ich wirklich gedacht habe. Jens ist irgendwann zurück ins Wohnheim und am Nachmittag dann mit Axel zu Leon gefahren, aber der hat nicht aufgemacht. Tja, und am nächsten Tag haben sich die Ereignisse dann überschlagen. Als ich mitbekommen habe, dass eine Frau ermordet worden ist, habe ich immer noch nicht daran gedacht, dass das etwas mit dem Blut an Jens' Händen und Klamotten zu tun haben könnte. Ich meine … ein Mord!«

»Ja, ein *bestialischer* Mord«, wiederholte Böhmer bitter.

»Erst gegen Abend hat Jens sich dann wieder bei mir gemeldet und mir erzählt, dass man Leon dort gesehen hat, wo die Frau umgebracht worden ist, und dass er verdächtigt wird. Na ja, da ist auch mir aufgegangen, dass es einen Zusammenhang geben könnte.«

»Und warum sind Sie oder Ihr Kumpel Jens dann *immer* noch nicht zur Polizei gegangen?«

»Ich habe ihm genau das geraten, aber er hatte Angst und meinte, es sei noch nicht klar, ob er wirklich etwas damit zu tun hatte. Und dass er erst abwarten wollte, was aus der Sache mit Leon werden würde. So, wie es aussah, hatte Leon das ja tatsächlich getan. Und das Blut an Jens' Händen hätte sonst woher stammen können. Vielleicht sogar von Leon.«

»Sie haben also gewartet, bis Ihr Freund Leon sich umgebracht hat. Und selbst danach sind Sie nicht zur Polizei gegangen.«

»Das konnte doch niemand ahnen«, sagte Wesener leise.

Böhmer schüttelte den Kopf. »Nicht zu fassen. Und dann?«

»Als Leon sich umgebracht hat, habe ich Jens wieder geraten, zur Polizei zu gehen, aber er wollte nicht. Er hatte unglaubliche Angst. Er meinte, er gehe davon aus, dass Leon die Frau getötet hat. Wenn er nun zur Polizei gehen würde, wäre sein Leben zerstört, und das wahrscheinlich ohne Grund. Der Fall wäre ja abgeschlossen. Dann ist er nach Wetzlar zu seiner Schwester gefahren, wegen der

Hochzeit. Ich denke, er war froh, einen Grund zu haben, um von hier verschwinden zu können.«

»Herr Wesener, ich würde Ihnen gern eine Frage stellen«, sagte Max, der sich wunderte, dass Böhmer in diesem Punkt nicht nachhakte. »Ist das in Ordnung?«

Erneut richtete Weseners Blick sich auf seinen Anwalt, und erst als Debusmann nickte, stimmte er zu.

»Sie sagten, Sie hätten zu dritt diese … Hütchen getrunken, woraufhin Ihnen so seltsam zumute war. Sie hatten ebenso wie Jens Büttner und übrigens auch Leon Kehler, das weiß ich von seiner Tante, am nächsten Tag größere Erinnerungslücken. Leon Kehler war am Tatort, das steht fest. Jens Büttner wahrscheinlich auch, wenn man bedenkt, dass er voller Blut war.« Max machte eine kurze, rhetorische Pause, bevor er fortfuhr: »Dann müssen wir doch logischerweise davon ausgehen, dass auch Sie dort gewesen sind.«

»Nein, das müssen Sie nicht«, schaltete sich Debusmann ein, wobei sein Tonfall plötzlich um einiges schärfer geworden war. »Herr Wesener ist weder am Tatort oder in der Nähe gesehen worden, noch gibt es irgendwelche Spuren, die auf seine Anwesenheit dort hindeuten. Somit war er auch nicht dort. Und damit, meine Herren, ist dieses Gespräch jetzt beendet. Sollten Sie weitere Fragen haben, gehen Sie bitte den offiziellen Weg.« Sein Blick fiel auf Max. »Was Sie natürlich ausschließt. Und nun bitte ich Sie, Herrn Weseners Wohnung zu verlassen.«

33

Als sie ins Freie traten und auf das parkende Auto zugingen, sagte Böhmer: »Was hältst du davon?«

»Ich bin mir noch unschlüssig. Das klingt ganz danach, dass jemand die drei unter Drogen gesetzt hat.«

»Es konnten bei der Obduktion aber keine Drogen festgestellt werden«, warf Böhmer ein.

»Das hat aber nur bedingte Aussagekraft. Du weißt, dass es immer wieder neue chemische Substanzen gibt, die schon nach kurzer Zeit im Körper nicht mehr nachgewiesen werden können.«

Sie hatten das Auto erreicht und stiegen ein.

»Für mich ist das ein Hinweis auf die Theorie des großen Unbekannten, der die Morde von außen lenkt. Nur, dass er keine Killer anheuert, sondern die potenziellen Täter unter Drogen setzt, so dass sie nicht mehr Herr ihrer Sinne sind.«

»Aber wie soll er es dann schaffen, dass sie tatsächlich jemanden töten? Ich weiß, dass es Rauschmittel gibt, die einen aggressiv machen, aber dass jemand in diesem Zustand gezielt in ein Haus einsteigt und den Bewohner umbringt, halte ich für unwahrscheinlich.«

»Wie auch immer, das ist doch endlich ein Ansatz, der erklären würde, wie diese drei Morde zusammenhängen.«

Böhmer sah ihn mit einem humorlosen Grinsen an. »Davon rückst du nicht ab, oder? Es könnte doch ebenso gut sein, dass die beiden anderen Morde zusammenhängen, aber dieser erste ...«

»Und die Nachrichten?«

»Ja, ich weiß ... Was hältst du von Weseners Geschichte? Ich meine, seine Rolle darin.«

»Wenn alles andere stimmt, was er gesagt hat, gehe ich davon aus, dass er auch am Tatort war. Natürlich wird er das abstreiten, das hat sein Anwalt ja schon klargemacht, und solange wir ihm nichts nachweisen können, kommt er damit auch durch.«

»Theoretisch könnte genauso gut er es gewesen sein, der morgens blutverschmiert aufgewacht ist, und nicht Büttner.«

»Aber warum hat Büttner sich dann umgebracht?«

»Ich habe keine Ahnung. Vielleicht ...« Böhmer stockte und zog sein vibrierendes Handy aus der Tasche.

»Ja? ... okay ... ach ... wo? ... Verstehe. Ja, danke für die Info.«

Böhmer steckte das Telefon wieder weg. »Wie es aussieht, hat Wesener die Wahrheit gesagt. Die Kollegen von der KTU sind gerade in Büttners Zimmer im Wohnheim. Sie haben einen Daumen der ermordeten Frau gefunden. In einer Keksdose.«

»Wow!«, sagte Max, aber er hörte selbst, wie schwach seine Stimme klang. Er fühlte sich unendlich müde. »Was ... was ist mit dem anderen?«

»Keine Ahnung. Sie suchen noch.« Böhmer musterte Max mit kritischem Blick. »Was ist nur mit dir los? Du siehst aus, als ob du jeden Moment ins Koma fallen würdest.«

»Ach, ich weiß es doch auch nicht.«

Böhmer nickte und öffnete die Beifahrertür. »Okay, aussteigen! Ich fahre.«

Max fragte sich, warum er sich überhaupt wieder ans Steuer gesetzt hatte, und stieg ebenfalls aus, ohne zu widersprechen.

Nachdem sie die Plätze getauscht hatten, startete Böhmer den Motor. »Ich bringe dich jetzt nach Hause, und du legst dich hin. Ich nehme dein Auto mit und komme in zwei, drei Stunden zurück. Dann schauen wir weiter, okay?«

»Ja, ist gut«, entgegnete Max und schloss die Augen.

Als Böhmer ihn weckte, richtete Max sich auf und sah sich irritiert um. Sie standen vor dem Haus, in dem sich seine Wohnung befand. Von der Fahrt hatte er nichts mitbekommen.

»Mann, du bist ja wirklich völlig fertig«, kommentierte Böhmer. »Soll ich mit dir hochkommen?«

»Nein, schon gut, ich danke dir. Bis später.«

Kurz darauf betrat Max seine Wohnung, ging auf direktem Weg zur Couch und legte sich hin.

Er dachte noch, dass er sich nicht erinnern konnte, sich jemals so leer und taub gefühlt zu haben, dann fielen ihm die Augen zu.

BÖHMER

34

Horst sah Max nach, bis er im Haus verschwunden war, und fuhr dann los. So niedergeschlagen und apathisch hatte er seinen Kollegen selten erlebt. Er hoffte, dass es ihm besser ging, wenn er am frühen Abend wieder zu ihm fuhr.

Dann dachte er über den abgeschnittenen Daumen nach, den die Kollegen in Büttners Zimmer gefunden hatten. In einer Keksdose.

Selbst wenn Büttner zum Zeitpunkt der Tat im Drogenrausch gewesen war … was brachte ihn dazu, seinem Opfer die Daumen abzuschneiden und einen davon in seinem Zimmer in eine *Keksdose* zu legen? Und wo hatte er den anderen versteckt?

Da er in Max' Wagen saß, war sein Smartphone nicht per Bluetooth verbunden, doch statt rechts ranzufahren, griff er nach dem Telefon, drückte auf »letzte Nummer wählen« und hatte kurz darauf Jonas Geimer am Apparat, den Kollegen von der KTU. Böhmer stellte auf Lautsprecher.

»Ja, ich bin's noch mal. Und? Habt ihr den zweiten Daumen schon gefunden?«

»Nein. Wie es aussieht, ist er nicht hier. Wir haben die ganze Bude auf den Kopf gestellt und rücken gleich ab.«

»Hm … Vielleicht hat er ihn nach der Tat unterwegs verloren«, murmelte Horst.

»Was? Ich hab dich nicht verstanden.«

»Ach nichts, ich habe nur laut gedacht. Danke.«

Nachdem er aufgelegt hatte, ließ er die Nummer des Bereitschaftsraums der *Soko Klara* – benannt nach dem Vornamen des ersten Opfers – wählen und hatte Sekunden später seine Kollegin Sonja Göbel am Apparat, eine Hauptkommissarin Anfang vierzig.

»Habt ihr mitbekommen, dass die Kollegen von der KTU in Büttners Zimmer im Wohnheim einen der Daumen des ersten Opfers gefunden haben?«

»Ja, Frank ist auch dort, er hat uns schon informiert.«

»Gut. Ich hatte ein interessantes Gespräch mit Niklas Wesener. Er sagt, Jens Büttner habe den Mord an der Frau begangen, nicht Leon Kehler. So, wie er es schildert, hat ihnen vielleicht jemand eine Droge in ihre Getränke gemischt. Das deckt sich mit dem, was auch Kehler ausgesagt hat. Wesener und Büttner konnten sich am nächsten Morgen ebenfalls an nichts mehr erinnern. Wesener sagt, Büttner sei an diesem Morgen blutverschmiert in seinem Bett aufgewacht und hätte ihn daraufhin angerufen.«

»Und nun hat er sich wahrscheinlich umgebracht, weil er mit der Schuld nicht leben konnte.«

»Ja, das ergäbe Sinn.«

Stille.

»Sonja? Bist du noch dran?«

»Ja«, erwiderte sie leise.

»Was ist?«

»Wenn das stimmt, dann haben wir Katharinas Neffen mit falschen Beschuldigungen in den Selbstmord getrieben.«

Dieser Gedanke war Horst auch schon durch den Kopf

gegangen, allerdings sah er es etwas anders. »Nein, das haben wir nicht. Wir haben aufgrund der Faktenlage gehandelt, und die war eindeutig.«

»Wie wir sehen, war sie das offenbar nicht.«

»Doch. Zu diesem Zeitpunkt war sie es. Wir konnten gar nicht anders und mussten tun, was wir getan haben. Wenn wir Leon nach der vorliegenden Beweislage nicht für den Täter gehalten und ihn nicht verhaftet hätten, wäre das ein kolossales Versagen gewesen.«

»Ja, vielleicht hast du recht.«

»Nicht nur vielleicht. Niemand von uns braucht Schuldgefühle zu haben.«

Insgeheim musste Horst sich jedoch eingestehen, dass er ein mulmiges Gefühl beim Gedanken an die erste Begegnung mit Katharina Baumann hatte. Wie würde sie reagieren, wenn sie erfuhr, dass tatsächlich nicht ihr Neffe, sondern sein Freund Jens den Mord begangen hatte? Dass sie von Anfang an recht gehabt hatte, als sie die Kolleginnen und Kollegen – und auch ihn – anflehte, an Leons Unschuld zu glauben und weiter zu ermitteln?

»Kommen wir zu Büttner zurück«, sagte Horst, um sich von diesen Gedanken abzulenken. »Ich habe gerade noch mal mit Geimer von der KTU gesprochen – den zweiten Daumen haben sie nicht gefunden. Vielleicht hat Büttner ihn auf dem Weg vom Tatort zu seiner Wohnung verloren.«

»Oder er hat ihn einfach weggeworfen«, mutmaßte Göbel. »Falls das so ist, werden wir ihn kaum finden. Das ist schon über eine Woche her.«

»Da stelle ich mir allerdings die Frage, warum jemand sich Trophäen seines Opfers mitnimmt, um dann einen

Teil davon irgendwo zu entsorgen? Das ergibt doch keinen Sinn.«

»Nichts bei diesem Fall ergibt wirklich Sinn«, entgegnete Göbel. »Wer sagt es Katharina?«

»Ich mache das«, erklärte Horst, obwohl ihm dabei alles andere als wohl zumute war.

»Das ist gut. Ich weiß nicht, was dabei herauskäme, wenn die Keskin das tun würde.«

»Eben! Bis gleich.«

Etwa zwanzig Minuten später traf Horst im Präsidium ein und lief auf dem Flur prompt Kriminalrätin Keskin in die Arme.

Sie sagte in gereiztem Ton: »Herr Böhmer ... Sie waren in Wetzlar? Mit Herrn Bischoff?«

»Ja, das hat sich durch einen Anruf ...«

»Darüber unterhalten wir uns ein anderes Mal«, fiel Keskin ihm ins Wort. »Danach waren Sie bei Niklas Wesener?«

»Ja.«

»Sein Vater hat mich gerade eben angerufen. Weniger in seiner Funktion als Vater, sondern eher als Rechtsanwalt. Aber dazu kommen wir gleich. Sie haben sicher auch vom Selbstmord von Jens Büttner gehört.«

»Ja, während ich bei Wesener war. Aber noch mal zum alten Wesener. Haben Sie finanzielle Probleme?«

»Ich habe was?«

»Na, Wesener ist laut Aussage seines Sohnes Fachanwalt für Wirtschaftsrecht.«

Keskins Mundwinkel wanderten nach unten. »Falls Sie gerade versucht haben, witzig zu sein – ich bin nicht in der Stimmung für Witze. Vielmehr interessiert mich, wie Sie es sich erklären, dass zwei junge Männer Selbstmord begehen und die Mordserie noch immer nicht aufgeklärt ist? Wo doch Ihr Freund Herr Bischoff Sie so tatkräftig unterstützt?«

»Wie es aussieht, hat Büttner den ersten Mord begangen«, versuchte Horst, ihren Angriffen auszuweichen.

»Den Sie dem Neffen der Kollegin Baumann angehängt haben.«

»Moment!«, stieß Horst aus, dem die plötzlich aufkommende Wut eine regelrechte Hitzewelle durch den Kopf trieb. »Was soll das heißen, den *ich* Katharinas Neffen angehängt habe? Was auch immer geschehen ist, das geschah unter Ihrer Leitung und Verantwortung und mit Ihrer vollen Zustimmung.«

Plötzlich veränderte sich Keskins Gesichtsausdruck und wurde weicher. Auch ihre Stimme war bedeutend leiser, als sie zugab: »Das stimmt. Ich ...« Sie warf einen schnellen Blick in den Flur, in dem sich außer ihnen aber niemand aufhielt, und senkte die Stimme noch mehr. »Ich bin im Moment ehrlich gesagt ziemlich genervt und ratlos. Während wir immer noch auf der Stelle treten, beginnt dieser Fall, täglich höhere Wellen zu schlagen. Außer dem Staatsanwalt haben mich in der letzten halben Stunde der Polizeipräsident und die Bürgermeisterin angerufen. Keiner von ihnen war übermäßig freundlich, das können Sie sich wahrscheinlich denken.«

»Schon gut«, sagte Horst. Wie sie so vor ihm stand, tat Keskin ihm fast ein wenig leid. »Was wollte denn Rechtsanwalt Wesener von Ihnen?«

»Er hat mich gewarnt. Man könnte auch sagen: mir gedroht. Er meinte, sein Sohn habe in vorbildlicher Weise mit uns kooperiert und maßgeblich dazu beigetragen, dass der Mord an der Frau nun aufgeklärt ist.«

»Vorbildlich!« Horst lachte bitter auf. »Wenn es vorbildlich ist, einen Mörder tagelang zu decken, dann war sein Verhalten das tatsächlich.«

»Wesener meinte, wenn wir das nicht anerkennen würden, sondern stattdessen mit falschen Verdächtigungen versuchten, den Ruf der ganzen Familie Wesener zu beschädigen, hätte er den einen oder anderen Gesprächspartner, der sich sicher für unser Verhalten interessieren würde. Und auch dafür, dass ich offensichtlich dulde, dass ein Zivilist so tut, als wäre er noch Polizist, und ohne Erlaubnis in Privatwohnungen spaziert.«

»Falsche Verdächtigungen? Es gab von meiner Seite überhaupt keine Verdächtigungen Niklas Wesener gegenüber.«

»Und seitens Herrn Bischoff? Der ja – unerlaubt – bei diesem Gespräch anwesend war.«

»Max hat sich bei dem Gespräch vollkommen zurückgehalten. Und wenn er eine Frage gestellt hat, hat er jedes Mal vorher Weseners Anwalt gefragt, ob das okay ist.«

»Jedenfalls habe ich Wesener senior gesagt, wenn er glaubt, mir als leitender Polizeibeamtin drohen zu können, müsse er aufpassen, dass nicht *ich* den einen oder anderen anrufe, der sich bestimmt *dafür* interessiert. Zum Beispiel die Rechtsanwaltskammer. Zum Thema Bischoff habe ich ihm zu verstehen gegeben, dass ich ihn offiziell angefordert habe zur Unterstützung meiner Beamtinnen und Beamten der Sonderkommission.«

»Wow!«, stieß Horst unbeabsichtigt aus. »Das ist ja … ich dachte …«

Sie winkte ab. »Ich weiß, was Sie dachten, und Sie haben im Großen und Ganzen auch noch immer recht damit. Aber ich lasse mir von so einem arroganten Kerl nicht in meinen Job reinreden.«

»Das finde ich sehr erfreulich, und auch Max wird sicher sehr erleichtert sein.«

»Nun übertreiben Sie mal nicht, Böhmer. Wie ich schon sagte, grundsätzlich hat sich nichts an meiner Einstellung geändert. Davon abgesehen, hat uns Herr Bischoff aber auch nicht weitergebracht, oder sehe ich das falsch? Nach allem, was ich über ihn gehört habe, habe ich mir mehr erwartet.«

»Nun ja, wenn wir ehrlich sind, haben Sie auch alles dafür getan, ihm das Leben so schwer wie möglich zu machen«, verteidigte Horst seinen Expartner. »Wenn man offiziell kaum Informationen bekommt und von einem Tatort verscheucht wird, bevor man sich ein Bild machen kann, ist es natürlich schwierig, Ermittlungserfolge zu erzielen. Egal, wie gut der Ruf ist und wie erfolgreich man unter normalen Umständen schon war.«

»Das gebe ich zu. Und dennoch … aber lassen wir das. Was die Drohung von Wesener senior betrifft … ich erwähnte ja schon, dass ich eben einen Anruf von der Bürgermeisterin hatte.«

»Wesener hat also die Bürgermeisterin angerufen, und die … das ist ja nicht zu fassen.«

»Glauben Sie es ruhig. So funktioniert Politik. Aber was genau haben Sie eigentlich zu Wesener junior gesagt, das seinen Vater so aufgebracht hat?«

»Ich habe lediglich eine Theorie in den Raum gestellt. Wenn alle drei, also Kehler, Büttner und Wesener, sich an nichts mehr aus dieser Nacht erinnern konnten und Leon Kehler und Jens Büttner am Tatort waren, wäre es doch nicht nur möglich, sondern sogar wahrscheinlich, dass Niklas Wesener ebenfalls dort war.«

Horst hielt es für klüger vorzugeben, nicht Max, sondern *er* habe Wesener mit dieser Möglichkeit konfrontiert.

»Verstehe. Das also meinte sein Vater mit haltlosen Vorwürfen, die uns allen noch bitter aufstoßen würden.« Keskin schürzte die Lippen und nickte dann. »Gut, soll er kommen.« Sie machte Anstalten, sich abzuwenden, verharrte aber in der Bewegung und wandte sich noch einmal an Horst.

»Ich brauche Ihren Bericht zu Ihrem Ausflug nach Wetzlar und zu dem Gespräch mit Wesener, und zwar mit allen Einzelheiten. Und, Böhmer, knien Sie sich in den Fall rein, nehmen Sie von mir aus Bischoff dazu, wenn es gar nicht anders geht, arbeiten Sie Tag und Nacht, wenn nötig, aber klären Sie diesen Mist auf, bevor noch ein Mord geschieht.«

»Ich werd's versuchen«, versicherte Horst, dann wandte er sich ab und machte sich auf den Weg in den Bereitschaftsraum der *Soko Klara*. Er würde ihn an Katharina Baumanns Büro vorbeiführen.

35

Er schaut sich irritiert um. Nein, er ist nicht irritiert, sondern vollkommen orientierungslos.

Er befindet sich in einer Straßenbahn, um ihn herum sitzen und stehen dichtgedrängt Menschen. Sie beachten ihn nicht.

Wie ist er hierhergekommen? Und wo fährt er hin? Aber noch interessanter ist die Frage: Wo kommt er her?

Er horcht in sich hinein, doch da ist nichts. Er kann sich an kaum etwas erinnern. Alles fühlt sich fremd an, sieht fremd aus.

Er richtet den Blick aus dem Fenster. Häuser ziehen draußen vorbei, Schaufenster mit grellbunten Auslagen. Menschen.

Er befindet sich in einem außergewöhnlichen Zustand und müsste Panik empfinden.

Aber er empfindet ... nichts. Er erfasst seine Situation mit absoluter Gleichgültigkeit. Seltsame Gedanken. Seltsame Welt.

Er hört, dass die junge Frau, die vor ihm sitzt, etwas sagt, und er registriert, dass sie ihn dabei anschaut, aber es ist, als redete sie in einer fremden Sprache. Ihre Lippen bewegen sich, formulieren Wörter, doch sie reihen sich in seinem Verstand nicht zu logischen Sätzen aneinander, sondern sind nicht mehr als ein blubbernder Geräuschebrei.

Ihr Gesicht verändert sich, das sieht er, aber er kann nicht verstehen, was das bedeutet.

Er wendet sich ab, soll sie weiter Blubbergeräusche von sich geben, ihm ist es egal.

Die Straßenbahn fährt langsamer, wird dann mit einem Ruck so stark abgebremst, dass er sich krampfhaft an der Schlaufe festhalten muss, um nicht umzufallen. Als die Bahn steht, öffnen sich mit einem zischenden Geräusch die Türen.

Er lässt die Halteschlaufe los und schiebt sich an einem fülligen Mann vorbei. Dann ist er draußen und weiß nicht, warum, aber auch das ist ihm völlig egal. Er schaut sich um. Er hat keine Ahnung, wo er ist und was er hier will. Er weiß nur, dass er hier aussteigen musste.

Ohne Zögern macht er sich auf den Weg.

36

»Hast du einen Moment für mich?«

Katharina saß an ihrem Schreibtisch und sah überrascht auf, als Horst ihr Büro betrat. »Ich muss Schluss machen, ich melde mich heute Abend noch mal«, sagte sie, tippte auf das Smartphone und zog die EarPods aus den Ohren.

»Ja, sicher, komm rein.« Einen Besucherstuhl gab es in dem kleinen Raum nicht, also lehnte sich Horst gegen den Aktenschrank gleich neben der Tür.

»Ich habe gerade mit meinem Bruder telefoniert.«

»Entschuldige, dass ich dich gestört habe.«

Der Hauch eines verlegenen Lächelns umspielte ihre Mundwinkel. »Du musst dich nicht entschuldigen, wenn du mich während der Dienstzeit bei einem privaten Gespräch ertappst.«

»Hast du schon gehört, dass Jens Büttner sich umgebracht hat?«

Katharina nickte. »Ja, gerade eben. Furchtbar. Der zweite junge Mann …«

»Max und ich haben mit Niklas Wesener gesprochen. Er hat uns einiges erzählt, was wir leider bisher noch nicht wussten, und so, wie es sich im Moment darstellt …«

Horst sah, wie Katharinas Miene sich veränderte. Es war, als huschte ein Lichtschein über ihr Gesicht. »Was?«

»Wenn es stimmt, was Wesener uns erzählt hat, dann sieht es danach aus, dass nicht Leon den Mord begangen hat, sondern Jens Büttner.«

Die Stille, die plötzlich über dem kleinen Raum lag, war körperlich spürbar. Und Horst hatte kein Gefühl dafür, ob sie fünf Sekunden andauerte oder dreißig. Aber er gab Katharina alle Zeit, die sie brauchte, um diese Nachricht in ihrer vollen Tragweite zu begreifen.

»Endlich!«, stieß Katharina schließlich aus, während sich gleichzeitig Tränen aus ihren Augenwinkeln lösten. »Ich habe es gewusst. Leon wäre zu so einer Tat nicht fähig gewesen.«

Obwohl sie mit keinem Wort auf die Beschuldigungen gegen ihren Neffen einging, hatte Horst das Bedürfnis, etwas dazu zu sagen. »Katharina, es tut mir sehr leid, dass wir Leon für den Mörder hielten, aber angesichts der Fakten blieb uns gar nichts anderes übrig.«

»Ich weiß. Und es gibt nichts, wofür du dich entschuldigen müsstest.«

»Danke, das hat mir wirklich im Magen gelegen.«

»Ich bin selbst Polizistin, schon vergessen?« Ein angedeutetes Lächeln zeigte sich auf ihrem Gesicht, verschwand aber gleich wieder. »Danke, dass du mir gleich Bescheid gesagt hast. Du ahnst gar nicht, wie wichtig das für mich und meine Familie ist. Ich werde meinen Bruder gleich noch mal anrufen. Er wird weinen vor Erleichterung. Und, bitte, sage Max meinen aufrichtigen Dank. Dafür, dass er bereit war, mir zu glauben, und versucht hat, mir zu helfen, obwohl alles gegen Leon sprach.«

»Ich werde es Max ausrichten, ich sehe ihn nachher noch.«

Horst verließ Katharinas Büro und war sehr erleichtert, dass dieses vermeintlich schwierige Gespräch so problemlos verlaufen war.

Nach einem kurzen Abstecher bei den Kolleginnen und Kollegen der Soko, von denen er aber nichts Neues erfuhr, ließ Horst sich kurz darauf auf den Stuhl hinter seinem Schreibtisch fallen und schaltete den Monitor ein. Mit einem Klick auf ein blaues Icon öffnete er ein Programm und starrte auf die leuchtende, helle Fläche vor sich. Er hasste es, Berichte zu schreiben.

Entsprechend lange formulierte er Sätze um, löschte wieder, versuchte es erneut, löschte erneut. Dieses gestelzte Beamtendeutsch, das in den Berichten obligatorisch war, raubte ihm den letzten Nerv.

Als er nach fast einer Stunde endlich fertig war, las er alles noch einmal durch, fand zum tausendsten Mal seine eigenen Formulierungen fürchterlich und schickte das Dokument dann in die Datenbank, von wo aus es automatisch zu Keskin zur Kenntnisnahme und digitalen Abzeichnung weitergeleitet wurde.

Als das erledigt war, lehnte er sich zurück, verschränkte die Arme hinter dem Kopf und schloss die Augen.

Er dachte an Max. Daran, wie seltsam er sich zurzeit verhielt. Wie müde und ausgelaugt er ausgesehen hatte. Und ohne es zu wollen, dachte Horst an die Vergangenheit, an die Anfangszeit ihrer Zusammenarbeit im KK11. Er hatte diesen jungen Kollegen, der vollgestopft war mit Wissen und erfüllt von dem absoluten Willen, die Welt durch sein Zutun ein kleines bisschen besser zu machen, von Anfang an gemocht. Mehr noch, er hatte ihn sogar bewundert und ein bisschen wehmütig daran gedacht, wie er selbst gewesen war, damals, als er zur Kripo gekommen war.

Genau wie Max voller Tatendrang und mit einem guten Gespür, aber er hatte sich von Anfang an eingestanden, dass er nicht wie Max dieses gewisse Etwas gehabt hatte, dieses Quäntchen mehr, das ein Ausnahmetalent von einem guten Ermittler unterschied.

Horst hatte sofort erkannt, dass Max ein besonderer Glücksfall für die Kripo war, und er konnte sich nicht erinnern, diese seltene Kombination jemals zuvor bei einer Kollegin oder einem Kollegen beobachtet zu haben: ein messerscharfer, analytischer Verstand, ausgeprägte Empathiefähigkeit und fundierte psychologische Kenntnisse, gepaart mit einem unglaublichen Fundus an theoretischem Wissen und dazu dann noch dieser unbedingte Ehrgeiz, die Mistkerle aus dem Verkehr zu ziehen, die anderen Leid zufügten. Am meisten hatte Horst sich über die Erkenntnis gewundert, dass es Max dabei nie um seine Karriere gegangen war, sondern ausschließlich darum, die Täter zu fassen.

Horst dachte an die schmerzhaften Erfahrungen, die sein junger Partner in der relativ kurzen Zeit beim KK11 machen musste. An die einzige Frau in dieser ganzen Zeit, der er neben seiner Schwester gestattet hatte, nahe an ihn heranzukommen. Er hatte sie verloren. Und dann diese Sache mit Kirsten …

Horst hatte es Max nie verübelt, dass er den Dienst bei der Polizei quittiert hatte, aber er gestand sich ein, dass ihm Max und seine ganz eigene Art, an die Aufklärung von Verbrechen heranzugehen, schon öfter als nur ein Mal gefehlt hatte.

Umso mehr hatte es ihn gefreut, dass Max doch nicht ganz von der Ermittlerarbeit losgekommen war. Und nun lag er zu Hause in seinem Bett oder auf der Couch und schlief wahrscheinlich tief und fest, weil etwas nicht mit ihm stimmte. Etwas, das er Horst aus irgendwelchen Gründen noch nicht erzählt hatte.

Horst wurde bewusst, dass es draußen schon dunkel war. Er warf einen Blick auf die Uhr. Fast achtzehn Uhr, er würde sich gleich auf den Weg zu Max machen und ihm sein Auto zurückbringen.

Das Läuten des Telefons riss ihn abrupt aus seinen Gedanken. Er beugte sich nach vorn und sah an der zweistelligen Nummer, dass der Anruf von der Zentrale kam.

»Ja?«

»Krollmann hier, da ist ein merkwürdiger Anruf für Sie eingegangen. Ich stelle mal durch.« Ein kurzes Knacken war zu hören.

»Böhmer«, meldete sich Horst und war gespannt, was an dem Anruf seltsam war.

»Marvin Wagner, Psychotherapeut, Rechtspsychologe und forensischer Psychologe, zudem forensischer Schriftgutachter. Sind Sie beeindruckt?«

»Ähm ... was?« Krollmann hatte recht. Das *war* seltsam.

»Ob Sie beeindruckt sind, wollte ich wissen.« Ein kurzes, lautes Lachen war zu hören. »Ich dachte mir, wenn ich erwarte, dass ein sicher vielbeschäftigter Kriminalhauptkommissar, der gerade die Soko in einem verzwickten Fall leitet, ein Ohr für mich hat, dann muss ich seine Neugier wecken. Hat das funktioniert?«

Horst konnte noch nicht abschätzen, ob er es mit einem Spinner oder nur einem Sonderling zu tun hatte, musste Wagner aber zugestehen, dass er sein Ziel erreicht hatte.

»Okay, hat es. Wer sind Sie und was … Moment! Wagner … Schriftgutachter … Sie haben mit Max Bischoff telefoniert, richtig?«

»Sehen Sie, es funktioniert. Die Wissenschaft kann so erfrischend sein, wenn man sie von den staubigen Tüchern befreit, in die sie meist verpackt wird. Finden Sie nicht auch?«

»Ja, doch.« Horst fühlte sich von diesem quirligen Mann überrumpelt und konzentrierte sich darauf, sich nichts anmerken zu lassen. »Und was ist der Grund Ihres Anrufs?«

»Ich musste mich nicht lange durchfragen, bis ich bei Ihnen gelandet bin. Der Name Bischoff scheint in Ihrer Dienststelle noch bekannt zu sein, so dass man mich recht schnell zu seinem ehemaligen Partner durchgestellt hat.«

»Das war jetzt eine nette Geschichte über den Weg zu mir, beantwortet meine Frage aber nicht«, entgegnete Horst und hatte das Gefühl, allmählich wieder die Oberhand zu gewinnen.

»Sie sind geradeheraus, locker und zielgerichtet, das mag ich. Ich versuche, über Sie an Herrn Bischoff heranzukommen, denn unter der Nummer, unter der er mich angerufen hatte, kann ich ihn nicht erreichen.«

»Wann haben Sie es denn versucht?«

»Just bevor ich mich auf den telefonischen Weg zu Ihnen aufgemacht habe.«

»Dann wundert es mich nicht. Max war heute Nachmittag ziemlich müde und wollte sich zu Hause hinlegen. Er wird das Telefon entweder nicht gehört haben, oder er hat es ausgeschaltet.«

»Das wäre eine Erklärung, hätte nicht Herr Bischoff vor meinem Anruf bei ihm versucht, *mich* zu erreichen.«

»Wie, gerade eben?«

»Ganz genau. Finden Sie das nicht auch merkwürdig?«

»Vielleicht hat er sich erst nach dem vergeblichen Versuch, Sie zu erreichen, schlafen gelegt?«

»Und schon werden mit kriminalistischem Spürsinn erste Theorien aufgestellt. Ich liebe es, mit Menschen zu tun zu haben, die für ihre Profession ebenso brennen wie ich. Aber sein Versuch, mich telefonisch zu erreichen, war gar nicht vergeblich. Ich habe das Gespräch angenommen, aber es wurde nach wenigen Sekunden kommentarlos wieder aufgelegt. Das hat mich neugierig gemacht. Und da ist sie auch schon wieder, die Neugier, Triebfeder allen wissenschaftlichen Forschens und Öffner geheimnisvoller Türen.«

»Das klingt wirklich merkwürdig«, bestätigte Horst, und er meinte damit nicht nur die Umstände des Anrufs. »Ich werde versuchen herauszufinden, was los ist. Danke, dass Sie mich angerufen haben.«

»Gern geschehen. Wären Sie so nett und würden mich informieren, wenn Sie Näheres über das Mysterium dieses Anrufs und den Verbleib ihres Expartners wissen? Nur, um meine Neugierde zu befriedigen.«

»Ja, sicher.« Horst griff nach dem Stift, der vor ihm lag. »Wie lautet denn Ihre Nummer?«

Wagner nannte ihm seine Mobilnummer und fügte hinzu: »Ich erwarte dann erfreut Ihren Anruf. Ach, und seien Sie doch bitte so nett und richten dem Herrn Bischoff die allerbesten Grüße von mir aus. Ciao!« Damit legte er auf.

Horst ließ den Stift fallen, starrte auf die Nummer, die er auf einem Zettel notiert hatte, und murmelte lächelnd vor sich hin: »Was, zur Hölle, war das denn?«

37

Wenige Minuten nach Wagners Anruf schaltete Horst den PC aus und verließ gleich darauf sein Büro. Er machte noch einen kurzen Abstecher zu Katharinas Büro, fand das jedoch leer vor. Was angesichts der Uhrzeit allerdings kein Wunder war.

Auf dem Weg zu Max' Wagen überlegte er, ob er seinen ehemaligen Partner vorher anrufen sollte. Für den Fall, dass er noch schlief, hatte er genügend Zeit, richtig wach zu werden, bevor Horst bei ihm eintraf.

Nachdem er eingestiegen war, zog er sein Smartphone hervor und wählte die Handynummer seines Expartners, brach den Versuch aber nach etwa zehnmaligem Läuten ab. Entweder hatte Max das Handy in einem anderen Raum liegen lassen oder stumm geschaltet. Also wählte Horst die Festnetznummer, doch auch damit hatte er keinen Erfolg. Nachdenklich steckte er sein Mobiltelefon wieder ein und startete den Motor.

Das war seltsam. Hatte Max beide Telefone stumm geschaltet, um ungestört schlafen zu können?

Zwanzig Minuten später parkte Horst den Wagen im Hof des Mehrfamilienhauses, in dem Max eine geräumige Wohnung bewohnte, und war gerade im Begriff auszusteigen, als er einen Anruf von Max' Schwester Kirsten erhielt.

»Horst«, sprudelte sie sofort los, »kannst du bitte schnell zu mir kommen? Max war gerade hier, und er hat sich benommen, als hätte er den Verstand verloren. Ich kann mir nicht vorstellen, dass er so Auto gefahren ist. Vielleicht ist er noch in der Nähe.«

»Er war gerade bei dir?«

»Ja, und es war … schrecklich. Er hat an meiner Tür geklingelt, obwohl er einen Schlüssel hat. Und als ich geöffnet habe, hat er mich nur angestarrt und kein Wort gesagt. Er hat furchtbar ausgesehen, so, als hätte er seit Tagen nicht geschlafen. Seine Augen waren blutunterlaufen. Ich habe ihn gefragt, was los ist, aber er hat mich nur wortlos angesehen und furchtbar schnell geatmet. Kannst du bitte sofort kommen?«

»Ich stehe gerade vor seinem Haus. Ich bin in ein paar Minuten da. Bis gleich.«

Horst brauchte sechs Minuten, die sich für ihn wie eine halbe Stunde anfühlten. Seine Gedanken rasten und spielten alle denkbaren Szenarien durch, was mit Max geschehen sein konnte, wovon die Möglichkeit, dass er sich fast bis zur Besinnungslosigkeit betrunken hatte, noch am harmlosesten war.

Als er endlich bei Kirsten eintraf, fand er sie völlig aufgelöst vor.

»Gott sei Dank«, begrüßte sie ihn.

»Alles in Ordnung? Was genau ist denn passiert?«, forderte Horst sie knapp auf.

»So habe ich Max noch nie erlebt. Er stand hier vor meiner Tür, bewegungslos, mit hängenden Schultern, und hat mich angeschaut. Ich habe gefragt, was mit ihm los ist, ich habe ihn an den Hüften gepackt und geschüttelt, damit er zu sich kommt, aber ... nichts. Und dann dieser Blick ...«

»Was war mit seinem Blick?«

»Er ... er war flehend, Horst. Max hat mich angeschaut, als bettle er um meine Hilfe.«

»Was ist dann passiert?«

»Das war noch gruseliger als alles andere. Sein Gesicht hat sich plötzlich total verändert. So was habe ich noch nie gesehen, und schon gar nicht bei Max. Da war von einer Sekunde auf die andere nichts Bittendes mehr in seinem Blick, sondern etwas ... völlig Irres. Dann hat er sich plötzlich umgedreht und wollte weggehen. Ich habe versucht, ihn am Arm zu packen, aber wegen des Rollstuhls ist das schwierig. Und als ich seinen Unterarm zu fassen bekam und versucht habe, ihn zu halten, da hat er ...« Tränen rannen ihr über die Wangen.

»Was dann, Kirsten? Was hat er getan?«

»Er hat meine Hand weggeschlagen, so fest, dass es richtig weh tat.«

»Scheiße«, entfuhr es Horst. Er wusste, wie Max zu seiner Schwester stand. Niemals würde er die Hand gegen sie erheben, solange er auch nur halbwegs Herr seiner Sinne war.

»Du musst ihn finden«, flehte Kirsten. »Ich weiß nicht, was passiert, wenn er in diesem Zustand durch die Stadt läuft.«

Horst nickte nachdenklich. Was auch immer gerade mit Max geschah, das hatte sich den ganzen Tag über schon angebahnt. Dieses seltsame Verhalten, seine Zerstreutheit, die so weit ging, dass er mitten im Satz nicht mehr wusste, was er sagen wollte, diese extreme Müdigkeit … All das war vollkommen untypisch für ihn.

Horst zog sein Telefon aus der Tasche und wählte die Nummer des Soko-Bereitschaftsraums, wo wieder seine Kollegin Göbel das Gespräch annahm.

»Wer ist noch im Präsidium?«, fragte Horst ohne Umschweife.

»Ähm … Kielmann, Kessler, Pohl und ich, warum?«

Kessler und Pohl kannten Max noch gut von seiner aktiven Zeit, Petra Kielmann hatte ihn wahrscheinlich nur noch flüchtig kennengelernt, bevor er aufgehört hatte. Sie war mit Markwart im Haus des ermordeten Buchhändlers gewesen, als Horst dort mit Max aufgetaucht war, hatte Max aber gegen Markwarts Pöbeleien in Schutz genommen.

»Ich brauche die drei in Unterbilk. Und zwei Streifenwagen. Es geht um Bischoff. Er ist vollkommen von der Rolle und irrt irgendwo herum. So, wie es aussieht, ist er nicht zurechnungsfähig. Wir müssen ihn finden, bevor ihm irgendwas zustößt.«

»Oh, Mist!«, stieß Göbel aus. »Wo sollen sie hinkommen?«

Das war genau die Reaktion, die Horst erhofft und erwartet hatte. Kein langes Gerede, sondern Aktion, wenn es nötig war. Er nannte Kirstens Adresse und legte auf, nachdem Göbel ihm versichert hatte, die Kolleginnen und Kollegen schnellstens loszuschicken.

»Sie kommen sofort«, erklärte er Kirsten und legte ihr eine Hand auf den Arm. »Ich gehe jetzt runter und warte auf die Kollegen. Wir werden ihn finden.«

»Ich habe Angst um Max«, sagte Kirsten leise.

Ich auch, schoss es Horst durch den Kopf, und er dachte dabei an das, was Marvin Wagner ihm erzählt hatte. Dass Max ihn angerufen, aber, ohne etwas zu sagen, wieder aufgelegt hatte.

»Du wirst sehen, es gibt für alles eine plausible Erklärung. Max war heute ziemlich fertig. Er wollte sich zu Hause ein wenig hinlegen. Vielleicht hat er es sich anders überlegt und sich tatsächlich ein paar Gläschen Rotwein zu viel gegönnt.«

Kirsten schüttelte energisch den Kopf. »Nein. Das hatte nichts mit Alkohol zu tun, das glaube ich nicht. Auf mich wirkte es, als hätte Max den Verstand verloren.«

Der erste Streifenwagen traf vier Minuten nach dem Telefonat ein, der zweite unmittelbar danach. Horst erwartete sie vor dem Haus. Kirsten war in ihrer Wohnung geblieben und wollte immer wieder versuchen, Max auf seinem Smartphone zu erreichen.

Horst instruierte die Beamten, dann ließ er sich ihre Handynummern geben und schickte ihnen per MMS ein Foto von Max, das er auf seinem Telefon hatte.

»Wenn ihr ihn irgendwo seht, ruft mich sofort an und bleibt an ihm dran, aber lasst ihn in Ruhe. Und jetzt los.«

Als Petra Kielmann und Stephan Kessler in einem Zivilfahrzeug der Kripo ankamen und Robert Pohl mit Oberkommissar Elias Zechmeier, der eigentlich Urlaub hatte, gleich dahinter in einem zweiten Auto eintraf, waren die beiden Streifenwagen gerade losgefahren.

»Was ist mit Max?«, fragte Kessler mit besorgter Miene, nachdem er auf der Fahrerseite ausgestiegen war. »Sonja sagte was davon, dass er durchdreht?«

Horst erzählte, was er wusste, und fügte hinzu: »Ich habe keine Ahnung, was ihn gerade reitet, aber wenn Max nach seiner Schwester schlägt, hat er den Verstand verloren. Wir müssen ihn schnellstens finden, bevor irgendeine Scheiße passiert.«

Horst trat ein paar Schritte zur Seite, weil die Scheinwerfer des zweiten Fahrzeuges ihn blendeten, und richtete den Blick auf Zechmeier, der neben der geöffneten Tür stand. »Was tust du denn hier? Ich dachte, du bist noch bis Ende der Woche in Urlaub?«

Zechmeier schüttelte den Kopf. »Lass mal gut sein. Robert hat mich eben angerufen. Ich habe ein paarmal mit Max zu tun gehabt. Toller Kollege. Da schaukle ich mir doch nicht zu Hause die Eier, während er in Schwierigkeiten steckt.«

Horst nickte ihm zu. »Danke dir. Also dann – machen wir uns auf die Suche. Wenn ihr ihn entdeckt, ruft mich sofort an.«

38

Nachdem seine Kollegen der Soko aufgebrochen waren, setzte Horst sich in Max' Auto und machte sich ebenfalls auf den Weg. Während er den Wagen langsam durch die schwach beleuchteten Straßen des Wohngebiets rollen ließ und dabei die Umgebung zu beiden Seiten im Blick behielt, zermarterte er sich den Kopf darüber, was mit Max geschehen sein konnte, und zog sogar die Möglichkeit in Betracht, dass Max ernsthaft erkrankt war. An einem Hirntumor vielleicht, der auf ein Areal seines Gehirns drückte.

Gerade bog Horst in eine etwas stärker befahrene Straße ein, als er einen Anruf aus dem Präsidium bekam. Obwohl er die Durchwahl nicht zuordnen konnte, ahnte er, wessen Stimme er gleich hören würde. Und er täuschte sich nicht.

»Böhmer!«, stieß Kriminalrätin Keskin aus. »Was, zum Teufel, ist da los? Warum ziehen sie Beamte der Soko ab, um sie nach Ihrem Freund suchen zu lassen, der wahrscheinlich nur einen über den Durst getrunken hat?«

»Ihnen auch einen guten Abend«, entgegnete Horst und stellte das Telefon auf Lautsprecher. »Ich habe meine Kolleginnen und Kollegen angefordert, weil Max verschwunden ist, nachdem er sich völlig atypisch verhalten hat, und ich denke, dass dieses Verschwinden etwas mit den Mordfällen zu tun hat«, schoss Horst zurück.

»Mit den Mordfällen ... Das kommt mir recht weit hergeholt vor. Ich erwarte, dass Sie die Kolleginnen und Kollegen sofort ...«

»*Ich* erwarte«, unterbrach Horst sie und hatte dabei Mühe, die Lautstärke seiner Stimme unter Kontrolle zu halten, »dass Sie Ihre Privatfehde gegen Max endlich beiseiteschieben und damit aufhören, Ihre persönlichen Geschichten in den Dienst einfließen zu lassen. Max scheint krank zu sein. Er ist verschwunden und irrt jetzt womöglich orientierungslos durch die Stadt. Was gibt es denn da noch zu überlegen, verdammt nochmal?«

»Wie reden Sie eigentlich mit mir? Ich bin Ihre Vorgesetzte. Ist Ihnen klar, dass ich Ihnen ein Disziplinarverfahren anhängen kann, wenn Sie ...« Sie verstummte, und Horst konnte deutlich hören, wie sie mehrmals tief durchatmete, bevor sie deutlich ruhiger weitersprach.

»Hören Sie, Böhmer, mir geht es darum, dass von der Soko außer Göbel niemand mehr im Präsidium ist, weil Sie alle anderen für diese Suche abgezogen haben, und zwar, ohne sich vorher mit mir abzustimmen. Das geht so nicht. Was, wenn in diesem Moment wieder etwas geschieht?«

»Dann rufen Sie mich an. Wo ist das Problem? Gerade hat es doch auch funktioniert.«

»Also gut. Suchen Sie Bischoff. Und wenn Sie ihn gefunden haben, bringen Sie ihn entweder aufs Präsidium oder in ein Krankenhaus. Und morgen früh kommen Sie als Erstes in mein Büro.«

Es klickte in der Leitung. Das Gespräch war beendet.

»Ja, du mich auch«, stieß Horst aus und warf das Smartphone wütend auf den Beifahrersitz. Er fragte sich nicht zum ersten Mal, was mit Keskin los war und ob die Umstände von Menkhoffs Tod tatsächlich der einzige Grund dafür waren, dass sie jedes Mal einen solchen Zirkus veranstaltete, wenn Max ins Spiel kam.

Aber über all das konnte er sich später immer noch Gedanken machen. Jetzt galt es, Max zu finden. Doch das gestaltete sich als extrem schwierig. Nach etwa zwanzig Minuten rief Kirsten an und erkundigte sich sorgenvoll, ob Max noch immer nicht aufgetaucht war, eine weitere Viertelstunde später klingelte Horsts Handy erneut.

»Hier ist Katharina«, meldete sich seine Kollegin hektisch. »Max war gerade hier. Ich glaube, er hat den Verstand verloren.«

»Was? Wo bist du?«

»Zu Hause. Max hat offenbar irgendwo neben dem Haus auf mich gewartet. Als ich gerade die Tür aufgeschlossen hatte, stand er plötzlich hinter mir.« Sie sprach so schnell, dass ihre Stimme sich fast überschlug. »Ich hab mich so erschrocken ... Dann habe ich gesehen, dass es Max ist, obwohl ... du hättest ihn sehen müssen, er sieht fürchterlich aus. Ich habe ihn gefragt, was mit ihm los ist, und ... da habe ich es entdeckt. Horst, er hatte ein Messer in der Hand.«

»Scheiße«, entfuhr es Horst. Er spürte, wie eine eiserne Faust seinen Magen zusammendrückte. »Hat er dich verletzt?«

»Nein, ich bin in den Flur gesprungen und hab ihm die Tür vor der Nase zugeknallt. Er hat noch einmal gegen die Tür geschlagen, dann war Ruhe.«

»Wann war das?«

»Gerade eben, vor ein paar Minuten.«

Horst fiel auf, dass er keine Ahnung hatte, wo sich Katharinas neue Wohnung befand.

»Wo wohnst du jetzt?«

»In Wersten.«

»Gut, das ist nicht so weit von hier. Welche Straße?«

Sie nannte ihm Straße und Hausnummer.

»Okay. Bis gleich.«

Horst beendete das Gespräch, wählte Pohls Nummer und gab Gas. Bis Wersten waren es fünf, sechs Kilometer. Er musste am Klinikum und der Uni vorbei.

»Horst hier«, sagte er kurz, als sein Kollege sich meldete. »Katharina Baumann hat mich gerade angerufen. Max war bei ihr in Wersten. Und er hatte ein Messer dabei.«

»Was?«, stieß Pohl ungläubig aus. »Ein Messer? Hat er jetzt vollkommen den Verstand verloren?«

»Ich weiß es nicht, Robert. Aber tut mir bitte einen Gefallen und sagt der Keskin nichts von dem Messer. Wenn die das hört, lässt sie sofort nach ihm fahnden und Max landet in der Klapse. Wenn ihr ihn seht, seid auf jeden Fall vorsichtig, okay? Ich melde mich.«

»Horst, warte …« Es klang gequält.

»Was?«

»Das können wir nicht machen. Wenn Max mit einem Messer bei Katharina aufgetaucht ist, müssen wir mit allem rechnen. Du hast es selbst gesagt, er steht völlig neben sich. Stell dir vor, wir verschweigen das und Max verletzt jemanden – oder Schlimmeres.«

Horst wusste, dass Pohl mit jedem Wort recht hatte, und doch wehrte sich alles in ihm dagegen, Max wieder zu einem von den Kollegen Gejagten zu machen. »Wir müssen einfach dafür sorgen, dass wir ihn finden, bevor er irgendeinen Unsinn anstellt.«

»Nein! Hörst du dir eigentlich zu? Ich weiß genau, woran du denkst, und es tut mir echt leid, dass Max wieder in eine solche Situation gerät, aber es geht nicht anders, und du bist lange genug Polizist, um das auch zu wissen. Also: Rufst du Keskin an, oder soll ich es tun?«

»Scheiße!«, stieß Horst aus, und gleich darauf noch einmal: »Gottverdammte Scheiße!« Dann schob er nach: »Ich rufe sie an. Und ihr – findet ihn!«

Er legte auf und wählte gleich darauf die Nummer, unter der Keskin ihn kurz zuvor angerufen hatte. Sie meldete sich nach dem ersten Läuten.

»Ich bin's noch mal. Max ist vor dem Haus aufgetaucht, in dem die Kollegin Baumann wohnt. Er hat wohl auf sie gewartet.«

»Und? Ist er noch da?«

»Nein, sie hat ihm die Tür vor der Nase zugeschlagen. Daraufhin ist er offensichtlich gegangen.«

»Sie hat die Tür zugeschlagen? Warum? Hat er sie bedroht?«

Horst zögerte mit der Antwort, bis Keskin sagte: »Böhmer! Antworten Sie.«

»Katharina sagt, sie glaubt, ein Messer in seiner Hand gesehen zu haben.«

Erneut entstand eine kurze Pause, bis Keskin mit kalter Stimme sagte: »Ich gebe eine Fahndung nach ihm raus. Und Sie und die Kolleginnen und Kollegen suchen die Umgebung um Baumanns Wohnung ab.«

»Verstanden.«

Horst legte das Telefon zur Seite und konzentrierte sich auf die Straße. Eine Fahndung nach Max. Genau das, was er hatte verhindern wollen. Horst dachte, dass das Schicksal ein ziemliches Arschloch sein konnte.

Wieder war Max der Gejagte, allerdings mit dem Unterschied, dass er beim letzten Mal bei klarem Verstand war und deshalb entkommen konnte, bis er die Chance hatte, seine Schwester zu befreien und seine Unschuld zu beweisen. Dieses Mal war Max nicht er selbst und wusste wahrscheinlich nicht einmal, was er tat. Blieb zu hoffen, dass er sich nicht zur Wehr setzte, wenn er gefunden wurde. Und vor allem, dass er niemanden mit dem Messer bedrohte.

Horst fragte sich, wie Max die Strecke bis zu Katharinas Wohnung zurückgelegt hatte. Kirsten war sicher gewesen, dass ihr Bruder in seinem Zustand unmöglich ein Fahrzeug lenken konnte, außerdem saß er selbst ja gerade in Max' Auto.

Horst hoffte, dass sein Freund in dem seltsamen Zustand, in dem er sich offensichtlich befand, nicht irgendeinen unschuldigen Autofahrer bedroht hatte. Er schüttelte den Kopf. Ein Max Bischoff, der nach seiner über alles geliebten Schwester schlug und dann ausgerechnet bei der Polizistin, die ihn um Hilfe gebeten hatte, mit einem Messer in der Hand auftauchte, konnte nicht mehr Herr seiner Sinne sein.

»So eine Scheiße!«, stieß Horst laut aus und schlug mit dem Handballen mehrmals auf das Lenkrad. Er konnte – er *wollte* einfach nicht glauben, dass Max wirklich gefährlich sein könnte.

Minuten später hatte er die Straße erreicht, in der Katharina wohnte. Er fuhr sie in beide Richtungen ab, suchte dann in der Parallelstraße, zog immer weitere Kreise. Nach wenigen Minuten meldete sich Pohl und bestätigte, dass sie ebenfalls vor Ort waren.

»Hast du der Chefin Bescheid gegeben?«, wollte Pohl wissen.

»Ja, sie ist gerade dabei, die Fahndung nach Max rauszugeben.«

»Horst, es tut mir leid, dass …«

»Ist okay, Robert. Du hast ja recht. Ich wollte ihm nur ersparen, was er schon einmal zu Unrecht erleben musste.«

»Wir werden ihn finden«, versicherte Pohl und legte auf.

»Dein Wort in Gottes Ohr«, sagte Horst, obwohl Pohl ihn nicht mehr hören konnte.

39

Er steht mit hängenden Armen hinter dem Busch, den Blick zwischen den Zweigen hindurch in die Finsternis gerichtet. Der Himmel ist bedeckt, das wenige Mondlicht, das sich als kaum wahrzunehmender Schein durch die Wolkenschicht drückt, kratzt nur unwesentlich an der Schwärze der Nacht. Nichts von dem, was sich als dunkle Schatten vor noch dunklerem Hintergrund erahnen lässt, dringt bis zu seinem Bewusstsein durch. Er weiß weder, wie er hierhergekommen ist, noch, von wo er kam. Er spürt weder etwas von der Kälte noch irgendeine Art von Emotion oder Bedürfnis. Nur Leere.

Er regt sich nicht. Er denkt nicht. Wie ein Roboter, den man in den Stand-by-Modus geschaltet hat, steht er einfach da.

»Sie kommt«, sagt da plötzlich die Stimme in seinem Kopf. »Sie gehört dir. Schau sie dir an.«

Sein Kopf bewegt sich wie ferngesteuert, während er Schritte wahrnimmt, die auf ihn zukommen. Er empfindet das Knirschen dieser Schritte als schmerzhaft laut in der fast absoluten Stille. Obwohl sein Innerstes einem verlassenen Friedhof gleicht, sind seine Sinne geschärft.

»Jetzt«, befiehlt die Stimme in seinem Kopf, als die Geräusche so nahe sind, dass er sie kaum noch erträgt. »Nimm sie dir.«

Ohne darüber nachzudenken, macht er einen großen Schritt hinter dem Busch hervor, dann noch einen. Er sieht ihr Gesicht *als helles Oval in der Dunkelheit, erkennt die weißen Stellen ihrer aufgerissenen Augen, während seine Hand nach oben schnellt und sich auf ihren Mund legt, bevor sie einen Schrei ausstoßen kann.*

»Gut so«, lobt die Stimme. »Und jetzt nimm sie mit. Du weißt, was du zu tun hast. Du weißt, dass sie es verdient hat.«

Er umschlingt sie mit dem freien Arm, presst sie eng an sich, um ihren sich windenden Körper unter Kontrolle zu halten. Dann tritt er einen Schritt zurück und zieht sie mit. Sie wehrt sich noch immer und versucht sogar, nach ihm zu treten. Und wieder sagt ihm die Stimme, was er zu tun hat.

Als sie die Klinge des Messers sieht und gleich darauf die Spitze an ihrem Hals spürt, erlahmt jede Gegenwehr, und er kann sie ohne große Mühe tiefer zwischen die Büsche und Bäume zerren.

40

Horsts Blick war konzentriert auf die Gehwege zu beiden Seiten gerichtet, während er das Auto mit etwa dreißig Stundenkilometern die Straße entlangrollen ließ. Das empörte Hupen eines anderen Autofahrers, der Horst mit aufheulendem Motor überholte, interessierte ihn ebenso wenig wie die skeptischen Blicke der wenigen Passanten, die mitbekamen, dass er sie im Vorbeifahren genau musterte.

Wieder und wieder zermarterte er sich den Kopf, was mit Max geschehen sein könnte. Was konnte aus einem scharfsinnigen Exkollegen und Hochschuldozenten einen vollkommen unzurechnungsfähigen Mann machen?

Als er an einer Kreuzung nach rechts abbog, hielt er den Atem an. Etwa fünfzehn Meter schräg vor ihm stand eine Gestalt dicht vor einem Schaufenster, die Stirn gegen das Glas gedrückt, den Kopf unter der Kapuze einer Steppjacke verborgen, die Arme wie Fremdkörper zu beiden Seiten herabhängend. Horst konnte das Gesicht nicht erkennen, aber die Statur passte zu Max.

Er stoppte den Wagen am Straßenrand und schaltete den Motor aus. Während er die Fahrertür öffnete, versuchte er zu erkennen, ob eine der Hände ein Messer hielt, doch er konnte nur die rechte Seite des Mannes sehen, die linke Hand war durch den Körper verdeckt.

Langsam ging Horst auf ihn zu, bereit, sofort zu reagieren, falls er sich herumwerfen und sich auf ihn stürzen würde.

»Max?«, fragte er vorsichtig, als er noch etwa drei Meter entfernt war. Keine Reaktion.

Ein weiterer Schritt. Noch zwei Meter. »Max, bist du das?«

Als er ihn fast erreicht hatte, kam Bewegung in den Mann. Langsam, wie in Zeitlupe, drehte er den Kopf und verlor den Halt. Mit einer ruckartigen Bewegung stieß die Schulter gegen die Scheibe, während der Oberkörper zur Seite kippte und die Beine einknickten. Für einen kurzen Moment schien es so, als könnte er sich noch fangen, doch dann rutschte er seitlich weg und landete auf dem Gehweg.

Horst war sofort bei ihm, doch noch während er sich über ihn beugte, erkannte er, teils enttäuscht und teils erleichtert, dass es nicht Max war, den er vor sich hatte, sondern ein dunkelhaariger und deutlich jüngerer Mann, der ihn breit grinsend aus rot unterlaufenen, wässrigen Augen ansah.

»Ey, danke, Alder. Issalles okay. Hab'n bissen gefeiert«, lallte er und machte sich daran, sich aufzurappeln.

Horst half ihm und stützte ihn, bis er schließlich wieder auf den Beinen war. »Geht's?«, fragte er und wandte das Gesicht ab, als der Mann kicherte und dabei eine säuerlich riechende Atemwolke ausstieß.

»Alles gut.« Er nickte mehrmals bekräftigend und torkelte dann die Straße entlang.

Normalerweise hätte Horst sich um ihn gekümmert,

doch die Suche nach Max brannte ihm unter den Nägeln, weswegen er sich nach einem letzten Blick abwandte und zum Auto zurückkehrte.

Als er kurz darauf langsam an dem Mann vorbeifuhr, hatte er den Eindruck, dass er einigermaßen klarkam.

Rund eine Stunde fuhr Horst in immer größeren Kreisen durch die Straßen, hielt an dunklen Ecken und kleinen Parks an, stieg ab und zu aus und sah sich um. Zwei Anrufe von Katharina erhielt er in dieser Zeit und einen von Kirsten, der er zwar erzählte, dass Max auch bei Katharina aufgetaucht war, aber nichts von dem Messer erwähnte.

Schließlich gab er auf und entschied, die Suche einzustellen. Er hielt am rechten Straßenrand an und wählte Kesslers Nummer.

»Bist du sicher?«, fragte Kessler, nachdem Horst ihm seinen Entschluss mitgeteilt hatte.

»Ja, wir haben das ganze Gebiet doch mehrfach abgesucht. Ich befürchte, Max ist längst woanders. Die Fahndung nach ihm läuft, die Kollegen in den Streifenwagen werden die ganze Nacht nach ihm Ausschau halten. Ich befürchte, wir können im Moment nichts mehr tun. Macht Schluss und fahrt zurück.«

»Okay. Was sollen wir der Chefin sagen?«

»Die Wahrheit. Dass wir keinen Schimmer haben, wo Max sich aufhält.«

Nachdem er aufgelegt hatte, rieb Horst sich mit den Händen über das Gesicht und lehnte sich im Sitz zurück. Er fühlte sich müde und ausgelaugt, die Sorge um den Freund zehrte an ihm.

So saß er zwei, drei Minuten in Gedanken versunken da,

bevor er sich auf den Weg zu Katharinas Wohnung machte. Nach einem kurzen Abstecher bei ihr würde er zu Kirsten weiterfahren.

»Und?«, fragte Katharina sofort, als sie die Wohnungstür geöffnet hatte. Horst schüttelte den Kopf. »Nichts.«

»Mist! Komm rein.«

Katharinas Wohnung glich einem Paketzentrum. Überall standen Kartons und Kisten herum, die meisten davon verschlossen.

Katharina ließ sich auf zwei aufeinandergestapelte Kisten sinken und deutete auf den Stuhl in der Raummitte. »Ich verstehe das nicht. Ich meine ... Max hat doch vor ein paar Stunden noch ganz normal gewirkt.«

Horst ließ sich mit einem Seufzer auf den Stuhl fallen. »Ich verstehe es auch nicht, aber als normal würde ich sein Verhalten heute nicht unbedingt beschreiben. Er hat sich den ganzen Tag schon seltsam benommen. Nicht, dass er mit einem Messer hantiert hätte, aber ... er schien extrem müde zu sein, ab und zu sogar regelrecht abwesend. Deshalb habe ich ihn zu Hause abgesetzt, damit er sich eine Mütze voll Schlaf gönnt.«

»Trinkt er denn viel?«

»Ach, selten mal ein, zwei Gläser Wein, aber alles im Rahmen. Außerdem kann ich mir nicht vorstellen, dass selbst Unmengen an Alkohol Max dazu verleiten könnten, nach seiner Schwester zu schlagen oder dich mit einem Messer zu bedrohen. Hat er denn irgendetwas gesagt?«

»Nein, kein Wort. Das hat die Situation noch unheimlicher gemacht. Er hat nur dagestanden und mich aus geröteten Augen angestarrt.«

»Ist dir sonst irgendwas aufgefallen an ihm? Was hatte er an?«

»Eine Jeans und eine dunkle Jacke.«

»Eine dunkle Jacke?«

»Ja. Jetzt, wo ich darüber nachdenke, war sie eigentlich viel zu dünn für die Kälte da draußen. Es war eher ein Blouson.«

»Eine dunkle Jacke …«, wiederholte Horst murmelnd, ohne wirklich über das Kleidungsstück nachzudenken. Vielmehr wurde er sich in aller Deutlichkeit seiner Hilflosigkeit bewusst. Sein Freund lief – völlig neben sich und vielleicht sogar orientierungslos – in einer viel zu dünnen Jacke durch die Nacht, und er konnte nichts tun, außer abzuwarten, bis er die Nachricht bekam, dass Max gefunden worden war.

»Kann ich noch irgendetwas tun?«

»Nein.« Horst erhob sich. »Keskin hat eine Fahndung nach Max rausgegeben. Achte nur darauf, dass du hinter mir zuschließt.«

Ein humorloses Lächeln huschte über ihr Gesicht. »Das tue ich ganz sicher.«

Als Horst schon auf dem Weg zu Kirsten war, rief sie ihn an und fragte, ob es etwas Neues gäbe.

»Nein, ich habe die Suche nach Max jetzt eingestellt und bin gerade auf dem Weg zu dir.«

»Was? Jetzt schon?«

»Es ist sinnlos, Kirsten, er kann inzwischen überall sein.«

»Aber …«

»Ich verstehe, dass du dir große Sorgen machst, und du kannst mir glauben, die mache ich mir auch. Aber wo sollen wir suchen? Wir haben alle Straßen der Umgebung abgegrast. Vielleicht hockt er in irgendeiner Kneipe, wer weiß? Aber wir können unmöglich jedes Lokal in Unterbilk und Wersten kontrollieren. Außerdem läuft eine Fahndung nach ihm. Es werden also etliche Kolleginnen und Kollegen die ganze Nacht nach ihm Ausschau halten.«

»Du lässt nach ihm fahnden? Horst ... wie kannst du ...«

»Kirsten, stopp! Hör mir zu. Nicht ich habe die Fahndung rausgegeben, sondern meine Chefin. Aber sie hatte keine andere Wahl. Max hatte ein Messer bei sich, als er bei Katharina Baumann aufgetaucht ist.«

»O mein Gott.«

»Das will nichts heißen, aber du hast mir selbst erzählt, wie seltsam er sich verhalten hat. Er hat nach *deiner* Hand geschlagen, Kirsten. Dein Bruder, der dich mehr liebt als alles andere. Und nun hat er ein Messer ...«

Als Horst Kirstens Schluchzen hörte, gab es ihm einen Stich ins Herz.

»Kirsten, alle Kollegen wissen, nach wem sie da suchen. Sie werden vorsichtig sein. Das Wichtigste ist jetzt, dass wir ihn finden, bevor ...«

»Bevor was?«

»Wir müssen ihn finden und dafür sorgen, dass er wieder zu sich kommt. Dann wird sich alles aufklären. Das verspreche ich dir.«

»Okay. Aber der Gedanke, dass Max irgendwo da draußen herumirrt und nicht mehr Herr seiner Sinne ist ... und jetzt wird er schon wieder gejagt ...«

»Ja. Ich weiß.«

»Du hättest ihn sehen müssen. Das war nicht mein Bruder. Ich habe ihm in die Augen geschaut und ... da war etwas Gequältes.«

»Es tut mir so leid, Kirsten. Ich werde alles tun, was ich kann, um ihn zu finden.«

»Ich glaube dir. Warst du schon bei Professor Bormann?«

»Nein.«

Bormann ... Der Professor war seit jeher Max' Ansprechpartner gewesen, wenn er in einem Fall feststing. Und Max hatte sich mit ihm bereits über den aktuellen Fall unterhalten. Horst schalt sich einen Narren, dass er nicht selbst darauf gekommen war. »Daran habe ich tatsächlich noch gar nicht gedacht.«

»Dann fahr zu ihm statt zu mir. Vielleicht hat Max ihm gegenüber etwas erwähnt, das dir weiterhilft.«

»Gut, ich melde mich danach wieder ... Kirsten?«

»Ja?«

»Kommst du klar?«

»Ja. Aber bring mir meinen Bruder zurück.«

»Das werde ich«, versprach Horst und legte auf.

41

Bormanns Haus lag südlich von Wersten und Unterbilk in Volmerswerth und damit nur wenige Minuten entfernt.

Als Horst den Wagen an der Straße parkte, war es zwanzig vor neun. Noch nicht zu spät für einen Besuch, zumal es um Max ging, der dem Professor offenbar sehr ans Herz gewachsen war.

Horst sah die Frau des Professors zum ersten Mal, als sie ihm die Tür öffnete und ihn mit skeptischem Blick musterte.

»Guten Abend, Frau Bormann«, sagte er. »Bitte entschuldigen Sie die späte Störung. Mein Name ist Horst Böhmer, ich bin ...«

»Der ehemalige Kollege und Freund von Max Bischoff«, vollendete sie, wobei die Skepsis aus ihrem Gesicht wich und einem freundlichen Lächeln Platz machte. »Er redet immer von Ihnen, wenn er zu Besuch ist«, erklärte sie und fügte hinzu: »Was leider nicht mehr so häufig vorkommt wie früher, als er noch mit Ihnen zusammen bei der Kriminalpolizei gearbeitet hat. Wo ist er überhaupt?«

»Das ist der Grund, warum ich hier bin, Frau Bormann. Ich weiß nicht, wo Max ist. Könnte ich bitte mit Ihrem Mann sprechen?«

Das Lächeln verschwand aus ihrem Gesicht. »Ja, sicher,

bitte, kommen Sie doch herein.« Sie trat einen Schritt zur Seite, um Horst einzulassen. »Aber ... ich verstehe nicht. Was soll das heißen – Sie wissen nicht, wo Max ist?«

»Er ist verschwunden, und niemand weiß, wo er steckt.« Als Horst an Bormanns Frau vorbei das Haus betrat, kam ihm der Professor schon entgegen. »Herr Böhmer ... was habe ich da gehört? Max ist verschwunden?«

»Ja, leider. Können wir uns bitte kurz unterhalten?«

»Ja, sicher, bitte, kommen Sie.« Er wandte sich um, und Horst folgte ihm. »Das ist ja ein Zufall ... ich habe vor einer Minute Besuch von einem Kollegen bekommen, wir wollten uns gerade über Max unterhalten.«

Bormann führte ihn in einen geräumigen, gemütlich eingerichteten Raum, der von einem imposanten Schreibtisch dominiert wurde. Als Horst hinter dem Professor eintrat, blickte ihm ein Mann um die fünfzig entgegen, der in einem der wuchtigen Ledersessel saß. Er hatte volles, grau meliertes Haar und trug einen kurz gestutzten Vollbart und eine Nickelbrille. Das hellblaue Hemd war bis zum obersten Knopf geschlossen, obwohl er keine Krawatte trug.

»Dr. Gernot Kilian«, stellte Bormann den Mann vor, dann nickte er zu Horst. »Hauptkommissar Horst Böhmer von der Düsseldorfer Kripo.«

Horst erinnerte sich an den Namen. Max hatte ihn erwähnt, im Zusammenhang mit einer Theorie von Kilian, nach der ein Mord ohne Motiv nicht aufgeklärt werden konnte.

»Ah, Sie sind der ehemalige Kollege von Herrn Bischoff, nicht wahr?«, stellte Kilian fest. »Einer der wackeren Ritter für Recht und Gesetz.«

»Ritter?«, wiederholte Horst und sah irritiert zu Bormann hinüber, der hinter seinem Schreibtisch stand und auf den freien Sessel neben Kilian deutete. »Bitte, nehmen Sie doch Platz.«

»Dr. Kilian ist forensischer Psychiater«, erklärte Bormann, als Horst sich gesetzt hatte. »Ich hatte ihm von Max erzählt und auch davon, dass er offenbar gerade sehr an sich selbst und seinen Fähigkeiten zweifelt.«

Horst nickte. »Da sind wir beim Grund meines Besuches. Max ...«

»Ich habe dem Professor gerade erklärt, dass meiner Meinung nach die selbstkritische Betrachtung Ihres ehemaligen Kollegen aus den Zweifeln resultiert, die er insgeheim an seiner Entscheidung hat, den Polizeidienst quittiert und damit sozusagen die Opfer von Gewaltverbrechen im Stich gelassen zu haben.«

»Ach!«, knurrte Horst, wenig begeistert davon, dass Kilian ihm ins Wort gefallen war. »Denken Sie.« Er wandte sich wieder an Bormann. »Also noch einmal. Max hat sich heute den ganzen Tag über sehr sonderbar verhalten und ist seit heute Abend unauffindbar.«

Bormann hob eine Braue. »Was bedeutet das genau, er hat sich sonderbar verhalten?«

Horst erzählte von Max' bleierner Müdigkeit und seinem Auftauchen bei seiner Schwester und einer ehemaligen Kollegin. Von dem Messer erwähnte er vorsichtshalber nichts.

»Das klingt nach einem psychischen Zusammenbruch«, kommentierte Kilian, woraufhin Horst ihm einen ungnädigen Blick zuwarf.

»Entschuldigen Sie«, sagte Kilian fast zaghaft und nickte.

»Das war ein schlechter Start. Mal wieder. Das ist leider fast schon so etwas wie mein Markenzeichen.« Er tauschte einen schnellen Blick mit dem Professor und wandte sich dann wieder an Horst. »Sie halten mich für einen Klugscheißer, nicht wahr? Und Sie haben recht damit. Zumindest wirke ich oft so. Es tut mir leid, aber ich kann Ihnen versichern, dass ich nicht wirklich so unausstehlich bin, wie ich manchmal scheine.«

Der plötzliche Wandel, den Kilian vollzog, irritierte Horst so sehr, dass ihm keine passende Entgegnung einfiel.

»Jedenfalls machen wir uns alle große Sorgen um Max«, sagte er schließlich, um zum eigentlichen Thema zurückzukommen. »Max war doch vor kurzem noch bei Ihnen. Ist Ihnen irgendetwas an ihm aufgefallen? Hat er vielleicht etwas gesagt, das Ihnen ungewöhnlich erschienen ist?«

»Ja, er war hier«, bestätigte Bormann, »und ich gestehe, ich habe ihn selten so niedergeschlagen erlebt. Das hing aber wohl mit diesem Fall zusammen, an dem er mitgearbeitet hat. Die Tatsache, dass er so gar keinen Ansatzpunkt hatte, schien ihn sehr zu frustrieren.« Bormann wandte sich an Kilian. »Was denken Sie, Dr. Kilian? Sie haben doch mit ihm geredet.«

Kilians Blick suchte Horst. »Möchten Sie meine Meinung dazu hören?«

»Ja«, entgegnete Horst, wieder etwas milder gestimmt.

»Wie ich eben schon erwähnte, denke ich, dass Herr Bischoff es bereut, den Dienst bei der Polizei aufgegeben zu haben. Die Tatsache, dass er in dem aktuellen Fall keine Ergebnisse erzielt, führt er wahrscheinlich unmittelbar auf diesen Schritt zurück. Er hat sich freiwillig von der professionellen Ermittlerarbeit verabschiedet, um sich in eine Tätigkeit als Dozent zu flüchten, für die er sich aber nicht recht qualifiziert fühlt und die ihn weder ausfüllt noch seine Berufung als Kriminalbeamter ersetzen kann. Das gesteht er sich selbst allerdings nicht ein, weswegen er seine Unzufriedenheit auf diesen aktuellen Fall zurückführt, an dem er mehr oder weniger nur als Zaungast mitarbeiten darf und deswegen auf der Stelle tritt.«

Horst hatte ebenfalls schon mehrfach darüber nachgedacht, ob Max den Schritt, die Polizei zu verlassen, vielleicht bereue. Allerdings war er nicht auf die Idee gekommen, er könne sich bei seiner Tätigkeit als Dozent für nicht qualifiziert halten.

»Sie denken, Max ist unzufrieden mit dem, was er jetzt tut? Wie kommen Sie darauf?«

»Ich gestehe, dass ich ihn in unserem Gespräch bewusst dahingehend provoziert habe, um seine Reaktion zu sehen. Und die Vehemenz, mit der er sich dagegen gewehrt hat, war beachtlich.«

»Hm ...«, brummte Horst.

Kilian würde sicher nie zu seinem Freund werden, aber entgegen seiner anfänglichen Meinung stellte Horst fest, dass der Psychiater in einigen Punkten recht haben mochte. Zumindest, was Max' allgemeine Lage betraf. Er nahm sich vor, mit Max darüber zu reden, und hoffte im selben Moment, dass er die Gelegenheit dazu überhaupt bekommen würde.

»Das mag sein, erklärt aber noch nicht sein Verschwinden und das auffällig seltsame Verhalten gegenüber seiner Schwester und einer Kollegin von mir.«

Kilian nickte. »Ich gestehe, dafür auch keine Erklärung zu haben. Aber jetzt muss ich wieder los.« Er wandte sich an Bormann. »Ich bin nur gekommen, weil ich gerade in der Nähe war und Ihnen eine kurze Rückmeldung zu meinem Gespräch mit Herrn Bischoff geben wollte. Das habe ich ja jetzt getan.«

»Wegen mir brauchen Sie nicht zu gehen«, sagte Horst. »Ich verabschiede mich sowieso gleich wieder.«

»Es hat nichts mit Ihnen zu tun«, versicherte Kilian mit dem Anflug eines Lächelns. »Ich habe noch eine Verabredung und wäre jetzt ohnehin gefahren.« Er nickte zu Bormann hinüber. »Ich finde die Tür, Herr Professor. Vielleicht treffen wir uns in den nächsten Tagen mal zum Mittagessen.«

»Gern, melden Sie sich einfach. Ich bin flexibel.«

»Ich kenne Max nun schon seit einigen Jahren«, erklärte Professor Bormann, nachdem Kilian den Raum verlassen hatte und sie kurz darauf die Haustür ins Schloss fallen hörten. »Und ich halte ihn für einen der charakterstärksten Menschen, denen ich je begegnet bin. Was auch immer gerade in ihm vorgeht, ich bin sicher, er wird nichts Schlimmes tun. Das würde seinem Wesen vollkommen widersprechen.«

»Das hoffe ich«, entgegnete Horst, und das tat er wirklich von ganzem Herzen. »Kennen Sie Dr. Kilian schon länger?«

»Wir haben uns vor ein paar Jahren bei einem Symposium getroffen und haben seitdem lose Kontakt. Er fiel mir auch nur ein, weil wir vor wenigen Tagen telefoniert hatten, und ich dachte, es kann nicht schaden, wenn Max sich mal mit ihm unterhält.«

»Hm ... Normalerweise kommt Max zu Ihnen, wenn er Hilfe braucht. Wenn Sie Max an Kilian weiterverwiesen haben, scheinen Sie ja große Stücke auf ihn zu halten.«

»Ach, das ist es gar nicht mal. Aber ich kenne Max schon recht lange und gut und dachte, es wäre vielleicht hilfreich, wenn jemand sich mit ihm unterhält, der unvoreingenommen ist.«

Horst wollte etwas erwidern, doch das Klingeln seines Smartphones unterbrach ihn.

»Keskin«, meldete sich seine Chefin kurz, nachdem er das Gespräch angenommen hatte. »Wo sind Sie?«

»Bei einem Bekannten von Max«, entgegnete Horst knapp.

»Kommen Sie aufs Präsidium. Wir haben hier eine junge Frau, die im Hasseler Forst von einem Mann überfallen und mit einem Messer bedroht worden ist. Sie konnte entkommen.«

»Denken Sie, das hat was mit den Mordfällen zu tun?«

»Sie hat das Gesicht des Mannes gesehen. Sie sagt, es war Bischoff.«

42

»Was?«, entfuhr es Horst.

»Ich habe ihr ein Foto von ihm gezeigt, und sie hat ihn sofort wiedererkannt. Kommen Sie her, sie ist noch hier.«

Damit war das Gespräch beendet.

»Gibt es Neuigkeiten?«, fragte Bormann mit besorgter Miene, als Horst sich erhob und das Telefon einsteckte.

»Tut mir leid, dazu kann ich im Moment nichts sagen. Entschuldigen Sie mich bitte, ich muss los.«

Verwirrt und mehr als besorgt, stieg Horst kurz darauf in Max' Wagen und machte sich auf den Weg.

War der schlimmste denkbare Fall tatsächlich eingetreten? Hatte Max wirklich eine Frau überfallen und sogar versucht, ihr etwas anzutun? Falls das der Wahrheit entsprach, wollte Horst sich die Folgen gar nicht ausmalen.

Lautes Hupen schreckte ihn aus seinen Gedanken auf, als er an einer Kreuzung nicht weiterfuhr, obwohl die Querstraße frei war.

»Jajaja«, schrie er und warf einen wütenden Blick in den Rückspiegel, dann trat er aufs Gaspedal.

Er überlegte, ob er Kirsten anrufen sollte, ließ es aber bleiben. Sie würde durchdrehen, wenn sie hörte, dass Max vielleicht eine Frau angegriffen hatte. Nein, er musste zuerst genau wissen, was diese junge Frau im Wortlaut ausgesagt hatte. Dass Keskin ihr gleich ein Foto von Max gezeigt hatte, konnte vielleicht sogar auf eine Beeinflussung der Zeugin hinauslaufen. Mit grimmiger Miene trat er das Gaspedal noch ein Stück weiter durch.

Diese vollkommen undurchsichtige Mordserie, Keskins Verhalten, Max' seltsame Veränderung ... All das erschien wie ein nicht enden wollender Albtraum, aus dem er hoffentlich bald aufwachen würde.

Horst hatte Mühe, einen klaren Gedanken zu fassen und sich auf den Verkehr zu konzentrieren, und nicht zum ersten Mal fragte er sich, ob es nicht auch für ihn langsam an der Zeit wurde aufzuhören. In seinem Alter war das jederzeit mit nur geringen Abstrichen bei der Pension möglich. Andererseits – was würde er dann den ganzen Tag tun? Anders als Max stand er ja nicht erst in der Mitte seines Berufslebens, sondern an dessen Ende. Sollte er vielleicht den ganzen Tag auf dem kleinen Balkon seiner Wohnung sitzen und in die Gegend starren?

Schließlich schob er diese Gedanken beiseite. Mit solchen Fragen konnte er sich beschäftigen, wenn Max wieder aufgetaucht und dieser ganze verdammte Fall aufgeklärt war.

Um kurz vor zweiundzwanzig Uhr kam er im Präsidium an, wo er die junge Frau, die angegriffen worden war, allerdings nicht mehr antraf.

»Sie sind zu spät«, erklärte Keskin, als er ihr Büro betrat.

»Moment mal«, entgegnete Horst aufgebracht. »Ich bin auf direktem Weg hierhergekommen. Sie sagten ...«

»Ich weiß, was ich gesagt habe, aber die Ärztin hat darauf bestanden, die Frau ins Krankenhaus mitzunehmen.«

»Hat der Täter sie verletzt?«

Keskin schüttelte den Kopf. »Nein. Aber sie steht unter Schock und soll über Nacht zur Beobachtung im Krankenhaus bleiben. Und der *Täter* heißt Max Bischoff, auch wenn Sie das so gekonnt umschiffen. Sie hat ihn eindeutig identifiziert.«

»Sagten Sie nicht gerade, sie stand unter Schock?«, entgegnete Horst trotzig. Fast schien es, als wäre Keskin froh, dass das Opfer Max für den Täter hielt.

»Dennoch hat sie ihn auf Anhieb wiedererkannt.«

»Wie viele Fotos außer dem von Max haben Sie ihr denn gezeigt?«

»Warum sollte ich ihr andere Fotos zeigen? Ihre Beschreibung passte absolut zu Bischoff, also habe ich den Versuch gemacht und ihr ein Foto aus der Datenbank gezeigt. Sie hat keine Sekunde gezögert.«

Horst hatte Mühe, halbwegs ruhig zu bleiben. »Wenn das alles vorbei ist, dann werden wir uns dazu noch an anderer Stelle unterhalten, so viel steht fest.«

Keskin stieß einen Zischlaut aus. »Wollen Sie mir etwa drohen, Herr Hauptkommissar?«

Horst sah ihr tief in die Augen, dann wandte er sich kommentarlos ab und verließ das Büro.

Im Soko-Raum traf er auf Pohl und Markwart, in eine leise geführte Diskussion vertieft. Markwart … der hatte ihm gerade noch gefehlt.

»Böhmer! Was läuft denn da für eine Scheiße?«, begrüßte Markwart ihn auch prompt.

»Keine Ahnung. Habt ihr irgendwas Neues zu den Morden?«

»Ich habe gehört, du hast die Kolleginnen und Kollegen abgezogen. Die Chefin war nicht gerade begeistert von deinem Alleingang.«

»Noch mal: Gibt es was Neues zu den Morden?«

»Ja. Vielleicht«, entgegnete Markwart und zog dabei ein Gesicht, als hätte er in eine Zitrone gebissen. »Ich habe gehört, jemand hat eine junge Frau überfallen und mit einem Messer bedroht. Da fällt mir ein ... stimmt es, dass dein Kumpel Bischoff gerade mit einem Messer durch die Stadt rennt und durchdreht?«

»Nein. Von Durchdrehen kann keine Rede sein. Außerdem habe ich dich jetzt zweimal nach den Morden gefragt, aber da gibt es ja offenbar nichts zu berichten. Vielleicht steckst du deine Energie besser in den Fall, statt Gift zu versprühen.«

Horst wandte sich ab, um den Raum wieder zu verlassen, als Markwart sagte: »Wer garantiert denn, dass das eine nichts mit dem anderen zu tun hat? Ich meine, wer abends in einem Waldstück eine junge Frau anfällt ...«

Horst hielt in der Bewegung inne, drehte sich langsam wieder um und machte einen Schritt auf Markwart zu. »Ich garantiere das. Du solltest vorsichtig sein mit solch haltlosen Verdächtigungen gegenüber einem ehemaligen Kollegen, der in seiner kurzen Zeit als Ermittler mehr Fälle gelöst und der Gesellschaft einen größeren Dienst erwiesen hat, als du es wahrscheinlich in deinem gesamten Berufsleben tun wirst. Ich kenne Max besser als ihr alle zusammen. Er könnte niemals einen unschuldigen Menschen angreifen.«

»Diese Frau hat ihn identifiziert, Böhmer. Ohne jeden Zweifel. Er war es. Kein Wunder, dass er hier in den Sack gehauen hat. Der liebe Max tendiert offenbar zur dunklen Seite der Macht.« Als sich ein breites Grinsen auf Markwarts Gesicht legte, machte Horst noch einen weiteren Schritt auf ihn zu, so dass ihre Gesichter keinen halben Meter mehr voneinander entfernt waren. »Weißt du, was, Markwart?«, zischte Horst. »Wenn du irgendwann mal unverschuldet richtig tief in der Scheiße sitzt und darauf hoffst, dass deine Kollegen zu dir halten und an dich glauben, dann solltest du gleichzeitig hoffen, dass sie anders ticken als du. Aber da kann ich dich beruhigen. Wie ich das sehe, bist du hier das einzige Arschloch.«

Damit wandte Horst sich ab und ließ den vor Wut sprachlosen Markwart stehen. Er ging auf direktem Weg zum Treppenhaus. Er wollte so schnell wie möglich raus an die frische Luft und hatte keine Lust, ewig auf den Aufzug zu warten.

Als er endlich durch die große Glastür ins Freie trat, blieb er stehen und atmete mehrmals tief durch.

Die Nerven lagen gerade bei allen blank. Aber Horst erlebte das nicht zum ersten Mal. Der Druck, der durch die ungelöste Mordserie von allen Seiten auf die Kripo ausgeübt wurde, war riesig. Dazu kam der persönliche Frust jeder einzelnen Kollegin und jedes Kollegen, weil die Ermittlungen alle im Sande verliefen, und das Bewusstsein, dass ein Mörder herumlief, der offensichtlich schlauer war als alle Ermittler zusammen. Und dass er jederzeit wieder töten konnte, weil sie es nicht schafften, ihn zu stoppen.

Da kam – gerade bei Typen wie Markwart – etwas von außen, so wie diese Sache mit Max, gerade recht, um Frust abzulassen. Aber dennoch ... was Markwart da von sich gegeben hatte, hätte er nicht unbeantwortet stehen lassen können.

Horst sah auf die Uhr. Kurz vor halb elf. Er beschloss, nach Hause zu fahren und sich ins Bett zu legen.

Als er in seiner Wohnung ankam, stellte er fest, dass er sich kaum an die Fahrt erinnern konnte. Er hatte den Weg wie in Trance zurückgelegt, während seine Gedanken um Max gekreist waren.

Er warf den Schlüssel achtlos auf die Kommode, ging in die Küche und machte sich ein belegtes Brot.

Als er es gegessen hatte, löschte er das Licht und legte sich, nach einem Abstecher ins Bad, ins Bett.

Er war todmüde. Aber schlafen würde er sicher nicht.

Die Sorge um Max machte ihn fast verrückt.

43

Horst hatte sich den Wecker auf sieben Uhr gestellt, war aber eine halbe Stunde früher wieder munter. Entgegen seiner Befürchtung hatte er recht gut geschlafen und war bis zum Morgen nur zwei-, dreimal kurz aufgewacht. Nachdem er ausgiebig geduscht hatte, fühlte er sich verhältnismäßig fit.

Auf dem Weg in die Küche, wo er sich einen Kaffee kochen wollte, klingelte sein Smartphone, das noch im Badezimmer lag. Also kehrte er um, griff nach dem Gerät und starrte auf das Display. Max!

Hastig nahm er das Gespräch an. »Max? Wo, zum Teufel, steckst du? Mann, bin ich froh, dass du anrufst.«

»Ich … ich bin zu Hause«, erwiderte Max krächzend. »Ich fühle mich fürchterlich. Keine Ahnung, was passiert ist. Offenbar … ich glaube, ich war noch mal draußen. Meine Schuhe sind total verdreckt. Aber ich kann mich nicht erinnern. Da sind nur einzelne Bilder … wie aus einem Film, den ich gesehen habe.«

»Bleib, wo du bist«, befahl Horst. »Ich bin in einer Viertelstunde bei dir. Nicht weggehen, hörst du?«

»Ja, ist gut. Wo soll ich denn hin? Mir geht's wirklich beschissen.«

»Bis gleich.«

Horst griff so fahrig nach dem Schlüsselbund, dass der klirrend auf dem Boden landete. Als er sich danach bückte, prallte er mit der Schulter gegen die Kante der Kommode und stieß einen deftigen Fluch aus.

Er stand schon im Treppenhaus, und die Wohnungstür war bereits hinter ihm ins Schloss gefallen, als ihm einfiel, dass er Max' Autoschlüssel auf die Waschmaschine gelegt hatte, als er am Abend die Hose ausgezogen hatte. Mit einem weiteren Fluch öffnete er die Tür erneut und betrat seine Wohnung. Er war völlig von der Rolle und schalt sich selbst einen Narren. Max war wieder aufgetaucht, nun würde sich alles aufklären.

Das hoffte er zumindest.

Zwanzig Minuten später stand er vor Max' Wohnungstür und musterte seinen Freund und Exkollegen von Kopf bis Fuß.

Max sah bei weitem nicht so desolat aus, wie Horst es befürchtet hatte. Er war ein wenig blass, und die kurzen Haare standen ihm zerzaust vom Kopf ab, aber ansonsten deutete nichts darauf hin, was er in der vergangenen Nacht erlebt haben könnte.

»Mann«, stieß Horst aus und konnte nicht anders, als den Freund zu umarmen.

»Wir haben uns Sorgen um dich gemacht. Wo, zum Teufel, hast du gesteckt?«

Max zuckte mit den Schultern. »Das ist das Problem. Ich weiß es nicht. Komm erst mal rein.«

»Kannst du mir einen Kaffee kochen?«, fragte Horst und ging zur Küche. »Ich hatte noch keinen, und ohne Kaffee bin ich kein Mensch, wie du weißt.«

Es war nicht so, dass Horst tatsächlich in diesem Moment dringend einen Kaffee gebraucht hätte, aber er nutzte die Zeit, um sich darüber klarzuwerden, ob er Max mit den Ereignissen der vergangenen Nacht, von denen er bislang wusste, konfrontieren sollte.

In der Küche setzte er sich auf einen der beiden Barhocker, die sich an einer halbrunden Stehtischplatte gegenüberstanden, und beobachtete Max dabei, wie er eine Tasse aus dem Schrank nahm und sie unter dem Kaffeeautomaten platzierte.

»Was ist letzte Nacht passiert, Max? Ich muss alles wissen, an das du dich erinnern kannst.«

Max drückte auf einen Knopf und wartete, bis das laute Geräusch des Mahlwerks verklungen war. »Ich zermartere mir schon den Kopf, seit ich auf der Couch aufgewacht bin. In voller Montur.« Er machte eine Pause, in der er an Horst vorbei an die Wand starrte. »Ich denke, ich fange am besten mit gestern Nachmittag an und erzähle dir alles ab dem Moment, als du mich hier abgesetzt hast. Vielleicht kommen dann noch weitere Erinnerungen dazu.«

Er stellte die dampfende Tasse vor Horst ab, öffnete den Kühlschrank und nahm eine Packung Milch heraus, die er zu Horst hinschob. Anschließend setzte er sich auf den zweiten Hocker und fuhr sich mit den gespreizten Fingern durch die Haare.

»Als ich hier in der Wohnung angekommen bin, war ich total fertig und kam mir vor wie nach einem Marathonlauf. Ich bin gleich ins Wohnzimmer und habe mich auf die Couch gelegt. Da muss ich auch sofort eingeschlafen sein. Tja, und ab dem Moment wird es sehr nebulös. Ich erinnere mich daran, aufgewacht und aufgestanden zu sein, aber ich weiß nicht mehr, was ich dann gemacht habe. Irgendwann lag ich dann wieder auf der Couch.« Max senkte den Kopf und runzelte die Stirn. Er schien angestrengt nachzudenken, und Horst hoffte inständig, dass es noch mehr gab, an das er sich erinnern konnte.

»Und dann wird es ganz verrückt. Ich war in einem Bus oder einer Straßenbahn. Könnte auch ein Zug gewesen sein. Aber ich weiß nicht, wohin ich gefahren oder wo ich ausgestiegen bin. Ich glaube jedoch, es war noch hell draußen. Dann war ich im Freien, aber ich weiß nicht mehr, wo. Es war dunkel …« Max sah Horst an, und Horst konnte sich nur an eine einzige Situation erinnern, in der er ähnlich hilflos gewirkt hatte. Damals war Max einer schlimmen Tat verdächtigt worden, auch von ihm. Ähnlich wie jetzt. Nur, dass Horst seinen Freund dieses Mal nicht im Stich lassen würde. Er wusste, Max war niemals dazu fähig, einem unschuldigen Menschen etwas anzutun. Zumindest nicht, wenn er auch nur halbwegs bei klarem Verstand war.

»Und immer wieder taucht Kirsten auf. Es ist wie ein wirrer, unzusammenhängender Traum, in dem vollkommen willkürlich Personen auftauchen und wieder verschwinden.«

»Sonst noch was?«

Max schüttelte den Kopf. »Nein. Im Moment jedenfalls nicht. Vielleicht kommt ja noch was.« Wieder dieser hilflose Blick. »Ich weiß nur, dass irgendetwas mit mir nicht stimmt.«

»Du warst gestern Abend bei deiner Schwester«, begann Horst vorsichtig.

Max riss die Augen auf. »Was? Ich war also wirklich dort? Bei Kirsten? Was ... ich meine ... was wollte ich dort?«

»Das wissen wir nicht. Kirsten sagt, du hast vor ihrer Tür gestanden und sie angestarrt. Du hast wohl auf nichts reagiert, aber sie sagte, in deinem Blick lag etwas Flehendes. Als würdest du Hilfe suchen. Dann hast du dich umgedreht und bist regelrecht weggelaufen.«

»Mein Gott ...«

»Kannst du dich an überhaupt nichts davon erinnern?«

»Nein. Wie gesagt, Kirstens Bild habe ich vor Augen, aber dass ich bei ihr war ... ich habe ihr doch nicht irgendwie ... weh getan? Nein, oder?«

»Als du gehen wolltest, hat sie versucht, dich zurückzuhalten. Du hast wohl etwas unsanft ihre Hand weggestoßen.«

Max schlug die Hände vors Gesicht. »Ich muss zu einem Arzt. Ich scheine den Verstand zu verlieren.«

»Da ist noch was. Du warst auch bei Katharina. Sie sagt, du hast vor dem Haus gewartet, in dem sie wohnt.«

»Das wird ja immer verrückter.«

»Ja, auch da hast du kein Wort gesprochen, aber ... Katharina meint, du hattest ein Messer dabei.«

»Ein Messer? Aber ... was denn für ein Messer, zum Teufel? Was sollte ich denn mit einem Messer wollen? Bei Katharina? Hatte ich dieses Messer etwa auch bei Kirsten dabei?«

»Nein, zumindest hat sie es nicht gesehen. Aber das ist leider noch nicht alles – ich kann es dir nicht ersparen.«

Langsam sanken Max' Hände herab. »*Nicht alles?* Was denn noch? Ist doch etwas mit Kirsten?«

»Nein, mit Kirsten ist alles okay. Aber es gab letzte Nacht eine Anzeige von einer jungen Frau, die behauptet, im Hasseler Forst von einem Mann angefallen und mit einem Messer bedroht worden zu sein.« Horst konnte an Max Gesicht ablesen, dass er ahnte, was folgen würde. »Sie hat dich auf einem Bild identifiziert, Max. Sie sagt, das warst du.«

Es dauerte eine Weile, bis Max antwortete. »Scheiße. Und ich kann noch nicht einmal mit Sicherheit sagen, dass ich es nicht war.«

»Du weißt, was das bedeutet.«

»Ja, das weiß ich. Ich …« Max schüttelte den Kopf und stand auf. »Gib mir bitte einen Moment. Ich muss jetzt kurz allein sein und nachdenken. Zehn Minuten, okay?«

»Okay«, sagte Horst und verdrängte den Gedanken daran, dass Max vielleicht vorhatte zu fliehen. »Ich warte hier und trinke in der Zeit meinen Kaffee.«

Horst sah Max nach, als er den Raum verließ. Und wieder zogen Gedanken auf und wollten zu Ende gedacht werden. Er war absolut überzeugt, dass Max – ebenso wie er und die Kolleginnen und Kollegen der Kripo – brennend daran interessiert war herauszufinden, was es mit den Ereignissen der vergangenen Nacht auf sich hatte. Und wenn sein Freund auch nur halbwegs der Max war, den er kannte, würde er nicht eher ruhen, bis dieses Rätsel gelöst war.

Aber was, wenn Max beschloss, die Sache selbst in die Hand zu nehmen? So, wie er es fast zwei Jahre zuvor schon ein Mal getan hatte.

Quatsch, dachte Horst. Damals blieb Max nichts anderes übrig, weil niemand ihm glauben wollte. Auch er selbst nicht. Das war dieses Mal anders.

Aber ... konnte Max das wissen? Er hatte es ihm noch nicht gesagt.

Mit einem Ruck stand Horst auf und verließ die Küche. Er fand Max in seinem Schlafzimmer. Er lag auf dem Rücken im Bett, richtete den Oberkörper ein wenig auf und stützte sich auf die Unterarme ab.

»Ich glaube es nicht«, sagte er leise. »Du kommst nachsehen, ob ich noch da bin? Wirklich?«

Horst hob die Hand. »Nein. Ich bin genau aus dem gegenteiligen Grund hier. Weil mir aufgefallen ist, dass ich vergessen habe, dir zu sagen, dass ich zu dir stehe und für dich da bin. Ganz egal, was in der letzten Nacht geschehen ist. Wir werden das gemeinsam lösen. Ich wollte, dass du das weißt.«

Nach einigen Sekunden des Schweigens nickte Max. »Gut. Ich danke dir. Das ist mir wichtig. Aber ich wäre auch ohne dieses Wissen nicht weggerannt.«

»Trotzdem«, entgegnete Horst und verließ das Schlafzimmer. Als er die Küche fast wieder erreicht hatte, hörte er Max' Stimme von nebenan. »Hallo, Schwesterherz, ich bin's.«

44

Als Max einige Minuten später wieder zu Horst in die Küche kam, waren seine Augen gerötet. Sein Smartphone hielt er noch in der Hand. »Ich habe mit Kirsten geredet«, erklärte er. »Danke, dass du sie noch nicht angerufen hast. Weiß sonst schon jemand von meinem Anruf bei dir? Keskin?«

»Nein.«

»Okay. Ich habe Kirsten gesagt, dass wir jetzt aufs Präsidium fahren.«

Horst nickte. »Tut mir leid, Max, aber das müssen wir tatsächlich. Auch, wenn ich weiß, dass …«

»Schon gut. Du musst mir nichts erklären. Ich würde so oder so nicht türmen. Ich muss selbst auch in Erfahrung bringen, was in der vergangenen Nacht geschehen ist. Ich bin schon mal von ehemaligen Kollegen tagelang gejagt worden, das hat mir gereicht.«

Horst senkte den Blick, doch Max legte ihm die Hand auf die Schulter. »Hey, alles gut. Das war kein Vorwurf. Du musstest damals so handeln. Ich geh mich schnell ein bisschen frisch machen, und dann lass uns fahren, okay?«

Sie kamen um zwanzig nach acht im Präsidium an. Keskin war bereits in ihrem Büro, wie Horst durch die weit offen stehende Tür erkennen konnte. Als sie den Flur entlanggingen und Keskin Max hinter Horst entdeckte, erhob sie sich von ihrem Platz und sah ihnen ungläubig entgegen. »Bischoff …« Ihr Blick huschte von Max zu Horst und wieder zurück. »Ich hätte nicht gedacht, *Sie* heute Morgen hier zu sehen.«

»Ich auch nicht«, erklärte Max. »Horst hat mir erzählt, was letzte Nacht geschehen ist und dass ich etwas damit zu tun haben soll. Ich habe eine Art Blackout und weiß nichts davon, aber ich hoffe, dass wir das zusammen aufklären können.«

Keskin hob die Brauen und wandte sich an Horst. »Woher wussten Sie, dass Herr Bischoff … wieder da ist?«

»Ich habe Horst angerufen«, antwortete Max, doch Keskins Blick blieb auf Horst gerichtet.

»Das heißt, Sie erlangen Kenntnis vom Aufenthaltsort eines gesuchten Tatverdächtigen und sehen keine Veranlassung, die Dienststelle zu informieren und Unterstützung anzufordern?«

»Ganz genau das heißt es, Frau Kriminalrätin«, knurrte Horst. »Max hat mich aus freien Stücken angerufen, weil er die Sache geklärt haben möchte. Warum, zum Teufel, soll ich da Unterstützung anfordern?«

»Weil es die Dienstvorschriften so vorsehen, Herr Böhmer.«

»Ja. Und dass der gesunde Menschenverstand ausgeschaltet werden soll, steht das auch in den Dienstvorschriften?«

»Ich möchte kooperieren«, erklärte Max. »Ich *muss* herausfinden, was letzte Nacht mit mir geschehen ist.«

»Also gut.« Keskin nickte und ließ sich wieder auf ihren Stuhl sinken. »Sie bleiben natürlich erst einmal hier. Spätestens morgen wird entschieden, ob sie in U-Haft kommen.« Sie nickte Horst zu. »Sie können Herrn Bischoff ins Vernehmungszimmer eins bringen. Ich schicke gleich einen Kollegen, der ihn zu den Vorwürfen befragen wird.«

»Einen ... Kollegen? Verdammt, was soll das? Ich werde das Gespräch selbst führen.«

»Das werden Sie nicht. Da Herr Bischoff nicht nur Ihr ehemaliger Partner ist, sondern Sie beide auch befreundet sind, muss ich davon ausgehen, dass Sie befangen sind. Deshalb wird das Gespräch jemand anderes führen. Zudem haben wir da noch eine Soko, der Sie vorstehen und die eine Mordserie aufklären soll, aber keinen einzigen Schritt vorankommt. Ich schlage vor, Sie investieren Ihre Energie dort, statt sie für Ihre persönlichen Anliegen aufzubrauchen.«

Horst erkannte die Retourkutsche, da er Keskin am Vortag genau das vorgeworfen hatte: Ihre persönlichen Belange in die Arbeit einfließen zu lassen.

»Das wäre dann für den Moment alles.« Demonstrativ zog Keskin einen Schnellhefter zu sich heran und blätterte darin herum.

Nach einem letzten wütenden Blick auf seine Vorgesetzte wandte Horst sich ab und nickte Max zu.

»Ich weiß nicht, was mit dieser Frau los ist«, murmelte Horst erbost, als sie nebeneinander über den Flur gingen. »Ich wollte sie schon fragen, ob ich dir Handschellen anlegen soll, aber man sollte sie nicht auch noch auf Ideen bringen. Ich glaube, es ist langsam an der Zeit, ein Gespräch mit dem Direktor zu führen.«

Max antwortete nicht darauf, sondern starrte stumm vor sich auf den Boden.

Horst konnte sich in etwa ausmalen, was in ihm vorging. Nicht zu wissen, wo man mehrere Stunden lang gewesen ist, und sogar damit rechnen zu müssen, dass man einen Menschen angegriffen hat, musste ein furchtbares Gefühl sein. Das ließ keinen Platz für Ärger über Keskins Ränkespielchen.

»Hey, wir werden das aufklären«, versuchte Horst, Max zu trösten, und hoffte insgeheim, dass das nicht bloßes Wunschdenken von ihm war. Doch auch darauf erhielt er von Max keine Antwort.

Der Vernehmungsraum des KK11 hatte wenig mit denen in Fernsehkrimis gemein. Es gab weder einen Einwegspiegel, noch waren die Wände dunkel gestrichen. Lediglich der einzelne Tisch mit zwei Stühlen in der Mitte des Raumes entsprach dem Filmklischee.

»Ich bin gespannt, wen sie schickt«, sagte Horst und deutete zum Tisch hinüber. Max ging zur Raummitte und setzte sich auf einen der Stühle.

Es dauerte keine zwei Minuten, bis sich die Tür öffnete und Oberkommissar Zechmeier den Raum betrat.

»Elias«, stieß Horst überrascht aus. »Was, zum Teufel, tust du denn hier? Bist du etwa seit letzter Nacht im Haus? Du hast doch Urlaub?«

Zechmeier zuckte mit den Schultern und ging auf den freien Stuhl zu. »Ja, das dachte ich auch. Die Chefin hat mich zurückbeordert, weil wir in dem Fall noch nicht weitergekommen sind, und meinte, jeder Beamte wird gebraucht.«

Horst fragte sich, warum Keskin ausgerechnet den Kollegen zur Vernehmung schickte, von dem sie wissen musste, dass er Max zugetan war. Er wurde aus dieser Frau einfach nicht schlau.

Zechmeier nickte Max zu und setzte sich. »Hallo, Max. Ich würde gern sagen, schön, dich wiederzusehen, aber unter diesen Umständen …«

»Ja«, entgegnete Max nur knapp mit matter Stimme, während Horst noch immer darüber nachdachte, warum Keskin ausgerechnet Zechmeier mit der Befragung von Max beauftragt hatte.

»Von mir aus kannst du dabeibleiben«, wandte Zechmeier sich an Horst. »Ich muss dich nur bitten, dich nicht einzumischen. Die Chefin war da recht unmissverständlich.«

»Ja, ja«, entgegnete Horst, lehnte sich an die Wand und verschränkte die Arme vor der Brust. »Ich halte den Mund.«

»Gut. Also …« Zechmeier legte einen dünnen Schnellhefter auf dem Tisch ab, schlug ihn auf und sah Max an, nachdem er einen kurzen Blick hineingeworfen hatte. »Das ist eine Scheißsituation, aber wenn du uns hilfst, stehen die Chancen nicht schlecht, dass wir herausfinden, was genau in der letzten Nacht passiert ist. Mir ist klar, dass du dich mit diesem ganzen Kram auskennst, aber du weißt, dass ich mich trotzdem an gewisse Regeln und Vorgehensweisen halten muss.« Zechmeier legte ein Aufnahmegerät mit aufgesetztem Mikrophon zwischen sich und Max auf den Tisch und schaltete es ein. »Als Erstes: Möchtest du einen Anwalt anrufen?«

»Nein.«

»Gut. Dir ist bewusst, dass …«

»Elias, bitte, ich war Polizeibeamter. Ich weiß, dass alles, was ich sage, vor Gericht gegen mich verwendet werden kann.«

»Also gut. Beginnen wir mit der wichtigsten Frage: Warst du in der vergangenen Nacht im Hasseler Forst?«

»Ich weiß es nicht«, antwortete Max.

»Was bedeutet das, du weißt es nicht? Hast du Alkohol getrunken oder irgendwelche Drogen genommen?«

Max schüttelte den Kopf. »Nichts von beidem.«

»Sondern?«

»Ich kann mich einfach nicht erinnern. Hier und da tauchen Bruchstücke auf. Ich weiß, dass ich in der Stadt unterwegs war, aber ich kann mich nicht erinnern, wo und warum.«

»Okay. Fangen wir ganz von vorn an und arbeiten uns dann durch. Was ist das Letzte, an das du dich deutlich erinnern kannst?«

Max atmete tief durch, dann begann er zu erzählen. »Daran, dass Horst mich am Nachmittag zu Hause abgesetzt hat und ich mich auf die Couch gelegt habe.«

45

Max erzählte in allen Einzelheiten, woran er sich erinnerte, bis er irgendwann plötzlich stockte und mit gläsernem Blick vor sich hinstarrte.

»Was ist?«, fragte Zechmeier nach einer Weile, in der dumpfe, nicht verständliche Stimmen von irgendwo außerhalb des Raumes die einzigen Geräusche waren, die die drückende Stille unterbrachen.

Max sah erst Horst, dann Zechmeier an. »Ich habe eine Stimme gehört, direkt in meinem Kopf. Sie hat zu mir gesprochen.«

Horst wechselte einen schnellen Blick mit Zechmeier und spürte, wie sein Magen sich unangenehm zusammenzog. Stimmen!

»Was war das für eine Stimme?«, hakte Zechmeier vorsichtig nach.

»Sie … sie kam nicht von außen, sondern war direkt in meinem Kopf.« Erneut blickte Max zu Horst hinüber, und in seinem Blick lag die pure Hilflosigkeit. »Ich weiß nicht, wie das sein kann. So was habe ich noch nie erlebt.«

»War es eine Männer- oder eine Frauenstimme?«

»Das weiß ich nicht. Ich habe sie gehört, ohne sie einordnen zu können.«

»Erinnerst du dich daran, was diese Stimme gesagt hat?«,

fragte Horst und ignorierte dabei den vorwurfsvollen Blick, den Zechmeier ihm zuwarf.

»Nein, aber ich weiß, dass etwas falsch war. Ich habe mich dagegen gewehrt.«

»Wogegen?«, hakte Zechmeier sofort nach.

»Gegen … gegen … Verdammt, ich weiß es nicht. Können wir eine Pause machen?«

»Tut mir leid, aber ein paar Fragen habe ich noch.« Zechmeier nahm ein Foto aus dem Schnellhefter und legte es vor Max auf den Tisch. Horst konnte von seinem Platz aus erkennen, dass es die Aufnahme einer Frau mit langen, dunklen Haaren war, aber nicht, um wen es sich handelte.

»Kennst du diese Frau?«

Max betrachtete das Foto eine Weile und schüttelte dann den Kopf in einer Art, als wäre er nicht ganz sicher. »Ich glaube nicht.«

»Du glaubst?«

»Ich weiß nicht, wer das ist, aber es kann sein, dass ich sie irgendwo schon mal gesehen habe.«

»Das ist Jana Kreuzer. Sie ist letzte Nacht im Hasseler Forst überfallen und mit einem Messer bedroht worden. Zum Glück konnte sie fliehen.«

»Und sie sagt, ich war das?«

Zechmeier nickte. »Ja. Sie hat dich ohne Zweifel auf einem Foto identifiziert.«

Max nickte und sah Zechmeier dann offen an. »Glaubst du mir, wenn ich dir sage, dass ich nichts davon weiß?«

Zechmeier zuckte mit den Schultern. »Max, es geht nicht darum, was *ich* glaube, sondern was …«

»Elias, du kennst mich schon eine ganze Weile. Ich

möchte bitte von dir wissen, ob du mir glaubst, dass ich mich nicht daran erinnern kann, im Hasseler Forst gewesen und eine Frau bedroht zu haben?«

»Ja, ich glaube dir, Max, aber die Tatsache, dass du dich nicht erinnerst, heißt ja nicht, dass du nicht trotzdem dort gewesen bist.«

»Das stimmt. Deshalb möchte ich, dass ein Arzt herkommt. Er soll eine Blutprobe von mir nehmen und sie ins Labor geben. Die sollen prüfen, ob sie Rückstände von irgendeiner Substanz finden. Ich muss wissen, was in der letzten Nacht mit mir los war.«

Max wandte sich an Horst. »Erinnerst du dich, was Niklas Wesener von der Nacht erzählt hat, in der der erste Mord geschehen ist? Sie sind morgens aufgewacht und hatten alle drei keine Erinnerungen mehr an die vergangenen Stunden. Und Wesener sagte, als sie diese Kneipe verlassen hatten, sei ihm plötzlich alles ganz eigenartig vorgekommen. Er nannte es *surreal*. Genau so geht es mir auch. Ich habe keine Erinnerung, und das bisschen, was ich weiß, kommt mir surreal vor. Ich bin sicher, das hängt irgendwie zusammen. Deshalb möchte ich, dass mein Blut untersucht wird.«

»Okay, ich arrangiere das. Und was, wenn sich in deinem Blut nichts findet?«

»Dann kann etwas in meinem Kopf nicht stimmen. Ich meine, ich habe eine Stimme gehört. Wer hört denn Stimmen in seinem Kopf? Leute, die Wahnvorstellungen haben. Entweder weil sie mit irgendwelchen Drogen vollgepumpt sind oder weil sie an Schizophrenie leiden.«

»Du leidest nicht an Schizophrenie, Max«, versicherte

Horst und hoffte, dass seine Stimme dabei überzeugend klang. »Das wird sich aufklären, da bin ich sicher.«

Zechmeier legte das Foto zurück in den Schnellhefter, klappte ihn zu und stand auf. »Also gut, Max. Ich sorge dafür, dass gleich ein Arzt hierherkommt. Es tut mir leid, aber so lange musst du in die Arrestzelle.«

Horst stieß sich von der Wand ab. »Kümmere dich um einen Arzt. Ich bringe Max hin.«

Zechmeier betrachtete erst Horst, dann Max. »Ihr macht keinen Blödsinn, nicht wahr?«

»Spinn nicht rum«, sagte Horst. »Wäre Max freiwillig hergekommen, wenn er *Blödsinn* machen wollte?«

Zechmeier wandte sich ohne weiteren Kommentar ab und verließ den Vernehmungsraum. Als die Tür sich hinter ihm geschlossen hatte, sagte Max: »Kannst du mir die Akten zu allen Aussagen von Wesener, Büttner und Kramp besorgen?«

»Ich denke, das kann ich, aber wozu brauchst du die?«

»Wie gesagt, ich glaube, dass es einen Zusammenhang gibt zwischen dem, was die drei in der fraglichen Nacht erlebt haben, und dem, was mir letzte Nacht passiert ist.«

»Kann sein. Wobei … keiner der drei hat irgendetwas von einer Stimme erzählt, die er im Kopf hatte.« Horst stützte sich auf der Tischplatte ab und sah Max eindringlich an. »Wenn wir die Theorie aufgreifen, dass man den dreien ebenso wie dir irgendetwas verabreicht hat, irgendeine Substanz, egal was … woher kam dann die Stimme, die du in deinem Kopf gehört hast?«

»Ich weiß es nicht.« Max stand auf. »Lass uns gehen. Und besorg mir bitte die Akten.«

Sie verließen den Raum und machten sich auf den Weg zum Aufzug, um damit ins Erdgeschoss zu fahren, wo sich die Arrestzellen befanden. Als sie an der geöffneten Tür des Soko-Einsatzraumes vorbeikamen, traf sich Max' Blick mit dem von Kriminalrätin Keskin, die sich gerade mit einer Beamtin unterhielt.

»Warten Sie«, rief Keskin ihnen zu, richtete noch ein paar Worte an die Ermittlerin und kam dann zu ihnen heraus.

»Wo wollen Sie hin?«, wandte sie sich an Horst.

»Ich bringe Max nach unten in die Arrestzelle.«

»Kommen Sie beide erst mal mit.«

Horst tauschte einen Blick mit Max, der mit den Schultern zuckte und Keskin folgte.

Nachdem Horst die Tür zum Büro seiner Chefin hinter sich geschlossen hatte, blieb er neben Max stehen und war gespannt, was Keskin sich nun wieder hatte einfallen lassen. Auch sie setzte sich nicht, sondern lehnte sich gegen die Schreibtischkante. »Zechmeier hat mir gerade kurz von Ihrem Gespräch berichtet. Er sagt, Sie können sich an nichts erinnern.«

»Das ist richtig.«

»Das Gleiche hat auch Niklas Wesener ausgesagt, wie ich in Herrn Böhmers Bericht lesen konnte.«

»Ja.«

»Gehen Sie davon aus, dass das, was Ihnen passiert ist, irgendwie mit den Morden zusammenhängt?«

Max nickte. »Ich halte es für möglich.«

Keskin schürzte kurz die Lippen. »Nehmen wir einmal an, es ist tatsächlich so. Dann könnte das bedeuten, dass

Sie in der vergangenen Nacht drauf und dran waren, diese junge Frau umzubringen.«

»Moment mal«, fuhr Horst auf. »Das ist eine unfassbare Unterstellung, die ...«

»Halten Sie den Mund, Böhmer«, bürstete Keskin Horst ab, der vor Verblüffung tatsächlich verstummte, und wandte sich wieder an Max. »Ich habe mir die Aussage der jungen Frau noch mal genau angeschaut, während Sie mit Zechmeier gesprochen haben.« Sie stieß sich vom Schreibtisch ab und umrundete ihn.

»Dabei ist mir etwas aufgefallen.« Keskin setzte sich und tippte auf der Tastatur herum, während sie angestrengt auf den Bildschirm schaute.

»Hier ... da ist die Stelle. *J. Kreuzer: Er hat mich mit einem Messer bedroht und ein Stück weit ins Gebüsch gezogen. Ich hatte keine Chance gegen ihn. Aber dann hat er plötzlich losgelassen und mich ganz seltsam angeschaut. Da bin ich weggelaufen. Ich hatte wahnsinnige Angst, aber er hat mich nicht verfolgt. Ich glaube, er hat es nicht einmal versucht. Es kam mir so vor, als hätte er es sich plötzlich anders überlegt.*«

Keskin sah wieder auf. »Das ist doch seltsam, oder? Da überfällt jemand nachts eine Frau, und in dem Moment, in dem sie keine Chance mehr hat, ihm zu entkommen, lässt er sie los, so dass sie fliehen kann.«

»Ja, das ist seltsam«, bestätigte Horst etwas besänftigt, während Max gedankenverloren zur Seite blickte. »Aber worauf wollen Sie hinaus?«

»Darauf, dass ich nicht Herr meiner Sinne war«, antwortete Max für Keskin, »dann aber irgendwie zu mir gekommen bin und die Frau losgelassen habe.«

Als Keskin bestätigend nickte, sagte Max, an Horst gewandt: »Erinnerst du dich, was ich eben gesagt habe? Dass ich weiß, dass etwas an dieser Stimme falsch war und ich mich dagegen gewehrt habe? Das würde dazu passen.«

»Das heißt, wir haben vielleicht einen kleinen Ansatz. Das ist besser als nichts«, stellte Keskin fest.

»Sie glauben mir also, dass ich nichts von der vergangenen Nacht weiß? Und dass ich das, was immer da geschehen ist, nicht bewusst getan habe?«

In Keskins Gesicht war keine Regung zu erkennen. »Bernd Menkhoff hatte ein untrügliches Gespür für Menschen. Er hätte nie so eng mit Ihnen zusammengearbeitet, wenn Sie zu so einer Tat fähig wären.«

46

»Diese Frau macht mich fertig!« Horst betrat neben Max den Fahrstuhl und drückte auf den Knopf für das Erdgeschoss.

»Einerseits agiert sie gegen dich, und dann das.«

»Über Keskins Gründe werde ich später nachdenken. Wichtig ist jetzt, dass sie mir glaubt.«

»Sofern sie es auch wirklich tut«, konnte Horst sich nicht verkneifen zu erwidern.

Zehn Minuten später hatte Max Handy, Schlüssel und Gürtel vor einer der Einzelzellen des Arrestblocks abgelegt und saß auf der Pritsche des kleinen Raumes.

Neben ihm auf der groben Wolldecke lag ein gut gefüllter Schnellhefter mit Berichten und Vernehmungsprotokollen zum ersten Mordfall.

»Ich muss wieder hoch«, erklärte Horst. »Du kennst das ja. Wenn du was brauchst, klopf an die Tür.«

Max ließ den Blick über die weiß gefliesten Wände und den Boden gleiten. »Ich habe ja schon einige Kandidaten hier abgeliefert, aber wenn man selbst hier sitzt, sieht man das alles mit ganz anderen Augen. Hat was von der Gemütlichkeit eines Schlachthofs.« Er tippte auf den Schnellhefter. »Aber ich habe erst einmal hiermit zu tun. Irgendwo in diesen Akten *muss* es einen Hinweis geben.«

»Ich werde auch alles noch mal durchgehen, was wir haben. Ich befürchte, wenn wir bis morgen keine schlüssige Erklärung gefunden haben, die dich entlastet, wird Keskin dich dem Haftrichter vorführen lassen.«

Max nickte. »Ich weiß.«

»Also, fangen wir an. Dann bis später.«

Auf dem Weg zum Aufzug überlegte Horst, was auf Max zukommen würde, wenn er wirklich in Untersuchungshaft käme. Als Polizist im Knast hatte man definitiv eine Menge Feinde. Wenn es tatsächlich dazu käme, würde er alles daransetzen, dass Max von den anderen Gefangenen isoliert und besonders geschützt wurde.

Aber noch war es ja nicht so weit.

Noch bevor Horst sein Büro erreicht hatte, hörte er bereits, dass sein Telefon klingelte. Er legte die letzten Schritte im Eiltempo zurück und schaffte es, das Gespräch anzunehmen.

»Ah, Herr Kriminalhauptkommissar Böhmer«, meldete sich eine Stimme, die Horst bekannt vorkam, die er aber nicht auf Anhieb zuordnen konnte. »Schön, dass ich Sie doch erreiche.«

»Wer spricht denn da?«

»Hier spricht wieder Marvin.«

»Marvin?«

»Marvin Wagner. Der forensische Schriftgutachter. Sie erinnern sich?«

»Ach, Sie sind das. Ja, natürlich erinnere ich mich. Wie könnte ich Sie vergessen.«

»Und da ist sie wieder, die Bestätigung, dass frischer Wind in der Wissenschaft frisches Wissen schafft.«

»Ähm … ja.« Horst hatte keinen Schimmer, wovon der Mann sprach. »Was ist der Grund für Ihren Anruf?«

»Gut, dass Sie fragen. Ich bat Sie in unserem letzten Gespräch, mich zu informieren, wenn Sie – zum einen – Näheres über das Mysterium des Anrufs von Herrn Bischoff bei mir und – zum anderen – den Verbleib Ihres Expartners in Erfahrung gebracht haben. Da das bisher noch nicht geschehen ist, dachte ich mir, Sie haben es vielleicht vergessen, weil Sie so intensiv mit dem aktuellen Fall beschäftigt sind. Da war es am einfachsten, Sie noch mal anzurufen, ein wenig mit Ihnen zu plaudern und mich ganz nebenbei über den Fortgang der Untersuchungen zu erkundigen. Und natürlich interessiert mich nach wie vor der Verbleib des Herrn Bischoff.«

»Ähm …« Wie schon beim ersten Telefonat mit Wagner hatte Horst das Gefühl, von dessen Redeschwall geradezu überrumpelt zu werden. »Max ist wieder aufgetaucht.«

»Oh … Und konnten Sie in Erfahrung bringen, warum er mich angerufen, es sich dann aber anders überlegt und wieder aufgelegt hat?«

»Nein, das weiß ich nicht. Er ist wieder da, mehr kann ich Ihnen dazu auch nicht sagen.«

»Das ist natürlich sehr schade. Er hat mich doch nachts wegen diesem Fall angerufen und um meine Unterstützung gebeten, wobei er mir natürlich auch Details berichten musste. Sie sehen also, ich bin durchaus informiert. Aber um Ihnen den Grund meiner Nachfrage zu erläutern: Es geht um die Nachrichten, die an den Tatorten hinterlassen wurden. Konnte meine Auskunft denn dazu beitragen, dass Sie zu diesem Thema weitergekommen sind?«

Horst erinnerte sich, was Max ihm zu den Schriften erzählt hatte.

»Nein, das sind wir leider noch nicht.«

»Was halten Sie davon, wenn ich mir die Nachrichten einmal näher anschaue und Ihnen eine Expertise dazu anfertige? Das würde ich in diesem besonderen Fall natürlich ohne monetäre Interessen tun, sondern lediglich, weil Herr Bischoff meine wissenschaftliche Neugier geweckt hat.«

»Vielen Dank für das Angebot, aber ich kann einem Privatmann keinen Zugang zu Beweismitteln aus aktuellen Mordfällen geben. Das wäre ein Verstoß gegen die Dienstvorschriften.«

»Nun, wie ich schon erwähnte, würde ich in diesem Fall nicht als Privatmann, sondern als forensischer Schriftgutachter agieren, der schon seit Jahren mit der Polizei zusammenarbeitet.«

»Wo wohnen Sie überhaupt?«

»In Duisburg, also in gut erreichbarer Nähe. Aber ein Vorschlag zur Güte: Sie erwähnten, dass Herr Bischoff wieder *aufgetaucht* ist. Würden Sie ihm freundlicherweise meinen Vorschlag unterbreiten?«

»Herr Bischoff ist ebenfalls kein Polizist mehr. Es wird wenig nützen, ihm Ihren Vorschlag zu unterbreiten, er kann da noch weniger tun als ich.«

»Das ist mir bewusst, aber wenn *er* als ehemaliger Ermittler – und in diesem Fall Berater der Polizei – Zugang zu den hinterlassenen Nachrichten hat und sie *mir* zur Begutachtung vorlegen würde, könnte er damit gegen keine Dienstvorschriften verstoßen, weil er nicht mehr im Dienst ist, stimmen Sie mir zu?«

»Das …« Horst schüttelte den Kopf. Ein Gutachter wie dieser Wagner war ihm noch nicht untergekommen. »Also gut, ich werde die Sache mit Max besprechen, aber …«

»Das reicht mir schon völlig aus. Sie sehen meine Nummer auf dem Display, können mich also anrufen, sobald Sie mit Herrn Bischoff gesprochen haben. Wenn ich die kaum stattfindende Berichterstattung in den Medien zu diesen Morden als Indikator zugrunde lege, gehe ich davon aus, dass Sie sich mangels Ermittlungserfolgen mittlerweile in einer äußerst prekären Lage befinden und letztendlich jede Hilfe dankbar annehmen werden.«

»Wie auch immer. Eine Frage habe ich allerdings noch, Herr Wagner«, sagte Horst, bevor Wagner das Gespräch beenden konnte.

»Oh, ja, natürlich, bitte.«

»Warum tun Sie das? Wenn Sie kein Geld für Ihre Arbeit möchten, welches Interesse haben Sie dann an dieser Sache?«

»Nun, wenn ich maßgeblich dazu beitrage, diesen im Moment recht aussichtslosen Fall zu lösen, stehen meine Chancen auf mediale Aufmerksamkeit sehr gut. Zudem ist anzunehmen, dann zukünftig öfter als Sachverständiger von den Düsseldorfer Behörden hinzugezogen zu werden, was sich beides recht positiv für mich auswirken dürfte.«

Horst musste grinsen. »Sie sind ein Schlitzohr, Herr Wagner.«

»Ich bin Wissenschaftler mit Leib und Seele, der die Vorzüge zu schätzen weiß, mit seiner Passion Geld verdienen zu können. Aber das ist nicht die einzige Motivation, wie ich gestehen muss. Die zweite ist eine vollkommen unwissenschaftliche: Aus einem für mich noch nicht ersichtlichen Grund hege ich große Sympathien für Ihren Exkollegen, Herrn Bischoff, und möchte ihn nicht nur persönlich kennenlernen, sondern ihm auch helfen, Ihnen zu helfen.«

»Ich werde sehen, was ich tun kann«, versprach Horst und beendete das seltsame Gespräch.

47

Zwanzig Minuten nachdem Horst mit Wagner gesprochen hatte, rief Kirsten an und erkundigte sich aufgeregt, wo Max war und ob sie ihn sprechen könne.

»Ich habe jetzt schon etliche Male versucht, ihn zu erreichen. Am Anfang sprang die Voice-Mailbox erst nach dem achten oder zehnten Klingeln an, mittlerweile aber sofort, als ob er das Handy ausgeschaltet hat.«

»Wenn, dann hat es ein Kollege ausgeschaltet, der bei den Arrestzellen Dienst hat, weil er von dem Klingeln genervt war. Nimm es ihm nicht übel.«

»Arrestzellen? Heißt das, Max ist eingesperrt?«

»Das heißt, er muss wahrscheinlich bis morgen auf dem Präsidium bleiben, bis die Ereignisse der letzten Nacht geklärt sind.«

»Aber … du kennst Max besser als jeder andere im Präsidium und weißt, dass er niemals eine wehrlose Frau angreifen würde. Du kannst doch nicht zulassen …«

»Kirsten, ich bin da und tue alles, was in meiner Macht steht. Max wird nicht lange in der Zelle sitzen, aber du musst jetzt einfach ein bisschen Geduld haben. Spätestens morgen früh ist er da raus, da bin ich sicher.«

Horst hoffte inständig, dass Max' Weg aus der Arrestzelle nicht geradewegs in die U-Haft führen würde.

»Also gut. Wenn du irgendetwas weißt, ruf mich bitte sofort an, hörst du?«

»Versprochen.«

Horst hatte das Telefon gerade weggelegt, als Katharina Baumann in sein Büro kam. Sie sah blass aus und wirkte müde.

»Guten Morgen.« Ihre Stimme klang ebenfalls müde.

»Guten Morgen«, erwiderte Horst und zog die Stirn kraus. »Ist alles okay? Du siehst übernächtigt aus.«

»Ich habe kaum geschlafen in der letzten Nacht.« Und leise fügte sie hinzu: »Nach dieser Sache mit Max.«

Horst stand auf, ging an ihr vorbei und schloss die Bürotür.

»Das verstehe ich. Das muss ein ziemlicher Schock für dich gewesen sein.«

»Ja. Ich sehe immer noch sein Gesicht vor mir. Gruselig. Aber es ist gut, dass er jetzt hier ist. Ich hoffe, es wird sich alles klären. Auch, warum er bei mir zu Hause gewesen ist. Mit einem Messer.«

»Ich bin sicher, wir finden es heraus.«

»Ja. Das wäre mir wichtig. Du sollst übrigens zur Chefin kommen.«

»Warum schickt sie dich, um mir das zu sagen, und ruft mich nicht einfach an?«

»Ich war gerade bei ihr, wegen letzter Nacht. Sie wollte genau wissen, was passiert ist und wie Max sich verhalten hat.«

»Okay. Ich dachte, du hättest schon heute Morgen deine Aussage gemacht.«

»Das habe ich auch, aber sie wollte noch mal persönlich mit mir reden. Sie hat mir auch gesagt, dass Max unten ist.«

»Also gut. Dann höre ich mal, was sie von mir möchte.«

Horst verließ hinter Katharina das Büro und saß kurz darauf seiner Chefin gegenüber.

»Wie geht es jetzt weiter?«, begann Keskin ohne Umschweife.

»Was meinen Sie? Max?«

»Ich meine vordringlich die drei ungeklärten Morde, die innerhalb kurzer Zeit in unserer Stadt geschehen sind. Und, ja, auch das Verhalten von Herrn Bischoff und wie es dazu kam. Und ob es zwischen beidem eine Verbindung gibt. Kurzum, ich brauche Ergebnisse.«

»Was wollten Sie von Katharina Baumann?«

»Was? Was hat das denn mit dem zu tun, was ich gerade gesagt habe?«

»Das würde ich gern wissen.«

Keskin schnaubte. »Es geht Sie zwar eigentlich nichts an, aber warum nicht? Ich habe Frau Baumann noch mal zu letzter Nacht befragt und sie darüber informiert, dass man im KK23 hinter vorgehaltener Hand darüber tuschelt, ob sie Herrn Bischoff tatsächlich in der letzten Nacht gesehen hat oder lediglich auf sich aufmerksam machen möchte.«

»Was? Wie kommen die denn auf so einen Blödsinn? Und überhaupt – im KK23? Woher wissen *die* denn schon über Max Bescheid?«

»Na, dass das recht schnell im ganzen Präsidium rumgeht, war doch klar. Mehr weiß ich auch nicht. Man hat mir lediglich zugetragen, dass darüber geredet wird.«

»*Wer* hat Ihnen das zugetragen?«

»Das geht Sie nun wirklich nichts an.«

»Das dachte ich mir. Hm … ausgerechnet im KK23. Wenn man überlegt, wer der Chef dort ist …«

Keskin hob die Hand. »Stopp! Davon war keine Rede, und Sie sollten sich gut überlegen, was Sie über den Leiter eines Kriminalkommissariats sagen.«

»Jaja, schon gut. Aber das liegt doch auf der Hand.«

»Kommen wir zum eigentlichen Thema zurück, weswegen ich Sie noch mal sprechen wollte. Sie wissen, ich kann Herrn Bischoff vierundzwanzig Stunden hierbehalten. Im Moment haben wir zwei Zeugen, die ausgesagt haben, dass er in der letzten Nacht mit einem Messer bewaffnet unterwegs war und mindestens eine dieser Zeuginnen damit bedroht hat. Wenn Sie nicht widerlegen oder zumindest darlegen können, dass Herr Bischoff zu dieser Zeit nicht selbstbestimmt handelte, und ich lasse ihn dem Haftrichter vorführen, dann kann es sein, dass der ihn bei dieser Beweislage in U-Haft steckt.«

»Ja, das weiß ich. Allerdings ist die Wahrscheinlichkeit nicht sehr groß. Max ist freiwillig auf dem Präsidium erschienen, und es besteht keinerlei Fluchtgefahr.«

»Glauben Sie, Herr Bischoff hat sich wieder unter Kontrolle?«

»Absolut. War der Arzt schon da, um ihm Blut abzunehmen?«

Keskin nickte. »Ja. Und ich habe eben mit dem Staatsanwalt geredet und ihm gesagt, dass ich denke, dass von Herrn Bischoff keine Gefahr ausgeht und er sicher nicht flüchten wird. Er ist damit einverstanden, ihn zu entlassen.«

»Das ist … sehr gut«, sagte Horst überrascht. Damit hatte er nicht gerechnet.

»Da es ja jetzt auch in seinem ureigenen Interesse liegt, dass diese Fälle aufgeklärt werden, können Sie ihn von mir aus inoffiziell als Berater hinzuziehen. Aber offiziell weiß ich davon nichts.«

»Max kann uns eine große Hilfe sein.«

Keskin deutete mit einer Kopfbewegung zur Tür. »Das war alles, Herr Böhmer.«

Horst machte sich sofort auf den Weg ins Erdgeschoss. Er hoffte, dass es Max mittlerweile besser ging.

Im Treppenhaus ließ er das Gespräch mit Keskin noch einmal Revue passieren und fragte sich wieder einmal, wie sie wirklich zu Max stand. Außerdem überlegte er, was Oliver Baumann sich davon versprach, solche Gerüchte über seine Exfrau in die Welt zu setzen. Falls sie von ihm kamen, woran Horst nicht zweifelte, musste er zum wiederholten Mal feststellen, dass es auch unter Polizisten ziemliche Idioten gab. Selbst unter denjenigen, die eigentlich einen guten Job machten.

Als er die Zelle betrat, saß Max – gegen die kahle Fliesenwand gelehnt – auf seiner Pritsche und hatte die Unterlagen um sich herum auf der Decke verteilt. Ein Blatt hielt er in der Hand und ließ es sinken, als Horst die Zelle betrat.

»Komm, du kannst hier raus«, sagte Horst. »Keskin hat mit dem Staatsanwalt gesprochen.«

»Gott sei Dank, genau zum richtigen Zeitpunkt. Meine Erinnerungen kommen zurück. Noch nicht alles, aber immer mehr. Ich weiß jetzt, dass ich definitiv in einem Gebüsch gestanden habe und dass eine Stimme in meinem Kopf gesagt hat: *Nimm sie dir.*«

»Nimm sie dir?«

»Ja, und dass ich weiß, was ich zu tun habe, weil sie *es verdient hat*. Und ich erinnere mich jetzt auch halbwegs, wie es mir dabei ging.« Max redete so schnell, dass Horst Mühe hatte zu folgen.

»Da war ein Drang in mir, der Stimme zu gehorchen und zu tun, was sie mir befohlen hat. Es war, als würde ich ferngesteuert. Und … auf der anderen Seite hat etwas in mir aufgeschrien, Horst. Etwas hat sich mit aller Kraft dagegen gewehrt, das zu tun, was diese Stimme verlangte. Es war ein Kampf, der in mir getobt hat, und ich habe gespürt, dass ich ihn vielleicht verlieren werde und dass die Stimme am Ende gewinnt.«

»Da hast du sie laufen lassen.«

Max nickte mehrmals langsam. »Ich glaube, ja.«

»Das ist wichtig, Max. Sie ist dir nicht entkommen, sondern du hast sie bewusst laufen lassen. Kannst du dich auch daran erinnern, dass du bei Kirsten und Katharina warst?«

»Ich sehe Kirstens entsetztes Gesicht vor mir, aber ich erinnere mich nicht daran, bei ihr gewesen zu sein. Und Katharina … da ist gar nichts. Aber mir geht es immer besser, und ich fühle mich viel wacher. Vielleicht kommen diese Erinnerungen ja auch noch zurück.«

»Das lässt hoffen. Jetzt müssen wir herausfinden, was es mit der Stimme auf sich hat. Du sagst, du hast sie direkt in deinem Kopf gehört? Es ist also ausgeschlossen, dass jemand in deiner Nähe war und dir diese Dinge zugeflüstert hat?«

»Nein, da war niemand. Und die Stimme hat auch nicht geflüstert. Sie war laut und deutlich in meinem Kopf. Fast schon überdeutlich.«

»Hm …«, sagte Horst nachdenklich.

»Mir ist auch etwas an den Aussagen von Wesener aufgefallen.« Max tippte mit dem Zeigefinger auf ein Blatt und nahm es in die Hand. Horst fand, dass Max bei weitem nicht mehr so müde und abgeschlagen wirkte wie noch eine Stunde zuvor. Im Gegenteil, seine Energie schien von Minute zu Minute größer zu werden.

»Wesener hat doch ausgesagt, dass Leon, Büttner und er sich am Morgen nach dem Mord an nichts mehr erinnern konnten.«

»Ja.«

»Genau wie ich.«

»Ja, genau wie du.«

»Aber meine Erinnerungen kommen wieder, und zwar recht schnell. Wenn wir mal davon ausgehen, dass der Zustand der drei in der Mordnacht gleich oder zumindest ähnlich war wie meiner in der letzten Nacht, dann hieße das doch …«

»… dass sie sich irgendwann am nächsten Tag wahrscheinlich auch wieder daran erinnern konnten, was in der Nacht passiert war. Genau wie du. Verdammt.«

»Wenn ich also recht habe, dann hat Wesener uns bezüglich seiner Erinnerungslücke angelogen. Die Frage ist aber, warum? Büttner hat die Frau umgebracht und sich dann selbst erhängt. Warum bestreitet Wesener aber weiterhin, sich an die Nacht erinnern zu können? Und warum hat Leon sich umgebracht? Wenn er sich erinnern konnte, wusste er doch, dass nicht er der Mörder war, sondern Büttner. Verstehst du? Das ergibt keinen Sinn.«

»Also waren die drei doch nicht im gleichen Zustand wie du«, schlussfolgerte Horst.

»Oder es gibt einen Grund für Wesener zu lügen. Und genau da müssen wir ansetzen. Diesen Grund müssen wir finden. Dann wissen wir wahrscheinlich auch, ob und warum Leon sich wirklich umgebracht hat.«

Horst ließ den Kopf sinken und dachte über das nach, was Max gerade gesagt hatte. Und er stellte fest, dass sein ehemaliger Partner gerade wieder zur gewohnten Form auflief. Das machte ihm Hoffnung.

»Also los, lass uns hier verschwinden. Alles andere können wir woanders besprechen.«

Max sammelte die Unterlagen zusammen und legte sie in den Schnellhefter.

»Übrigens hat mich dieser Wagner angerufen, du weißt schon, der Schriftgutachter und Psychologe, und was weiß ich noch alles. Das ist ja vielleicht mal ein seltsamer Vogel.«

»Ja, das ist er. Hast du ein Foto von ihm gesehen?«

»Nein, warum?«

»Schau ihn dir mal im Internet an. Aber egal, wie er aussieht, er macht einen kompetenten Eindruck. Was wollte er?«

»Genau genommen hat er schon zweimal angerufen.« Horst berichtete von den beiden Gesprächen.

»Ich weiß nicht, ob ich ihn angerufen habe. Wie gesagt, noch ist nicht alles wieder da. Das ist sowieso ganz seltsam. Es scheint fast so, dass die Erinnerungen in umgekehrter Reihenfolge zurückkommen. Ich erinnere mich ab dem Moment, als ich in diesem Gebüsch stand. Was vorher passiert ist, weiß ich nicht.«

»Keine Ahnung, was da in deinem Kopf abgelaufen ist. Aber egal, Hauptsache, es kommt alles wieder in Ordnung.«

»Stimmt. Hast du die Möglichkeit, Wagner die Nachrichten zukommen zu lassen?«

»Offiziell nicht.«

»Und inoffiziell?«

»Klar ginge das, aber was soll das bringen?«

»Wagner hat zwar gesagt, es wäre theoretisch möglich, die Handschrift so zu verstellen, dass man sie nicht mehr erkennt. Aber einen Versuch ist es wert. Dabei geht es mir nicht nur darum, ob die Nachrichten von derselben Person geschrieben wurden. Ich wüsste vor allem gern, von wem die erste Nachricht stammt. Ihr habt doch den Zettel, den Büttner hinterlassen hat, als er sich erhängte. Ist die Schrift schon mit der Nachricht an der Wand des ersten Opfers verglichen worden? Und mit anderen handschriftlichen Aufzeichnungen von ihm?«

»Ja. Die Nachricht, die er hinterlassen hat, ist eindeutig von ihm.«

»Okay. Und was ist mit der Schrift an der Wand?«

»Laut unseres Sachverständigen konnte er keine Ähnlichkeiten feststellen.«

»Ist das nicht seltsam? Wenn Büttner angeblich der Mörder war? Wer soll die Nachricht denn dann geschrieben haben? Ich weiß nicht, warum, aber ich traue diesem Wagner zu, dass er uns weiterbringen kann. Lass es uns mal mit ihm versuchen, okay? Gib ihm auch das Gutachten von Büttner.«

»Also gut. Ich rufe ihn an.«

Horst wandte sich ab und klopfte gegen die Zellentür.

»Horst«, rief Max hinter ihm, woraufhin er sich zu ihm umdrehte, »ich glaube, jetzt geht es voran.«

48

Nachdem Max seine persönlichen Gegenstände eingesteckt hatte, erklärte Horst ihm, wo er sein Auto geparkt hatte, gab ihm den Schlüssel und bat ihn, im Wagen ein paar Minuten auf ihn zu warten.

Zu deutlich hatte er noch Keskins Worte im Ohr: *Sie können ihn von mir aus inoffiziell als Berater hinzuziehen*, hatte sie gesagt. *Aber offiziell weiß ich davon nichts!*

Da wäre es keine gute Idee gewesen, Max mit nach oben in den Bereich des KK11 nehmen, wo er Keskin über den Weg laufen konnte. Das sah auch Max ein.

In seinem Büro angekommen, wählte er Wagners Nummer aus der Anrufliste und hatte den Schriftexperten auch gleich am Apparat.

»Das ging ja fix«, begann Wagner das Gespräch, ohne sich mit Namen zu melden. »Ich schätze, der Herr Bischoff hält meinen Vorschlag für eine gute Idee?«

»Geben Sie mir Ihre E-Mail-Adresse, dann schicke ich Ihnen Kopien der Nachrichten. Außerdem noch einen Brief mit den Worten *Leon war es nicht*. Diese Schrift können Sie mit der der Nachrichten vergleichen. Allerdings geschieht das alles inoffiziell, das heißt, ich muss darauf bestehen, dass Sie das vertraulich behandeln.«

»Damit bin ich einverstanden. Wenn ich jedoch nach

wissenschaftlicher Prüfung der Schriftproben zu einem Ergebnis gelange, das für die weitere Ermittlungsarbeit von Bedeutung ist ...«

»Werden Sie natürlich genannt«, vervollständigte Horst den Satz. »Also, wie ist die Mail-Adresse?«

Wagner nannte sie ihm und fügte hinzu: »Seien Sie doch bitte so nett und geben mir Ihre Mobilfunknummer, damit ich Sie erreichen kann, wenn ich Auffälligkeiten finde.«

Horst nannte sie ihm. »Was denken Sie, wie lange Sie brauchen werden?«

»Einen ersten Eindruck werde ich nach wenigen Minuten haben. Die genaue Prüfung dauert etwa einen halben Tag.«

»Gut. Wie schnell können Sie beginnen?«

»Das hängt davon ab, wann Sie die Mail schicken.«

»In zwei Minuten.«

»In drei Minuten.«

»Was?«

»Ich habe Ihre Frage beantwortet, Herr Kriminalhauptkommissar. Wenn Sie mir die E-Mail mit Kopien der Nachrichten in zwei Minuten schicken, brauche ich etwa eine Minute, um sie herunterzuladen und in einem entsprechenden Programm zu öffnen. Das bedeutet, ich kann in etwa drei Minuten beginnen.«

Horst verdrehte die Augen, obwohl er allein im Büro war. »Gut. Ich höre dann von Ihnen.«

»Selbstverständlich.«

Horst lud Kopien der Nachrichten, die der oder die Täter hinterlassen hatten, aus der Datenbank, wo sie von Kollegen der Kriminaltechnik hinterlegt worden waren, und zudem eine Kopie des Zettels, der bei Büttner gefunden worden war. Er hängte alles an eine Mail an und schickte diese dann an die Adresse, die Wagner ihm genannt hatte. Anschließend schaltete er den Monitor aus und verließ sein Büro.

Als er an Katharinas Büro vorbeikam, war die Tür geschlossen. Da sich auf sein Klopfen hin nichts rührte, öffnete er sie und lugte in den Raum. Er war leer, die Deckenlampe war ausgeschaltet, der Schreibtisch wirkte aufgeräumt.

Horst trat ein paar Schritte in den Raum und warf einen Blick hinter den Schreibtisch, wo Katharina normalerweise ihre Tasche abstellte. Der Platz auf dem Boden war ebenfalls leer, der Computermonitor schwarz.

Alles deutete darauf hin, dass Katharina das Büro nicht nur für einen Gang zur Toilette verlassen hatte. Horst überlegte, dass sie vielleicht nach Hause gefahren war, um sich ein wenig hinzulegen. Sie hatte extrem müde ausgesehen, und das, was über sie geredet wurde, hatte sicher seinen Teil dazu beigetragen, dass sie ihre Ruhe haben wollte. Horst schloss die Tür wieder und ging zum Aufzug.

Als er an Max' Auto ankam, saß dieser auf dem Beifahrersitz und war in den Inhalt des Schnellhefters vertieft, den er mitgenommen hatte. Er ging also davon aus, dass Horst fahren würde.

»Sorry, hat ein bisschen gedauert. Ich habe Wagner noch die Kopien der Nachrichten geschickt.«

»Ein gutes Stichwort«, erklärte Max und sah Horst dabei zu, wie er sich anschnallte. »Diese Nachrichten … Wenn Büttner den ersten Mord begangen hat, warum schreibt er dann diese Nachricht?«

»Keine Ahnung. Wir können ihn auch leider nicht mehr fragen.«

»Nehmen wir mal an, Büttner, Leon und Wesener haben ebenso wie ich eine Substanz verabreicht bekommen, auf welchem Wege auch immer, und es handelte sich bei uns allen um das gleiche Zeug. Haben die drei dann auch Stimmen im Kopf gehört, die ihnen etwas befohlen haben?«

»Das kann uns, wenn überhaupt, nur noch Wesener beantworten. Allerdings sehe ich nach dem letzten Gespräch schwarz, dass er das tun …«

Horst zog die Brauen hoch und fischte sein Telefon aus der Tasche.

»Marvin hier! Ich schätze, Sie wissen mittlerweile, wer ich bin?«

»Herr Wagner! Stimmt was nicht? Haben Sie meine Mail noch nicht erhalten?«

»Ganz im Gegenteil – ich wollte Ihnen ein erstes Teilergebnis mitteilen, weil ich das Gefühl habe, dass es vielleicht wichtig für Sie sein könnte.«

»Ein Teilergebnis? Nach zehn Minuten?«

»Nun, manche Dinge sind für den Wissenschaftler so eindeutig, dass er sie auf den ersten Blick erkennt. Warum soll man dann wieder und wieder testen und vergleichen? Wie Sie sicherlich wissen, sagte schon Albert Einstein, dass die Definition von Wahnsinn ist, immer wieder das Gleiche zu tun und andere Ergebnisse zu erwarten.«

»Und … was ist das jetzt für ein Teilergebnis?«

»Der Satz *Leon war es nicht* stammt definitiv von einer anderen Person als die Worte auf der Wand, dem Papierstück und dem menschlichen Rücken.«

»Kein Irrtum möglich?«

»Auf keinen Fall. Wie ich Herrn Bischoff schon erklärte, kann man es vielleicht schaffen, mit gewissen Techniken seine Handschrift so zu verstellen, dass andere denken, es handle sich um zwei verschiedene. Obwohl ich der Überzeugung bin, ich würde trotzdem eine entlarvende Gemeinsamkeit entdecken. Unmöglich ist es hingegen, dass derselbe Mensch in zwei Schriftproben etwas einbaut, das auf zwei vollkommen unterschiedliche Charaktere hindeutet.«

»Ach ... okay«, stammelte Horst, während er versuchte, Wagners Ausführungen zu folgen.

»Genau das ist bei der Botschaft auf der Wand und der Schrift, mit der *Leon war es nicht* verfasst wurde, der Fall. Definitiv extrem unterschiedliche Charaktermerkmale. Der handschriftliche Zettel deutet auf einen zurückhaltenden, vielleicht sogar ein wenig verschlossenen Menschen hin, während ich an der Schrift von der Wand deutliche Zeichen für einen willensstarken und entschlossenen, womöglich sogar unduldsamen Menschen erkenne.«

»Dann erst einmal vielen Dank.«

»Ich melde mich, sobald ich meine Untersuchungen abgeschlossen habe. Ciao!«

Horst ließ die Hand mit dem Telefon sinken und erzählte Max, was er gerade von Wagner gehört hatte, woraufhin der nachdenklich nickte. »Okay, das bestätigt also die Meinung eures Gutachters. Und damit können wir festhalten: Entweder hat Büttner den ersten Mord nicht begangen, oder jemand anderes hat die Nachricht an die Wand geschrieben.«

»Da Büttner aber gegenüber Katharina von Schuld gesprochen und sich umgebracht hat, ist die Wahrscheinlichkeit recht hoch, dass er die Frau tatsächlich getötet hat. Womit wir dann wieder bei der Stimme wären, die du gehört hast. Vielleicht hat auch ihm jemand befohlen: *Nimm sie dir*? Vielleicht war eine dritte Person anwesend?«

Max schüttelte den Kopf. »Grundsätzlich hast du recht, aber wenn meine neugewonnene Erinnerungsfähigkeit mich nicht völlig im Stich lässt, hat die Stimme nicht so geklungen, als käme sie von irgendwo neben oder hinter mir. Ich habe sie direkt in meinem Kopf gehört, so, wie es bei Wahnvorstellungen sein muss.«

»Und was schließt du daraus?«

Max zuckte mit den Schultern. »Dass wir eine Schriftprobe von Niklas Wesener brauchen. Lass uns fahren.«

»Zu dir?«

»Nein! Zur Heinrich-Heine-Universität. Psychologische Fakultät.«

Für einen Moment war Horst überrascht von Max' Idee, zur Universität zu fahren, dann riss er die Augen auf. »Klausuren!«

»Zum Beispiel. Aber bevor wir Staub aufwirbeln, indem wir einen seiner Professoren nach Klausuren von Wesener fragen, sollten wir es bei Kommilitonen versuchen. Irgendjemand hat vielleicht etwas, das Wesener von Hand geschrieben hat. In welchem Semester studiert Wesener überhaupt?«

»Im dritten, wenn ich mich recht entsinne.«

»Wie Leon«, stellte Max fest. »Nur in einem anderen Fachbereich. Ich hoffe, wir finden etwas.«

Als sie sich durchgefragt hatten und durch die Mathematisch-Naturwissenschaftliche Fakultät der Heinrich-Heine-Universität gingen, in der das Institut für Experimentelle Psychologie angesiedelt war, schien niemand von ihnen Notiz zu nehmen, was letztendlich auch kein Wunder war bei der Masse an Menschen, die tagtäglich durch die Gebäude liefen.

Nach einer Weile hatten sie das Sekretariat gefunden, wo an einer großen Pinnwand auf dem Flur neben vielen privaten Zetteln in einem Glaskasten die Vorlesungspläne aushingen.

Während Max die Pläne studierte, betrachtete Horst die Aushänge, bei denen es sich hauptsächlich um Zimmergesuche oder -vermietungen handelte. Hier und da wurden Fahrräder oder Computer zum Kauf angeboten.

Am unteren Rand entdeckte Horst einen A5-großen Zettel, den er zweimal konzentriert lesen musste, bevor er glauben konnte, dass sie ein so unfassbares Glück hatten.

Der handgeschriebene Text lautete: *Suche Kommilitonen oder Kommilitoninnen im dritten Semester für ein gemeinsames psychologisches Projekt in der vorlesungsfreien Zeit.*

Dann folgten die Telefonnummer und der Name: *Niklas Wesener.*

»Ich werd verrückt!«, stieß Horst aus und boxte Max in die Seite. »Schau dir das mal an.«

Nachdem Max den Text gelesen hatte, nahm er den Zettel, ohne zu zögern, von der Pinnwand ab und steckte ihn in die Tasche. »Herr Wesener hat seine Projektmitarbeiter soeben gefunden. Gehen wir.«

Als sie sich umdrehten, bemerkte Horst eine junge Frau,

die sie offenbar die ganze Zeit über beobachtet hatte und die nun, als Horst sie direkt ansah, schnell den Blick senkte.

»Ist das nicht irre?«, sagte Horst, während sie zum Auto zurückgingen. Er konnte immer noch nicht glauben, dass sie so ein Riesenglück hatten.

»Das kann man nicht anders sagen. Aber bei dem Pech, das uns bisher in diesem Fall verfolgt, darf auch mal etwas zu unseren Gunsten laufen, finde ich.«

»Das stimmt«, bestätigte Horst und zog sein Telefon aus der Tasche.

Max sah ihn neugierig an. »Wen rufst du an?«

»Wagner natürlich, und ich bin höllisch gespannt, was dieser seltsame Vogel herausfinden wird.«

Wagner zeigte sich hocherfreut, eine Vergleichsprobe zu bekommen, und als Horst ihm zusicherte, den Zettel sofort abzufotografieren und ihm per Mail zuzuschicken, sobald sie im Auto saßen, kommentierte Wagner das mit: »Exzellente Arbeit, Herr Kriminalhauptkommissar.«

»Hast du dir eigentlich mittlerweile ein Foto von ihm angesehen?«, erkundigte sich Max, nachdem Horst das Telefon vom Ohr genommen hatte.

»Nein.«

»Solltest du aber. Er wird dir gefallen.«

MAX

49

Nachdem sie in den Wagen eingestiegen waren, machte Böhmer ein Foto von Weseners Zettel und versendete es per Mail. Anschließend tippte er noch ein paarmal auf dem Display des Smartphones herum, bis er schließlich die Augen aufriss und ausstieß: »Ach du Scheiße! Was ist das denn für ein Vogel?«

Offensichtlich hatte er ein Foto von Dr. Marvin Wagner gefunden.

»Es ist egal, wie er aussieht, er scheint seinen Job nicht nur zu beherrschen, sondern auch zu lieben.«

Böhmer ließ das Telefon in der Manteltasche verschwinden und startete den Motor. »Ich bin gespannt.«

»Tust du mir den Gefallen und bringst mich nach Hause? Ich brauche eine Stunde für mich.«

»Sicher. Aber wäre es nicht sinnvoller, du setzt mich am Präsidium ab? Dann kannst du dein Auto mitnehmen.«

»Ja, okay. Machen wir es so.«

Während Böhmer den Wagen vom Parkplatz lenkte, grübelte Max zum x-ten Mal darüber nach, was in der vergangenen Nacht mit ihm geschehen war. Er dachte auch an das seltsame Erlebnis in der Nacht davor, als er glaubte, eine Gestalt mit rot glühenden Augen an seinem Bett gesehen zu haben. Gab es da einen Zusammenhang? Erst dieser verrückte Traum, dann der vollkommene Aussetzer. Und die Stimme ... Sie war bei den Ereignissen der vergangenen Nacht ein weiteres großes Mysterium. Hatte sein Kopf sie ihm aufgrund irgendeiner geheimnisvollen Substanz vorgegaukelt, oder war sie tatsächlich da gewesen? Und hatten Leon, Büttner und Wesener ein ähnliches Erlebnis gehabt? Eher nicht, sonst hätte einer von ihnen es sicherlich erwähnt.

Unabhängig davon, was Wagner bezüglich der Schriftproben herausfinden würde, mussten sie sich auf jeden Fall noch mal mit Wesener unterhalten. Es gab noch viele offene Fragen.

Max hoffte, sie schafften es, dass der Psychologiestudent sich freiwillig auf ein weiteres Gespräch mit ihnen einließ, und zwar im besten Fall ohne seinen Anwalt.

»Falls Wagner keine Übereinstimmung bei den Handschriften feststellen kann, sollten wir Wesener mit der Tatsache konfrontieren, dass wir wissen, dass er gelogen hat«, schlug Böhmer vor, als hätte er Max' Gedanken gelesen.

»Aber ist das denn nicht noch ein Grund für ihn, wenn überhaupt, nur in Anwesenheit seines Anwalts mit uns zu reden?«

»Na und?«, fuhr Böhmer auf. »Diesem aufgeblasenen Schnösel trete ich auch im Beisein seines Anwalts in seinen Studentenhintern.«

Das dumpfe Läuten von Max' Smartphone drang aus der Innentasche seiner Jacke. Während Böhmer noch im Büro gewesen war, um die Mail an Wagner zu senden, hatte Max mit Kirsten telefoniert und sie darüber informiert, dass er sich wieder auf freiem Fuß befand. Er ging davon aus, dass sie noch einmal anrief, doch nicht ihr Name wurde auf dem Display angezeigt, sondern der von Professor Bormann.

»Herr Professor!«, begrüßte Max ihn überrascht.

»Max, Gott sei Dank. Nachdem Ihr ehemaliger Kollege Böhmer gestern Abend bei mir war und nach Ihnen gesucht hat, habe ich mir große Sorgen gemacht. Ist bei Ihnen alles in Ordnung?«

»Ja, ich … ich hatte eine seltsame Nacht. Ich bin mir selbst noch nicht im Klaren darüber, was geschehen ist.«

»Ich verstehe nicht …«

»Das jetzt am Telefon zu erklären ist zu kompliziert. Ich werde zusehen, dass ich im Laufe des Tages bei Ihnen reinschaue, wenn es Ihnen recht ist.«

»Ja, sicher, ich bin zu Hause. Geht es Ihnen denn gut?«

»Ja, im Großen und Ganzen schon. Wie gesagt, ich weiß noch nicht, was letzte Nacht tatsächlich los war. Ich melde mich, okay?«

»Ja, tun Sie das bitte.«

Max steckte das Telefon weg. »Du warst gestern Abend bei Bormann?«

»Ja, ich habe dich gesucht und dachte, er hätte vielleicht eine Idee, wo du sein könntest. Dieser Dr. Kilian war auch da.«

»Bormann scheint große Stücke auf ihn zu halten. Ich für meinen Teil kann das nicht behaupten.«

Böhmer stieß ein kurzes Lachen aus. »Ein bisschen eigen ist er, das stimmt, aber ich glaube, er steht sich nur selbst im Weg und ist im Grunde kein schlechter Kerl.«

»Ein Psychiater, der sich selbst im Weg steht … das kann man sich auch nicht ausdenken.«

Zwanzig Minuten später hielt Böhmer vor dem Polizeipräsidium an und stieg aus. Auch Max verließ das Auto und umrundete es, um auf der Fahrerseite wieder einzusteigen. »Meldest du dich?«, fragte Böhmer.

»Ja, ich brauche nur ein wenig Ruhe, um nachzudenken.« Böhmer legte ihm die Hand auf die Schulter. »Nimm dir so viel Zeit wie nötig, mein Freund.«

Eine Weile sahen sie sich an, dann konnte Max sich trotz der angespannten Situation ein Grinsen nicht verkneifen. »Das ist das erste Mal, dass du mich nicht *Herr Professor*, *Herr Superschlau* oder *Herr Besserwisser*, sondern *Freund* nennst.«

Für einen Moment hatte Max das Gefühl, Böhmer wolle etwas dazu sagen. Mehr noch, er glaubte zu sehen, dass die Augen seines Exkollegen feucht glänzten. Aber Böhmer zog die Mundwinkel nach unten und sagte: »Klugscheißer.« Dann wandte er sich ab und lief auf das Präsidium zu.

Als Max seine Wohnung betrat, ging er auf direktem Weg ins Wohnzimmer und blieb am Eingang stehen. Er betrachtete die zerwühlte Decke auf der Couch und die beiden sandfarbenen Zierkissen, die auf dem Boden lagen. Dort war er am Morgen aufgewacht oder besser: zu sich gekommen. Vollkommen orientierungslos, mit höllischen Kopfschmerzen und ohne eine Vorstellung davon, was in den Stunden zuvor geschehen war.

Er ging zur Couch, raffte die Decke zusammen und stockte.

Die Couch sah seltsam aus. Das mittlere der trapezförmigen Polsterkissen, die die Sitzfläche bildeten, lag um hundertachtzig Grad verdreht, so dass zu beiden Seiten Lücken zu den anderen Kissen entstanden waren. Das war eigenartig, denn warum sollte er eines der Polster hochheben und es dann falsch herum wieder einsetzen? Zumal die Sitzflächen recht dick und damit sehr unhandlich waren.

Kopfschüttelnd legte er die Decke zusammen und platzierte sie auf einer Seite der Couch. Dann wandte er sich ab und ging ins Schlafzimmer, um sich auszuziehen. Er hatte das dringende Bedürfnis nach einer heißen Dusche. Danach wollte er versuchen, aus dem Chaos an Puzzleteilchen, aus dem dieser Fall bestand, irgendwie schlau zu werden und herauszufinden, welche Rolle er in diesem Durcheinander spielte.

Gleich beim Betreten des Schlafzimmers entdeckte er die nächste Merkwürdigkeit: Das Bett war zwar gemacht, aber anders, als er es immer tat. Max war sicher kein Pedant, doch im Lauf der Zeit hatte er es sich angewöhnt, die Bettdecke an beiden Längsseiten ein gutes Stück weit einzuschlagen. Er hatte das Jahre zuvor in einem Hotel gesehen, und es hatte ihm gefallen.

Nun war die Decke einfach in der Mitte gefaltet und glatt gestrichen worden. Ein umgedrehtes Sitzpolster auf der Couch hätte er vielleicht noch damit erklären können, dass er es im umnebelten Zustand der vergangenen Nacht weggeschoben und dann falsch herum wieder hingelegt hatte. Aber das Bett, in dem er seines Wissens in der letzten Nacht gar nicht geschlafen hatte …

Und selbst wenn er im Bett geschlafen hätte und sich lediglich nicht mehr daran erinnern konnte – hätte er sich in diesem Zustand die Mühe gemacht, die Decke auf diese seltsame Art zusammenzulegen und glatt zu streichen?

Mit einem mulmigen Gefühl verließ Max das Schlafzimmer und ging zur Haustür, öffnete sie und hockte sich draußen hin, um das Schloss von außen zu überprüfen. Natürlich gab es einige Kratzspuren darauf, aber die konnten allesamt vom Wohnungsschlüssel stammen, der nicht immer auf Anhieb an der richtigen Stelle landete.

Max schalt sich einen Narren, weil er bereits seit Monaten vorhatte, mit dem Vermieter darüber zu sprechen, das einfache Zylinderschloss gegen ein Sicherheitsschloss austauschen zu lassen.

Er richtete sich auf und zog die Tür wieder hinter sich zu.

Entweder hatte er sich in der letzten Nacht noch viel seltsamer verhalten, als er bisher glaubte, oder aber der Zustand der Couch und der Bettdecke deuteten darauf hin, dass jemand in seiner Wohnung gewesen war.

50

Während Max zurück ins Schlafzimmer ging, dachte er an die bizarre Gestalt mit den rot glühenden Augen, die er zwei Nächte zuvor vor seinem Bett gesehen hatte. Was, wenn das gar kein Traum gewesen war? Nein, es konnte sich nur um einen Albtraum gehandelt haben.

Auch unter der Dusche ließen ihn die Gedanken daran, dass jemand in seiner Wohnung gewesen war, nicht mehr los. Er könnte Böhmer anrufen und ihn bitten, zwei Kollegen von der KTU zu ihm zu schicken, die seine Wohnung auf Spuren absuchten, aber zum einen wollte er nicht, dass in dieser Situation seine Wohnung auf den Kopf gestellt wurde, und zum anderen hielt er es für unwahrscheinlich, dass die Spezialisten fündig wurden. Wenn es einen Einbrecher gegeben hatte, dann hatte der wahrscheinlich Handschuhe getragen. Außerdem bestand immer noch die Möglichkeit, dass er selbst für das falsch eingesetzte Sitzpolster und die untypisch zusammengelegte Bettdecke verantwortlich war.

Nachdem er in frische Kleidung geschlüpft war, setzte Max sich an den Esstisch und klappte sein Laptop auf. Er öffnete das Textverarbeitungsprogramm, lehnte sich dann aber zurück.

Eine junge Frau war in ihrem Bett mit unzähligen Messerstichen ermordet worden. Viele davon sehr tief und mit großer Kraft ausgeführt. Der Täter musste wie im Rausch auf die Frau eingestochen haben, bevor er ihr beide Daumen abgeschnitten und an der Wand eine Nachricht an die Polizei hinterlassen hatte.

Der Täter sollte angeblich ein junger Student sein, der sich am nächsten Tag an nichts mehr erinnern konnte. Ebenso wie sein Freund, der auch am Tatort oder zumindest in der Nähe gewesen war, wie Augenzeugen berichteten.

Beide waren mittlerweile tot, beide hatten sich selbst umgebracht. Einer, weil er beschuldigt wurde, den Mord begangen zu haben, der andere, weil er am Morgen blutbefleckt aufgewacht war und davon ausging, dass er es war, der die Frau getötet hatte. Und dann gab es noch Niklas Wesener, der an dem fragwürdigen Abend mit Jens Büttner und Leon Kehler zusammen gewesen war, angeblich jedoch nichts mit alledem zu tun hatte. Der aber von Büttner wusste, dass dieser sich selbst für den Mörder hielt.

Lediglich der Vierte im Bunde, Axel Kramp, hatte in besagter Nacht in seinem Bett gelegen und geschlafen.

Und dann die beiden weiteren Morde. Konnte es sein, dass Büttner auch diese begangen hatte?

Max schüttelte über sich selbst den Kopf. Warum hatten weder er noch Böhmer daran gedacht, Büttner nach seinem Alibi für die Tatzeiten zu fragen, als sie sich kurz vor seinem Suizid mit ihm unterhalten hatten?

Max beugte sich vor, legte die Finger auf die Tastatur und schrieb: *Büttners Schwester und Schwager nach Alibi fragen.*

Dann lehnte er sich wieder zurück und schloss die Augen.

Eine Frau wird mit unzähligen Messerstichen getötet.

Danach ein Mann mittleren Alters durch Schläge mit einem stumpfen Gegenstand, und schließlich eine alte Frau, die erhängt wird, nachdem ihr mit Faustschlägen das Gesicht zertrümmert und dann der Kopf kahl geschoren wurde.

Vollkommen unterschiedliche Arten, die Opfer zu töten, eine Opferstruktur, wie sie gegensätzlicher nicht sein kann. Und dennoch gibt es eine Gemeinsamkeit: Die Nachrichten an die Polizei.

Das ist der Anfang. Ihr fasst mich nicht. – an der Schlafzimmerwand des ersten Opfers.

Es geht weiter. Ihr fasst mich nicht. – auf einem Zettel im Rektum des zweiten Opfers.

Ihr fasst mich nicht. Und ich mache noch lange weiter. – auf dem Rücken des dritten Opfers.

Es hat den Anschein, als legte der Täter es darauf an, kein Muster erkennen zu lassen. Als spielte er ein Spiel mit der Polizei, bei dem er selbst die Regeln festlegt.

Wie passen die Studenten in dieses Bild? Gar nicht. So wie nichts in diesem Fall zusammenpasst. Und was, zum Teufel, hatte er, Max, mit dieser ganzen Sache zu tun?

Max öffnete die Augen und schlug mit der flachen Hand auf den Tisch. Die Hilflosigkeit, die sich erneut in ihm ausbreitete, machte ihn verrückt. Er griff zu seinem Telefon und rief Böhmer an. »Bist du noch im Präsidium?«

»Ja«, antwortete Böhmer überrascht. »Ich dachte, du brauchst eine Weile für dich? Das ist noch keine Stunde her.«

»Kannst du mal bei Büttners Schwester nachfragen, ob ihr Bruder während des zweiten und dritten Mordes bei ihr und ihrem Mann zu Hause war?«

»Du wirst es nicht glauben, aber das habe ich gerade eben getan. Verblüffend, oder, wie ähnlich sich unsere Gedanken sind! Ich hatte Büttners Schwager am Telefon. Er hat bestätigt, dass Büttner in der Nacht, in der der Buchhändler erschlagen wurde, in ihrem Haus geschlafen hat. Zur Tatzeit des Mordes an der alten Frau waren sie sogar mit ihm zusammen zum Einkaufen gefahren.«

»Das habe ich mir fast gedacht. Wäre auch zu einfach gewesen.«

»Und, bist du schon ein Stück weitergekommen, was die letzte Nacht betrifft?«

»Nicht viel, aber ich habe etwas Merkwürdiges in meiner Wohnung entdeckt.« Max erzählte Böhmer von dem Sitzpolster und der Bettdecke.

»Hm ... seltsam. Und du glaubst nicht, dass du das selbst warst?«

»Überleg doch mal. Ich stand völlig neben mir und habe irgendwelche Stimmen gehört. Denkst du, ich lege mich ins Bett, stehe irgendwann wieder auf, falte die Decke fein säuberlich, wechsle dann auf die Couch und wache am Morgen dort auf? Davon abgesehen, dass ich ja wohl einen großen Teil der Nacht irgendwo in der Stadt herumgelaufen bin.«

»Wirklich sehr eigenartig. Ich frage mich, was jemand in deiner Wohnung wollte?«

»Tja, wenn ich das wüsste, wären wir ein Stück weiter.«

»Sonst ist dir nichts aufgefallen?«

»Nein, bisher noch nicht. Hat sich Wagner schon gemeldet?«

»Nein.«

»Okay. Ruf mich gleich an, wenn er etwas herausgefunden hat. Falls es Ähnlichkeiten in den Schriften gibt, werden wir uns Wesener vorknöpfen. Denkst du, du kannst in diesem Fall einen Durchsuchungsbeschluss für seine Wohnung bekommen?«

»Aufgrund der Aussage eines Schriftgutachters, der nicht offiziell von uns beauftragt wurde? Das halte ich für höchst unwahrscheinlich.«

»Ja, du hast recht. Aber du kannst es zumindest versuchen. Sonst müssen wir uns was einfallen lassen.«

»Wir werden sehen. Ich melde mich«, versprach Böhmer und legte auf. Es dauerte nur ein paar Minuten, da rief er schon wieder an. »Wagner hat mich gerade kontaktiert«, erklärte er und konnte dabei eine gewisse Aufregung nicht verbergen.

»Er ist sicher, dass zumindest die erste Nachricht von Niklas Wesener geschrieben worden ist. Und die anderen beiden wahrscheinlich auch.«

Max spürte, wie sein Puls zu rasen begann. »Endlich!«, stieß er aus. »Endlich kommen wir weiter. Wir müssen sofort zu ihm.«

»Komm zum Präsidium, ich werde mit der Keskin reden. Vielleicht kann sie ja doch einen Durchsuchungsbeschluss für Weseners Wohnung erhalten.«

»Ich bin in zwanzig Minuten da«, sagte Max und legte auf.

Keine fünf Minuten später saß er in seinem Wagen und bog von der seitlichen Einfahrt in die Straße ein.

Falls Wagner recht behalten sollte – und Max glaubte, dass das so sein würde –, hatte entweder Niklas Wesener die Nachricht geschrieben, nachdem Jens Büttner die Frau getötet hatte, oder sein Gefühl hatte Max nicht getäuscht, und nicht Büttner hatte den ersten Mord begangen, sondern Wesener. Den ersten, und vielleicht auch die beiden anderen Morde. Dennoch warf diese Erkenntnis neue Fragen auf. Warum hatte Wesener diese Nachrichten hinterlassen? Glaubte er tatsächlich, er sei schlauer als die Polizei? Und wie hatte er es hinbekommen, Büttner davon zu überzeugen, er habe den Mord begangen? War er es gewesen, der Büttner und Kehler Drogen in ihre Getränke gemischt hatte, um sie zum Tatort zu locken und die Schuld auf sie zu lenken? Aber warum das alles? Warum die Morde? Welches Motiv konnte ein junger, aus wohlhabendem Hause stammender Psychologiestudent haben, drei Menschen derart bestialisch umzubringen? Max dachte daran, wie die alte Frau zugerichtet worden war, und spürte eine unbändige Wut in sich aufsteigen.

Genau solche Brutalität war der Grund gewesen, warum er schon als Jugendlicher zur Polizei gewollt hatte. Um unschuldige Menschen wie diese alte Frau vor Bestien wie ihren Mörder zu beschützen. Max schob diese Gedanken beiseite, denn sie würden zwangsläufig wieder zu der Frage führen, ob es richtig gewesen war, den Polizeidienst zu quittieren.

Kurz bevor er das Präsidium erreicht hatte, rief Böhmer wieder an und teilte ihm mit, dass er auf dem Parkplatz auf ihn warte.

Als Böhmer wenig später einstieg, sah Max ihm ungeduldig entgegen. »Was ist mit dem Durchsuchungsbeschluss?«

»Noch nichts, aber immerhin will die Keskin es versuchen.« Böhmer deutete nach vorn. »Also los.«

51

Als sie vor dem dreigeschossigen Gebäude in Wersten aus dem Auto ausstiegen, betrachtete Böhmer die noch neu aussehende, edle Fassade. Max bemerkte seinen Blick und fragte sich erneut, welches Motiv Wesener haben konnte. Falls er es tatsächlich gewesen war.

Böhmer zog sein Telefon aus der Manteltasche und tippte auf das Display. Max hatte nicht gehört, dass es geläutet hatte.

»Ja? ... Sehr gut ... ja ... ja, ich weiß, wer sein Vater ist ... na und? Soll er. Wenn der Schnösel Dreck am Stecken hat, kann sein Vater veranstalten, was er möchte, es wird ... Jajaja.«

Mit einer wütenden Bewegung steckte Böhmer das Telefon ein und ging auf die Haustür zu. Max folgte ihm.

»Wir bekommen den Durchsuchungsbeschluss. Die Keskin schickt ihn mir gleich aufs Handy.«

»Das ist doch super. Und warum bist du so sauer?«

»Weil meine Chefin sich vor Angst vor diesem Anwaltsfuzzi in die Hosen macht. Ich soll den Herrn Wesener junior mit Samthandschuhen anfassen. Einen potenziellen Mörder! Und das nur, weil sein Alter ein reicher Anwalt ist. Ich kann gar nicht so viel essen, wie ich bei dieser Einstellung kotzen möchte.«

»Sie ist einfach vorsichtig, weil ihr klar ist, wie schnell ein guter Anwalt der Polizei irgendwelche Fehler bei der Ausübung des Dienstes anhängen kann. Du weißt doch, dass manche Richterinnen und Richter nur zu gern bereit sind, den Ermittlern eins reinzuwürgen und die Täter wegen irgendwelcher Verfahrensfehler laufen zu lassen. Ich denke, das ist genau das, was sie vermeiden möchte.«

»Dafür, dass sie dich schon ganz schön runtergebuttert hat, hältst du der guten Frau Keskin aber beachtlich treu die Stange.«

Max deutete zur Haustür. »Also los. Bin gespannt, ob er zu Hause ist.«

Als Böhmer den Klingelknopf drückte, fügte er hinzu: »Es könnte gut sein, dass er in der Uni …«

»Ja?«, wurde er von der krächzenden Stimme aus dem kleinen Lautsprecher unterbrochen.

»Böhmer hier. Herr Wesener, ich würde mich gern noch mal mit Ihnen unterhalten.«

Max rechnete fest damit, dass Wesener ihnen in seiner überheblichen Art empfahl, sie sollten verschwinden. Umso überraschter war er, als Wesener sagte: »Kommen Sie rauf.«

Doch damit waren die Überraschungen noch nicht vorbei. Als sie vor Weseners Wohnung aus dem Aufzug stiegen, war die Tür schon geöffnet. Doch es war nicht Wesener, der über die Sprechanlage mit ihnen gesprochen hatte und jetzt auf sie wartete, sondern Johannes Debusmann, sein Anwalt.

Als er sah, dass Böhmer von Max begleitet wurde, schob sich kurz eine Augenbraue nach oben, doch dann nickte er

Böhmer zu: »Guten Tag. Kommen Sie herein.« Und an Max gewandt: »Sie können ebenfalls reinkommen.«

»Ich bekomme jeden Moment einen Durchsuchungsbeschluss für die Wohnung von Herrn Wesener aufs Handy«, erklärte Böhmer und zog sein Smartphone aus der Tasche, doch Debusmann schüttelte den Kopf. »Ich denke, der wird nicht nötig sein.«

Böhmer tauschte einen schnellen Blick mit Max, dann betrat er die Wohnung.

Im Wohnzimmer stand ein Mann Mitte fünfzig mit kurzen, eisgrauen Haaren im dunkelgrauen Anzug neben Niklas Wesener, der wie ein Häufchen Elend auf der Couch saß und die Ankömmlinge nicht einmal ansah.

Noch bevor der Mann sich vorstellen konnte, wusste Max, um wen es sich handelte.

»Dr. Richard Wesener. Ich bin Niklas' Vater.«

»Böhmer, Kripo Düsseldorf«, sagte Böhmer und deutete auf Max. »Das ist mein ehemaliger Kollege Bischoff. Er steht uns als Berater zur Seite.«

»Wie auch immer«, tat Wesener senior Böhmers Erklärung ab und deutete auf seinen Sohn. »Ich nehme an, Sie sind wegen Niklas hier.«

»Ja, ich bekomme jeden Moment einen Durchsuchungsbeschluss für diese Wohnung. Ich würde mich gern noch einmal mit Ihrem Sohn unterhalten.«

»Warum?«

»Es gibt neue Verdachtsmomente zum Mord an der jungen Frau, zu dem sich Jens Büttner bekannt hat, bevor er sich erhängte. Diese Verdachtsmomente richten sich gegen Ihren Sohn.«

»Und worauf gründen diese Verdachtsmomente?«, fragte Dr. Wesener in einem Ton, als wollte er wissen, welches Wetter für den nächsten Tag erwartet wurde.

»Sie gründen auf dem Ergebnis eines Schriftgutachtens nach Prüfung einer Handschriftenprobe Ihres Sohnes. Der Gutachter ist zu der Auffassung gekommen, dass die Botschaft, die wir an der Schlafzimmerwand des ersten Mordopfers gefunden haben, von Ihrem Sohn geschrieben worden ist.«

»Das mag stimmen«, entgegnete Dr. Wesener und sorgte damit dafür, dass Böhmer einen Moment irritiert innehielt, bevor er sagte: »Er gibt den Mord zu?«

Nach einem langen Blick auf seinen Sohn, der noch immer mit blassem Gesicht vor sich hinstarrte, schüttelte Wesener den Kopf und erwiderte: »Nein.«

52

Max hob eine Hand. »Moment ... Sie räumen ein, dass Ihr Sohn die Botschaft am Tatort geschrieben hat, aber er gibt den Mord an der Frau nicht zu?«

Wesener senior nickte. »Genau. Auch wenn Sie hier keine Fragen zu stellen haben.«

»Aber *ich* habe Fragen zu stellen«, knurrte Böhmer und wandte sich an Niklas Wesener. »Herr Wesener, vielleicht möchten Sie sich selbst mal dazu äußern?«

»Nein, das möchte er nicht«, fuhr erneut Niklas' Vater dazwischen. »Er macht von seinem Aussageverweigerungsrecht Gebrauch und ...«

Niklas Wesener sprang so unvermittelt auf, dass Max zusammenfuhr. »Verdammt nochmal!«, schrie er, plötzlich hochrot im Gesicht, in Richtung seines Vaters. »Ich bin im Raum, falls du es nicht bemerkt hast. Und ich möchte etwas dazu sagen. Ich halte das alles nicht mehr aus.«

»Sei still«, fuhr Dr. Wesener seinen Sohn an.

»Nein, das werde ich nicht sein. Nicht mehr. Zwei meiner Freunde sind bereits tot, weil ich auf dich gehört und nichts gesagt habe. Jetzt ist Schluss damit.« Er sah von Böhmer zu Max.

»Ich war es. Ich habe die Frau getötet. Genauso wie ...«

Wesener machte einen schnellen Schritt auf seinen Sohn

zu und packte ihn an den Oberarmen. »Du sollst, verdammt nochmal, den Mund halten. Weißt du, was du da tust? Was du *mir* damit antust? Mein Sohn ist kein Mörder.«

»Genauso wie auch den Buchhändler und die alte Frau«, fuhr Niklas Wesener unbeeindruckt fort, woraufhin Wesener senior seinen Sohn losließ und kopfschüttelnd in den Sessel neben ihm sank.

»Aber ich konnte nichts dafür. Ich habe das nicht gewollt und war in den Momenten, als ich diese Menschen umgebracht habe, nicht Herr über das, was ich tat.« Sein Blick richtete sich zu Boden. »Ich hatte Halluzinationen. Da war diese furchtbare Gestalt mit roten Augen«, fuhr er leise fort. »Und eine Stimme. Sie hat mir befohlen, was ich tun sollte. Verstehen Sie? Die Stimme *befahl* mir, diese Menschen umzubringen, und ich musste ihr gehorchen. Ich konnte nichts dagegen tun. Ich … ich denke, ich bin krank.«

»Eine Gestalt?«, hakte Max sofort nach. »Mit roten Augen?«

»Ja. Wie ein Monster aus einem Albtraum.«

»Wann haben Sie diese Gestalt gesehen?«

»Ich weiß es nicht mehr. Ich weiß nur noch, dass sie ein paarmal aufgetaucht ist. Ich habe Angst gehabt wie noch nie zuvor in meinem Leben.«

»Wie oft genau?«

»Ich weiß es wirklich nicht. Ich glaube, jedes Mal, bevor ich … Sie wissen schon.«

Max tauschte einen Blick mit Böhmer, bevor der sich wieder an Niklas Wesener wandte. »Hat diese Stimme Ihnen auch befohlen, dem ersten Opfer die Daumen abzuschneiden?«

»Ja. Ich schwöre, ich würde so etwas Schreckliches niemals von mir aus tun.«

»Wir haben einen der Daumen in Jens Büttners Wohnung gefunden. Haben Sie ihn dort platziert?«

Auf Niklas Weseners Stirn zeigten sich Falten. »Nein, ich ... ich erinnere mich, dass ich die Daumen ... Ich habe sie abgeschnitten, obwohl sich alles in mir dagegen gewehrt hat. Es war ein ... unheimlicher Zwang. Aber was danach damit geschehen ist, das weiß ich nicht.«

»War jemand mit Ihnen zusammen an den Tatorten?«

»Niklas«, schaltete sich nun auch sein Rechtsanwalt ein. Anders als zuvor Wesener senior versuchte er es allerdings mit ruhiger Stimme. »Du solltest jetzt wirklich nichts mehr sagen. Vielleicht war ja wirklich jemand anderes dabei. Jemand, der diese Menschen ...«

»Nein!« Niklas Wesener ignorierte den Rat. »Da war niemand außer mir. Die Stimme war direkt in meinem Kopf. Sie hatte mich völlig unter Kontrolle.«

»Aber was war mit Jens Büttner? War er dabei?«

»Das weiß ich nicht.«

»Aber Sie haben ausgesagt, er sei am Morgen nach dem ersten Mord blutverschmiert aufgewacht.«

Niklas Wesener zuckte mit den Schultern. »Ja. Zumindest hat Jens das berichtet.«

»Also war er offenbar zumindest am Tatort«, stellte Böhmer fest. »Wie können Sie dann so sicher sein, dass *Sie* die Frau umgebracht haben? Obwohl Sie am nächsten Morgen nichts mehr von besagter Nacht wussten.«

»Das war nur anfangs so. Schon nach ein paar Stunden konnte ich mich verschwommen daran erinnern, was geschehen war. Auch daran, wie ich mit dem Messer ...« Er schluckte mehrmals. »Ich weiß, dass ich es getan habe.«

»Was ich nicht verstehe«, schaltete sich Max ein. »Nehmen wir einmal an, jemand hat Ihnen dreien etwas verabreicht, das zu dem Zustand führte, den Sie gerade beschrieben haben. Wenn Sie sich am nächsten Morgen nach wenigen Stunden wieder an die Geschehnisse erinnern konnten, hätte das bei Jens Büttner doch genauso passieren müssen. Was aber bedeutet, er hätte dann gewusst, dass er nicht der Mörder dieser Frau war.«

»Ich kann es mir doch auch nicht erklären. Jens sagte jedenfalls, dass er sich an nichts von dem erinnern kann, was in dieser Nacht passiert ist.«

»Dann wussten Sie also die ganze Zeit, dass Jens Büttner nicht der Mörder der Frau war«, stellte Max fest.

»Ja.« Die Bestätigung kam ohne Zögern, aber sehr leise.

»Und trotzdem haben Sie ihn in dem Glauben gelassen, er sei der Täter, was letztendlich dazu führte, dass er sich umgebracht hat.«

»Ja.«

»Was für eine Scheiße«, stellte Böhmer knurrend fest.

Wesener senior erhob sich schnaubend aus dem Sessel, warf einen langen Blick auf seinen Sohn und sagte: »Du bist ein Idiot.« Dann verließ er kopfschüttelnd das Apartment.

Als die Wohnungstür hinter ihm ins Schloss gefallen war, wandte Niklas Wesener sich wieder an Böhmer. »Sie müssen mir glauben, dass ich nicht verantwortlich bin für diese Dinge, die ich getan habe.« Sein Blick wanderte weiter zu Max. »Diese Stimme ... ich weiß nicht, wo sie herkommt und warum ich sie höre, aber wenn sie zu mir spricht, kann ich nicht anders, als das zu tun, was sie verlangt.«

Ich weiß, hätte Max gern geantwortet, verkniff es sich jedoch und sagte stattdessen: »Aber dass Ihr Freund Jens Büttner sich das Leben genommen hat, weil Sie ihn im Glauben ließen, er sei ein Mörder, dafür können Sie etwas.«

Da war diese furchtbare Gestalt mit roten Augen. Das hieß, was Max in der vorletzten Nacht erlebt hatte, war also kein Albtraum gewesen. Aber was dann?

»Was war mit Leon Kehler?« Böhmers harsche Stimme lenkte Max von diesen Gedanken ab, und ein Blick in das Gesicht seines Expartners ließ ihn deutlich erkennen, was Böhmer von Wesener hielt.

»Das weiß ich nicht. Es war alles genau so, wie ich es Ihnen gerade erzählt habe. Ich denke, Leon konnte es nicht ertragen, dass alle ihn für einen Mörder gehalten haben.«

Nachdem er sich kurz mit Debusmann verständigt hatte, nickte Böhmer Niklas Wesener zu.

»Herr Wesener, ich nehme Sie fest wegen Mordverdachts in drei Fällen.«

53

Kurze Zeit später wurde Niklas Wesener von zwei uniformierten Kollegen, die Böhmer angefordert hatte, abgeführt. Bevor sie das Apartment verließen, flüsterte Debusmann ihm noch einige Worte zu, und sagte dann laut: »Ich werde zum Präsidium nachkommen.«

»Ich überlege, wen ich mehr zum Kotzen finde«, kommentierte Böhmer, während er seinen Kollegen dabei zusah, wie sie Wesener auf den Rücksitz des Streifenwagens halfen. »Den Alten oder seinen Sohn. Immerhin wissen wir jetzt mit hoher Wahrscheinlichkeit, wer die Morde begangen hat.«

»Ja«, sagte Max und wandte sich ab. »Aber wir wissen noch immer nicht, warum. Und wie es überhaupt zu diesen Morden kam. Komm, lass uns fahren.«

Nachdem sie eingestiegen waren, erklärte Max: »Ich setz dich wieder am Präsidium ab. Ich möchte Professor Bormann noch einen kurzen Besuch abstatten. Wenn sich bei Weseners Verhör etwas ergibt, das auf den Hintergrund der Taten hindeutet, dann lass es mich bitte wissen.«

»Klar. Aber noch mal: Wir haben den Schuldigen und können davon ausgehen, dass er nicht noch einen weiteren Mord begeht. Das ist erst einmal die Hauptsache.«

Max antwortete nichts darauf, dachte aber an die Stimme,

die ihm gesagt hatte, er solle sich die Frau im Hasseler Forst *nehmen*. Weil sie es *verdient* habe. Und er dachte daran, wie groß der Drang in ihm gewesen war, dieser Stimme zu gehorchen, und was es ihn gekostet hatte, sich ihr zu widersetzen. Und dann war da eine weitere Erinnerung. Sie kam so plötzlich und mit solcher Wucht, dass Max aufstöhnte.

»Was ist los?«, erkundigte sich Böhmer.

»Ich weiß jetzt wieder, dass ich bei Kirsten war. Ich ... ich glaube, ich wollte, dass sie mir hilft. Ich habe mich gegen diese Stimme aufgelehnt und gleichzeitig gespürt, dass sie jeden Moment gewinnen könnte. Als Kirsten vor mir stand ... Ich hatte plötzlich den Drang, ihr meine Hände um den Hals zu legen und zuzudrücken.«

»Hat die Stimme dir das befohlen?«

»Ich glaube, ja. Und dann bin ich weggerannt, bevor ich ihr wirklich etwas antun konnte.«

»Was ist mit Katharina? Erinnerst du dich auch an sie?«

»Nein.«

»Vielleicht kommt das ja noch.«

Max machte eine kurze Pause, bevor er leise sagte: »Mein Gott, fast hätte ich etwas Fürchterliches getan.«

»Das hast du aber nicht, weil du mit aller Kraft dagegen angekämpft hast.«

»Ja, wahrscheinlich. Aber wo diese Stimme auch immer herkommt, sie hat eine unglaubliche Macht.«

»Da fällt mir gerade etwas ein: Katharina sagte, als du bei ihr warst, hast du eine viel zu dünne, dunkle Jacke getragen. Du müsstest ziemlich gefroren haben. Erinnerst du dich daran?«

Max dachte einen Moment nach und schüttelte dann den

Kopf. »Nein, ich kann mich an Empfindungen wie Kälte oder Wärme nicht erinnern. Und eine dünne, dunkle Jacke ... Ich wüsste nicht, dass ich außer meiner Lederjacke so eine habe, und die hängt im Winter in einem Schrank in der Abstellkammer.«

»Seltsam«, murmelte Böhmer.

Max startete den Wagen und fuhr los. Seine Gedanken waren wieder bei der Stimme. Solange sie nicht wussten, was es damit auf sich hatte, mussten sie jederzeit damit rechnen, dass jemand anderes plötzlich Befehle in seinem Kopf hörte, denen er folgen musste. Eine fürchterliche Vorstellung. Morde, wahllos begangen, ohne dass derjenige, der den Mord ausführte, ein nachvollziehbares Motiv dafür hatte.

Nachdem Böhmer vor dem Präsidium ausgestiegen war, machte Max sich auf den Weg zu Bormann. Er hatte sich vorgenommen, dem Professor alles aus der vergangenen Nacht zu erzählen, an das er sich erinnern konnte. Bormann hatte ihm schon so oft mit seinen Ratschlägen weitergeholfen – vielleicht klappte es ja auch dieses Mal.

Der Professor selbst öffnete die Tür und lächelte Max an. »Schön, dass Sie gekommen sind. Ich habe mir wirklich Sorgen um Sie gemacht. Bitte, treten Sie ein.«

Wie immer, wenn Max bei ihm zu Besuch war, führte Bormann ihn in sein Arbeitszimmer. Die Tür ließ er offen stehen, wohl, weil seine Frau nicht zu Hause zu sein schien. Nachdem sie sich gesetzt hatten und Max dem Professor versichert hatte, dass er keinen Kaffee wollte, fing er ohne Umschweife an zu erzählen.

Er begann mit der Gestalt mit den glühenden Augen, die

auch Wesener gesehen hatte, und endete mit dem Moment, als er an diesem Morgen auf seiner Couch zu sich gekommen war. Bormann hörte ihm interessiert zu und machte sich hier und da Notizen auf ein Blatt Papier, das vor ihm auf dem Schreibtisch lag. Als Max schwieg, war Bormanns Blick eine Weile auf das Papier gerichtet, bevor er ihn ansah.

»Das klingt im ersten Moment sehr seltsam, doch wenn man zugrunde legt, dass in irgendeiner Form Drogen im Spiel waren, dann rückt das alles in ein etwas anderes Licht. Sie sagten, Sie hatten das Gefühl, dass jemand in Ihrer Wohnung gewesen ist, als Sie heute vom Präsidium aus dorthin zurückgekehrt sind.«

»Ja.«

»Was, wenn derjenige schon in der Nacht zuvor bei Ihnen eingebrochen ist?«

»Sie meinen, dass derjenige wirklich an meinem Bett stand.«

»Ja, warum nicht?«

»Aber diese roten Augen. Und diese Szene hat sich so vollkommen ... surreal angefühlt. Eben wie in einem Albtraum.«

Bormann zuckte mit den Schultern. »Bewusstseinsverändernde Substanzen.«

Max dachte über die Möglichkeit nach. »Aber wie soll ich diese Drogen zu mir genommen haben?«

»Das weiß ich natürlich nicht. Aber ...« Das Läuten des Telefons unterbrach den Professor.

»Bormann«, meldete er sich, nachdem er das Gespräch angenommen hatte. »Ah! Guten Tag ... Ja, er sitzt mir gerade gegenüber … Ja, doch, wie es scheint, geht es ihm einigermaßen gut … Ja, mich auch.« Bormann zwinkerte Max zu. »Ich hatte mir ebenfalls Sorgen gemacht … Das richte ich gern aus … Ja, danke. Auf bald.«

Bormann legte den Hörer auf. »Das war Dr. Kilian. Er hat sich nach Ihnen erkundigt. Gestern Abend hat er mitbekommen, dass Herr Böhmer nach Ihnen gesucht hat. Ich soll Sie grüßen.«

»Entschuldigen Sie, Herr Professor, aber dieser Dr. Kilian scheint mir ein recht seltsamer Mensch zu sein. Ich muss gestehen, ich mag ihn nicht sonderlich und verstehe nicht so ganz, wie Ihre Verbindung zu ihm ist.«

Bormanns Mund verzog sich zu einem leichten Grinsen. »Eigentlich verbindet mich nichts mit ihm außer der Tatsache, dass wir hier und da lockeren Kontakt hatten, der sich in den letzten Wochen allerdings intensiviert hat. Und wenn ich ihn recht verstanden habe, wären Sie beide sogar beinahe Kollegen geworden.«

»Wie das?«

»Ach, er hat sich wohl auf eine freie Stelle an der Uni beworben, aber aus irgendwelchen Gründen hat das nicht funktioniert.«

»Ehrlich gesagt, sehe ich ihn da auch nicht«, erklärte Max.

Bormann wiegte den Kopf hin und her. »Ja, das mag sein. Er ist schon ein bisschen eigen. Aber um noch einmal auf unser Thema zurückzukommen: Ich halte es für gut möglich, dass der Schlüssel zu den Dingen, die Sie getan haben, in bewusstseinsverändernden Substanzen liegt.«

»Der Gedanke ist mir auch schon gekommen, ich habe

ihn aber verworfen, weil ich mir keinen Reim darauf machen kann, wie sie in meinen Körper gelangt sein sollten.«

»Das weiß ich natürlich auch nicht, aber wenn wir die Theorie zugrunde legen, dass tatsächlich jemand in Ihrer Wohnung gewesen sein könnte, ergeben sich durchaus einige Möglichkeiten.«

»Das stimmt wohl«, gab Max zu und erhob sich. »Ich danke Ihnen für Ihre Zeit, Herr Professor. Ich denke, ich mache mich jetzt auf den Heimweg und versuche, Ordnung in meine Gedanken und meine Erinnerungen an die letzte Nacht zu bringen. Vielleicht gelingt es mir ja.«

Kurz darauf verabschiedete Max sich von Bormann mit dem Versprechen, ihn auf dem Laufenden zu halten und sich sofort zu melden, wenn er Hilfe benötigte.

Auf dem Weg nach Hause drehten seine Gedanken sich um Drogen und eine Stimme, deren Befehlen man sich nicht widersetzen konnte. Und er nahm sich vor, sich zu Hause direkt an den Computer zu setzen und zu recherchieren.

54

Eine halbe Stunde später stellte Max eine dampfende Tasse Kaffee auf dem Esstisch ab und klappte sein Notebook auf. In der Nachbarwohnung wurde das Badezimmer erneuert, und offensichtlich waren die Handwerker damit beschäftigt, die alten Fliesen mit einem Bohrhammer zu entfernen, was einen Höllenlärm machte.

Die Suchbegriffe *Bewusstseinsverändernde Drogen* lieferten eine lange Liste an Ergebnissen. Max klickte sich durch die oberen Links hindurch. Die meisten führten zu medizinischen Seiten, wo er aber nichts fand, was ihn wirklich weitergebracht hätte.

Nach einer Weile lehnte er sich zurück und richtete den Blick am Monitor vorbei. Er dachte an Dr. Kilian, der extra bei Bormann angerufen hatte, um sich nach Max' Befinden zu erkundigen. Warum interessierte Kilian sich so für ihn? Max legte die Finger wieder auf die Tastatur und tippte den Namen *Gernot Kilian* in die Google-Suchmaske ein. Er betrachtete die Ergebnisliste und begann dann wie zuvor, die einzelnen Links anzuklicken, hinter denen sich vielleicht etwas Interessantes verbergen konnte. Gleich der zweite Link führte ihn zu einer älteren Seite eines Fachmagazins für Psychiatrie, für das Kilian einen Artikel mit dem Titel »Wenn ein Trauma die Seele krank macht« geschrieben hatte, und auf der in einem gelben Kasten die wichtigsten Stationen seines beruflichen Werdegangs bis zum Jahr 2014 nachzulesen waren.

Kilian hatte in Hamburg Medizin studiert und nach zwei Praxisjahren ein Facharztstudium zum Psychiater angeschlossen. Danach war er einige Jahre als Psychiater am Universitätsklinikum Hamburg-Eppendorf tätig gewesen.

Auf anderen Seiten gab es Statements und Zitate von Kilian zu aktuellen medizinischen Fragestellungen und psychologischen Krankheitsbildern, dann immer wieder dezente Hinweise auf Bücher, die er geschrieben hatte, allerdings sehr selten, so dass seine Werke keine großartigen Erfolge gewesen sein konnten.

Vieles wiederholte sich. Über Kilians Tätigkeiten in den letzten drei Jahren konnte Max allerdings nichts finden. Offensichtlich hatte er in jüngster Zeit keinen großen Wert mehr auf Veröffentlichungen von ihm oder über ihn gelegt.

Das alles brachte Max nicht weiter. Er trank einen Schluck des nur noch lauwarmen Kaffees und dachte wieder an die Ereignisse der letzten Nacht zurück. Er konnte sich an immer mehr Einzelheiten erinnern, wie er bei Kirsten vor der Tür gestanden hatte, wie er sie weggestoßen und das Haus verlassen hatte. Nur danach war alles schwarz, keinerlei Erinnerung daran, auch bei Katharina Baumann gewesen zu sein. Die Frage war nur, weshalb? Warum waren ihm mittlerweile Einzelheiten seines Auftauchens bei Kirsten in der letzten Nacht wieder eingefallen, wenn er daran, auch bei Katharina gewesen zu sein, nicht einmal den Anflug einer Erinnerung hatte?

Einer Eingebung folgend tippte Max den Namen der

Polizistin in die Suchmaske ein. Die Ergebnisse verwiesen meist auf andere Frauen mit dem Namen Katharina Baumann.

Nachdem Max sich ohne Erfolg durch etliche Seiten geklickt hatte, kam ihm der Gedanke, dass Katharina vor ihrer Heirat ja einen anderen Nachnamen gehabt hatte. Ihr Bruder hieß Kehler, also gab Max *Katharina Kehler* ein. Doch auch das brachte ihn nicht weiter. Er suchte stattdessen nach ihrem Bruder Jonas Kehler und stieß über die Bildersuche auf ein Foto zum Jubiläum der Firma Gehlen. Darauf war Jonas Kehler neben dem Firmengründer und dessen beiden Töchtern zu sehen. Paula und Katharina Gehlen. Treffer.

Hastig tippte Max nun *Katharina Gehlen* in die Suchmaske ein. Der vierte Link, den er aus der Ergebnisliste anklickte, führte ihn schließlich zur Seite eines medizinischen Fachmagazins und dort zu einem Bericht über Nothilfe in Ländern Afrikas und Südamerikas.

Der Artikel stammte aus dem Jahr 2006, es ging um die zehnmonatige Reise acht freiwilliger Helferinnen und Helfer ins Amazonasgebiet zur Unterstützung der Organisation *Ärzte ohne Grenzen*.

Zu der Gruppe gehörte eine Frau namens Katharina Gehlen, die sich ein Sabbatical-Jahr von ihrem Beruf als Polizistin genommen hatte, um für die Organisation am Amazonasgebiet zu arbeiten.

Sie war laut dem Bericht sogar mit einer kleinen Gruppe für drei Monate bis zu Territorien tief im Regenwald vorgedrungen, die als Schutzgebiete sogenannter »isolierter Völker« definiert waren, indigene Bevölkerungsgruppen, die keinerlei Kontakt zur zivilisierten Welt hatten.

Wie in einem hervorgehobenen Infokasten neben dem Artikel zu lesen stand, hatte diese Reise der Organisation im Nachhinein viel Kritik eingebracht, da das Immunsystem der Menschen, auf die sie dort trafen, keine Abwehrstoffe gegen moderne Krankheiten besaß und man schlimmstenfalls damit rechnen musste, dass die Helferinnen und Helfer Krankheitskeime eingeschleppt hatten, die für diese Menschen tödlich sein konnten.

Max lehnte sich einen Moment zurück. Amazonas. Indigene Völker ... Der permanente Lärm aus der Nachbarwohnung war nervtötend, Max konnte sich nur schlecht konzentrieren. Er versuchte, ihn auszublenden, schloss die Seite und klickte sich weiter durch die verschiedenen Links.

Nach wenigen Minuten entdeckte er einen Artikel in der Online-Ausgabe einer Düsseldorfer Tageszeitung, der knapp drei Jahre alt war. Es ging dabei nicht um Katharina, sondern um ihre Schwester Paula Gehlen, die er zuvor zusammen mit Katharina auf dem Foto gesehen hatte.

Max las den Text mit wachsender Unruhe, und als er endlich am Ende angekommen war, spürte er die Art Aufregung in sich aufsteigen, die sich immer dann in ihm ausbreitete, wenn er bei der Lösung eines Falles an einem möglichen Wendepunkt angekommen war. Was er dort gelesen hatte ...

Er griff zu seinem Smartphone, rief Böhmer an und wollte ihm von seiner Entdeckung erzählen. Doch der weiterhin ohrenbetäubende Lärm aus der Nebenwohnung machte es unmöglich, normal zu telefonieren. Also nahm Max die Ohrhörer aus der Schublade der Kommode und verband sie mit dem Smartphone.

»Wusstest du, dass Katharina Baumann eine Schwester hat?«

»Nein«, entgegnete Böhmer. »So gut kennen wir uns nicht, dass wir über unsere Familienverhältnisse gesprochen hätten. Aber wie kommst du darauf? Und warum rufst du mich deshalb an?«

»Es hat mir keine Ruhe gelassen, dass ich mich mittlerweile fast an alles erinnern kann, was in der vergangenen Nacht geschehen ist, außer daran, dass ich vor Katharinas Wohnung gewesen sein soll. Ich weiß in etwa, was ich davor und danach gemacht habe, nur an sie fehlt mir jede Erinnerung. Das ist doch merkwürdig. Ich habe mal nachgesehen, ob ich etwas über sie im Netz finden kann, und bin auf einen interessanten Artikel gestoßen, in dem es um eine Paula Gehlen geht, deren Schwester bei der Polizei ist.«

»Hm … Was ist das für ein Bericht?«

»Warte, dazu komme ich gleich.« Je mehr Max seinem Expartner erzählte, umso größer wurde seine Aufregung. Er spürte, dass er auf etwas Entscheidendes gestoßen war.

»Ich habe mich an das Gespräch mit Oliver Baumann erinnert. Er sagte, Katharina habe psychische Probleme und neige dazu, manchmal vollkommen überzogen zu reagieren. Besonders, wenn es um ihre Familie ginge. Und er wüsste, wovon er rede, und meine es nur gut mit mir.«

»Ja, den Quatsch erzählt er schon länger, weil er sauer ist, dass sie ihn verlassen hat, nachdem er sich durch halb Düsseldorf gevögelt hat.«

»Woher weißt du das?«

»Dass er sauer ist?«

»Nein, dass er ihr untreu war.«

»Na, von Katharina.«

»Das dachte ich mir. Ich melde mich gleich wieder.«

»Was? Aber warum ...«, mehr hörte Max nicht mehr, denn er hatte das Gespräch beendet.

Er öffnete die Anrufliste seines Smartphones und suchte nach dem eingegangenen Anruf einer unbekannten Nummer vom Vortag. Er fand ihn recht schnell und tippte darauf. Oliver Baumann meldete sich nach wenigen Sekunden.

55

Sofort nachdem Max das Gespräch mit dem Leiter des KK23 und Exmann von Katharina beendet hatte, wählte er wieder Böhmers Nummer. Nachdem Max ihm von der Unterhaltung mit Oliver Baumann und Einzelheiten zu dem Artikel über Paula Gehlen erzählt hatte, sagte Böhmer: »Das ist ja ein Ding.«

»Eben. Ich schicke dir gleich den Link. Lies dir den Artikel mal durch. Ich komme auf direktem Weg ins Präsidium. Ach, und noch etwas. Katharina hat sich vor ihrer Heirat vom Dienst freistellen lassen und war über eine Hilfsorganisation fast ein Jahr lang mit Mitarbeitern von *Ärzte ohne Grenzen* im Regenwald am Amazonasgebiet unterwegs. Dort hatte sie mehrere Monate Kontakt zu indigenen Gruppen. Fällt dir dazu spontan etwas ein?«

»Nein! Was soll mir dazu einfallen, außer dass Katharina wohl eine ausgeprägte soziale Ader haben muss? Ich meine, sich ein Jahr vom Dienst beurlauben zu lassen, um …«

»Horst! Es klingt im ersten Moment ein wenig weit hergeholt, aber … hast du noch nie Berichte über Naturvölker gelesen oder gesehen? Wie sie leben? Wie sie jagen?«

»Verdammt nochmal, nun sag schon, was du meinst!«, polterte Böhmer so laut, dass seine Stimme durch die Kopfhörer direkt in Max' Kopf zu dröhnen schien.

Direkt in seinem Kopf ... Es war, als hätte Max einen Stromschlag bekommen. Heiser stieß er aus: »O mein Gott!«

»Was ist denn los?«

»Mir ist gerade etwas aufgefallen, und ich kann es nicht fassen, dass wir beide nicht an diese Möglichkeit gedacht haben. Ich bin gleich da.«

Die Fahrt zum Präsidium erschien Max bedeutend länger als sonst, da ihm gefühlt tausend Gedanken gleichzeitig durch den Kopf schossen und er es nicht erwarten konnte, sie loszuwerden, gleichzeitig aber befürchtete, sie wieder zu vergessen, bis er am Präsidium ankam.

Als er endlich seinen Wagen auf dem Parkplatz abgestellt hatte und im Eingangsbereich darauf wartete, dass Böhmer ihn abholte, rief er Kirsten an.

»Ist alles gut bei dir?«, wollte sie sofort wissen, nachdem sie sich begrüßt hatten.

»Ja, ich warte gerade auf Horst. Sag mal, als ich gestern Abend vor deiner Tür gestanden habe – ist dir da irgendetwas Außergewöhnliches an mir aufgefallen?«

»Du meinst, außer dass du ausgesehen hast, als wäre ein Alien in deine Haut geschlüpft?«

»Ich meine an mir, an meiner Kleidung.«

»An deiner Kleidung ... nein, nicht, dass ich ... doch, warte, da war etwas. Eigentlich unwichtig, und ich kann mich auch täuschen. Die Jacke, die du getragen hast ... die kenne ich nicht. Außerdem war sie viel zu dünn für die Kälte. Ich wundere mich, dass du dir keine Lungenentzündung geholt hast, als du da draußen herumgelaufen bist.«

»Schon gut, danke, das ist genau das, was ich wissen wollte.«

»Aber warum? Und was war das denn für eine Jacke?«

Max sah, dass Böhmer gerade durch die Schleuse kam. »Das erzähle ich dir später, versprochen. Da kommt Horst. Bis bald.«

Max legte auf und ging Böhmer entgegen.

»Ich habe uns schon bei der Chefin angekündigt«, erklärte der. »Sie erwartet uns.«

Max nickte. »Na, da bin ich mal gespannt, was sie dazu sagt.«

»Das bin ich auch. Katharina ist übrigens nicht im Büro. Sie ist nach Hause gegangen. Es ging ihr nicht gut.«

56

Die Unterhaltung mit der Leiterin des KK11 dauerte nur wenige Minuten und endete damit, dass Eslem Keskin bereits hektisch zum Telefon griff, während Max und Böhmer sich von ihren Stühlen erhoben.

Auf dem Weg zu Böhmers Büro zog Max sein Telefon hervor, tippte auf einen Eintrag im Adressbuch und hörte dem elektronischen Tuten zu, bis das Gespräch angenommen wurde.

»Baumann!«

»Hallo Katharina, ich bin's, Max.«

»Max!«, entgegnete sie und klang dabei überrascht. »Ist alles okay?«

»Ja, bei mir schon, aber wie geht es dir? Ich habe gehört, du bist nach Hause gegangen, weil du dich nicht wohl gefühlt hast.«

»Ja, aber es geht schon wieder.«

»Gut. Es gibt da noch ein paar Dinge zu Leon, die Wesener gesagt hat und die ich nicht ganz verstehe. Wenn es für dich okay ist, würde ich kurz bei dir vorbeikommen.«

»Dinge, die Wesener über Leon gesagt hat?«, fragte Katharina mit einem seltsamen Unterton in der Stimme. »Was genau meinst du damit? Können wir das nicht auch am Telefon …«

»Ich würde das gerne mit dir persönlich besprechen.«

»Oh! Ja, sicher … wann?«

»Wenn ich ehrlich bin, wäre es mir am liebsten jetzt gleich.«

»Gleich … also gut, ich warte hier auf dich.«

»Danke, ich fahre gleich los.«

Eine halbe Stunde später parkte Max sein Auto vor dem Haus in Wersten, in dem Katharinas Wohnung lag, und stieg aus.

Er blieb kurz stehen und betrachtete die Umgebung, während er vergeblich versuchte, sich daran zu erinnern, in der Nacht zuvor an derselben Stelle gewesen zu sein. Schließlich klingelte er an der Haustür, die sich gleich darauf mit einem Summen öffnete.

Als Max kurz darauf im ersten Stock auf Katharinas Wohnungstür zuging, wurde sie auch schon geöffnet, und Katharina lächelte ihm entgegen.

»Max! Das ging ja schnell. Bitte, komm doch rein.«

Sie ließ Max durch den schmalen Flur vorgehen und sagte: »Im Wohnzimmer sieht es immer noch genauso aus wie bei deinem letzten Besuch hier. Geh einfach rein.«

Die Wohnzimmertür war geschlossen. Max öffnete sie und betrat den mit Kartons vollgestellten Raum.

»Bitte.« Katharina deutete auf den einzelnen Stuhl. »Setz dich doch.«

Sie wartete, bis Max saß, und deutete auf eine halbvolle Flasche Bier, die auf einem der Kartons stand. »Kann ich dir auch etwas zu trinken anbieten?«

»Nein, danke.«

Katharina nickte und nahm einen Schluck, ließ Max dabei

aber nicht aus den Augen. Nachdem sie die Flasche wieder abgestellt hatte, lehnte sie sich gegen einen Kartonstapel, der Max gegenüberstand, und hob die Hände.

»Also, wie kann ich dir helfen?«

Max fühlte ein leichtes Schwindelgefühl. Zudem hatte er mit einem Mal Schwierigkeiten, sich zu konzentrieren. »Ich ... Ich habe ...«

»Du hast was?« Katharina zog die Brauen hoch, was auf Max wie eine groteske Grimasse wirkte. »Ist alles in Ordnung mit dir? Geht es dir gut?«

»Ja, nein ... Ich fühle mich ...« Die Gedanken in Max' Kopf schienen ein Eigengewicht zu haben. »Ein bisschen ... seltsam.«

Katharina beugte sich nach vorn und sagte: »Du fühlst dich seltsam? Versuch doch mal, meiner Hand zu folgen, Max.«

Max wollte ihre Hand anschauen, fand sie allerdings nicht. »Was ... welche Hand?«

»Sehr gut«, versicherte Katharina, griff nach dem Bund von Max' Pullover und zog diesen nach oben. Max wollte ihre Hand wegschlagen und fragen, was das sollte, doch er saß nur da und registrierte, dass Katharina sich daran machte, das Hemd aufzuknöpfen, das Max unter dem Pullover trug. »Entschuldige, aber wir wollen doch nicht, dass unser vertrautes Gespräch den falschen Leuten zu Ohren kommt, nicht wahr?«

»Wasmachs ... Was machs du da?«, brachte Max heraus, während Katharina seine nackte Brust prüfte. Anschließend tastete sie mit beiden Händen Max' Hosenbeine ab und fasste ihm schließlich in den Schritt.

»Keine Sorge, mein Interesse gilt ausschließlich elektronischen Geräten, von denen aber zum Glück keine an dir angebracht sind. Also dann ... leg dich auf den Boden.«

Es war, als beobachtete Max sich selbst dabei, wie er sich von seinem Stuhl erhob und auf den Boden legte.

»So! Wollen wir uns nun unterhalten?«

Max brachte nur ein langgezogenes »Aaaaa« hervor.

»Fein.« Katharina verschränkte die Arme vor der Brust. »Ich gehe davon aus, die Tatsache, dass du mich mit diesem fadenscheinigen Vorwand sprechen wolltest, ist darauf zurückzuführen, dass du mittlerweile das eine oder andere herausgefunden hast. Das war irgendwann zu erwarten und ist überhaupt nicht schlimm, im Gegenteil. Ich möchte ja, dass du weißt, was geschieht. Und soll ich dir sagen, warum? Weil es keinen, aber auch keinen einzigen Beweis dafür gibt, dass ich irgendetwas mit den Geschehnissen zu tun habe. Und das wird auch so bleiben.«

Max hörte und verstand, was sie sagte, war aber zu keinerlei Reaktion fähig.

»Du fragst dich nun sicher, wie ich glauben kann, dass das so bleibt, obwohl ich gerade drauf und dran bin, dir alles zu erzählen, nicht wahr? So viel kann ich dir vorab schon verraten: Du wirst anschließend nichts von dem weitererzählen, was ich dir nun sage. Keine Angst, ich werde dich nicht töten. Nein, *du* wirst es nicht vergessen. Jeden Tag wirst du daran denken, wenn du sabbernd dasitzt und sinnloses Zeug brabbelst. Es wird nach einer normalen Hirnarterien-Aneurysma-Blutung aussehen. Dumme Sache. Aber kommen wir zu dem, weswegen du hergekommen bist. Den Morden, die Niklas Wesener begangen hat.«

Max verstand weiterhin jedes Wort und dessen Bedeutung ganz klar, konnte selbst aber nicht sprechen und sich kaum bewegen. Er fragte sich, wie Katharina es geschafft hatte, ihn in diesen Zustand zu versetzen. Doch allein das Nachdenken darüber fiel ihm schwer.

»Vielleicht hast du mittlerweile herausgefunden, was meiner Schwester zugestoßen ist.«

Das hatte Max.

»Sie war zwei Jahre älter als ich. Sie hat die Firma unserer Eltern übernommen, nachdem mein Bruder … Nein, warte, jetzt kann ich es ja sagen – mein *Halbbruder* sich vor der Verantwortung gedrückt hatte. Es war ein gar nicht so kleines Maschinenbauunternehmen mit Exporten in die ganze Welt. Sie musste viel arbeiten, aber es lief gut, bis ein leitender Ingenieur, dessen Vater bereits für unseren Vater gearbeitet hatte, den sie aber kurz zuvor wegen Unterschlagung und Untreue entlassen musste, sie aus Rache verklagt hat. Unter dem fadenscheinigen Vorwand, sie würde Konstruktionspatente, die von ihm stammten, für ihre eigenen ausgeben. Was jedoch schlichtweg gelogen war, denn in Wahrheit stammten sie von unserem Vater. Als Rechtsbeistand hatte dieser Ingenieur sich die Kanzlei Dr. Wesener ausgesucht. Und dieser Dr. Wesener – der Vater von Niklas Wesener – schaffte es mit unsauberen Tricks und durch Einforderung von *Gefallen* bei einigen Leuten an den richtigen Stellen, dass meine Schwester den Prozess verlor und diesem Kerl eine derart hohe Entschädigungssumme zahlen musste, dass das Unternehmen anschließend bankrott war und auch nicht mehr auf die Füße kam. Eine Firma, die Patente ihrer Mitarbeiter als ihre eigenen ausgibt und sich daran bereichern will, bekommt keine großen Aufträge mehr.«

Max wünschte nichts sehnlicher, als dass dieses Geschwätz aufhörte. Jedes Wort fühlte sich an wie eine Waffe, mit der Katharina auf ihn einstach.

»Meine Schwester hat den Verlust des Lebenswerks unseres Vaters nicht verkraftet und sich das Leben genommen. Mein Halbbruder, dieser Feigling, hat in dieser Situation sein wahres Gesicht gezeigt und sich völlig zurückgezogen. Aber ich schwor mir, das Schwein von Rechtsverdreher für das büßen zu lassen, was er getan hatte. Dass der Herr Ingenieur einen tödlichen Verkehrsunfall hatte, versteht sich von selbst. Er fuhr aus unerfindlichen Gründen frontal gegen einen Baum. Rückstände von fremden Substanzen wurden selbstverständlich keine in seinem Körper gefunden.«

Katharina präsentierte sich, als säße sie in einer Talkshow.

»Was du wahrscheinlich nicht weißt, ist, dass ich mehrere Monate im brasilianischen Regenwald unterwegs war. Ich hatte Kontakt zu Naturvölkern, die zuvor kaum einen weißen Menschen gesehen hatten. Die leben dort noch wie vor Tausenden Jahren. Einfach, aber glücklich. Sie gehen auf die Jagd und wohnen in Dorfgemeinschaften zusammen, wo jeder für jeden einsteht. Und sie besitzen ganz außergewöhnliche Kenntnisse auf dem Gebiet der Pflanzen- und Tiergifte, die sie zur Jagd verwenden. Von ihnen habe ich vieles gelernt und einiges mitgebracht und das alles mit Fleiß und viel Arbeit verfeinert. Unter anderem das Rezept für eine Pflanzengiftmischung, die über die Haut übertragen wird. Du hast sie dir übrigens eben beim Hereinkommen an der Türklinke einverleibt. Sie führt zu dem Zustand, in dem du dich gerade befindest. Du hörst und verstehst alles, bringst aber selbst kein Wort heraus und kannst dich nicht bewegen. Und das Schöne bei diesen Substanzen ist, dass sie schon nach wenigen Stunden vom Körper vollständig abgebaut werden.

Aber das ist erst das kleine Einmaleins der Gifte vom Amazonas. Die große Kunst funktioniert anders, und zwar so: Man verschafft sich Zugang zu einer Wohnung, was bei dir als ehemaligem Polizisten übrigens mehr als einfach war, ein Zylinderschloss – ich bitte dich –, und trägt eine Substanz auf der Zahnbürste auf, was prima funktioniert, weil sie weitestgehend geschmacklos ist. Diese Substanz führt dazu, dass dein Geist in einen Zustand versetzt wird, in dem du einfach alles glaubst, was ich dir sage. Zum Beispiel, dass nicht ich, sondern ein Monster mit glühend roten Augen vor deinem Bett steht und dich erwürgen möchte. Es ist ein Zustand, der mit der hundertfachen Potenz einer Hypnose vergleichbar ist. Wenn ich dir also sage, dass du am nächsten Tag zu einer bestimmten Uhrzeit an einem bestimmten Ort sein sollst, dann wirst du da sein, koste es, was es wolle.

An diesem Ort wartet nun der eigentliche Wirkstoff auf dich, der deinen Verstand temporär auf null setzt und dich zwingt, alles zu tun, was man dir befiehlt. Was *ich* dir befehle. Zum Beispiel jemanden umzubringen. Bei dir hat das leider nicht so gut funktioniert, weil du ein sturer Hund bist. Bei Wesener ging es umso besser. Aber fangen wir noch ein Stück weiter vorn an, damit du die Größe meines Plans erfassen kannst.

Als ich mit der Planung meiner Rache an Wesener begann und dabei feststellte, dass sein Sohn Niklas ein Freund meines Neffen ist, habe ich gewusst, ich kann euch alle zum Narren halten. Mir war klar, kein Mensch würde auf den Gedanken kommen, ich könne etwas mit einer Tat zu tun haben, bei der mein Neffe als Hauptverdächtiger gilt.«

Katharinas Gesicht verzog sich zu einer Fratze. »Auch du nicht. Und gerade um dich ging es mir auch. Warum? Weil du, ein mittelmäßiger Polizist mit einem lächerlichen Stammtischwissen über Psychologie und Fallanalyse, dich vor drei Jahren auf dieselbe Stelle beim KK11 beworben hast wie ich. Doch während ich mit meiner jahrelangen Erfahrung eine Absage bekomme und in diesem Scheißverein bleiben muss, den dieser untreue Arsch leitet, der mit seinen Lügengeschichten alle gegen mich aufgehetzt hat, gibt man dir Nichtskönner den Job, weil du Leute an den richtigen Stellen kennst. Korruption par excellence.

Aber ich wusste, das war die Gelegenheit, dir zu zeigen, wer von uns beiden wirklich fähiger ist. Mir war klar, wenn ich dir meine traurige Geschichte erzähle, wirst du den Helden spielen wollen. Und dann wirst du herumermitteln und kein Stück weiterkommen. Und warum?«

Erneut verzog sich Katharinas Gesicht.

»Du merkst schon, wie viel Freude es mir macht, dir das alles zu erzählen, nicht wahr? Also, warum bist du nicht weitergekommen? Na? Weil du nur deiner Logik folgen kannst und ich dich ins Leere laufen ließ. Die Opfer standen in keinerlei Beziehung zum Täter und waren rein zufällig von mir ausgesucht. Vollkommen wahllos. Diese Sache mit den Haaren von der Alten – genial, oder? Das ist mir ganz kurzfristig in den Sinn gekommen, weil es im Vergleich mit den anderen Taten völlig aus der Reihe fiel. Es wirkte so …

symbolisch, und war doch nichts als ein spontaner Einfall. Und dann die Botschaften an die Polizei – die so gar nicht zu allem anderen gepasst haben. Wobei sie durchaus ernst gemeint waren. Und das ist das Geniale daran. Man wird mich nicht fassen. Ich war an keinem Tatort – keine Spuren, nichts. Und du, Herr Möchtegern-Fallanalytiker, hast dich komplett blamiert. Aber!« Mit einer theatralischen Geste streckte Katharina einen Finger in die Höhe. »Jetzt würdest du natürlich sagen, wenn du es denn könntest, dass beim ersten Mord doch Spuren aufgetaucht sind. Und man den vermeintlichen Mörder gesehen hat. Alles geplant, um meine superschlauen Kollegen und dich zu verwirren.

Während Niklas Wesener zum ersten Mal als Killer unterwegs war, habe ich seinen beiden Freunden in der Kneipe ein Mittel in ihre Getränke gekippt, das sie zu willenlosen Marionetten machte. Den einen anschließend ein bisschen mit Blut zu beschmieren und den anderen, der leider, leider der Sohn meines feigen Halbbruders war, so draußen herumlaufen zu lassen, dass man ihn sehen *musste*, war ein Leichtes. Noch ein paar Kleidungsfasern an den Tatort, und fertig ist die Szenerie, die dich verzweifeln lässt. Dass Wesener junior dann seinen Kumpel Jens Büttner in die Pfanne haut, konnte ich zugegebenermaßen nicht ahnen, aber es hat dem Ganzen die Krone aufgesetzt. Natürlich hat Wesener sonst immer einen Papieranzug dabeigehabt, den er vor Ort getragen hat, damit er keine Spuren hinterlässt. Den habe ich ihn dann später verbrennen lassen.«

Katharina griff nach der Flasche und trank einen großen Schluck, bevor sie Max mit überzogen betroffenem Gesicht ansah. »Dass Leon sich umbringt, gehörte nicht zu meinem

Plan, aber um Kollateralschäden kann ich mich nicht kümmern.«

Als wäre ein Schalter umgelegt worden, hellte sich ihre Miene im nächsten Moment wieder auf. »Ach, es macht einfach Freude, dir das alles zu erzählen. Und jetzt kommen wir zum großen Rätsel der Stimme, die du auch gehört hast, nicht wahr? Meiner Stimme! Es ist so einfach. Man nehme ein kleines, schäbiges Apartment, in das man die Probanden kommen lässt – du erinnerst dich, per Befehl des Monsters mit den roten Augen. Dort wartet eine schwarze Jacke, in die in Brusthöhe eine winzig kleine Kamera eingebaut ist. Dann steckt man einen erbsengroßen Lautsprecher tief in den Gehörgang eines Ohres, und fertig ist die Kommandozentrale auf dem Handy. Ich konnte sehen, wohin Wesener gelaufen ist, und ihm über den Lautsprecher im Ohr meine Befehle geben. Und er hat brav alles ausgeführt. Die Substanz in seinem Körper hat dafür gesorgt, dass er meine Stimme in seinem Kopf als eigene Wahnvorstellung empfand, aber das kennst du ja zumindest im Ansatz auch. Bei dir war das leider nicht so einfach. Du hast dich gewehrt. So sehr, dass ich die Kontrolle über dich verloren habe.

Ich musste heute Vormittag noch einmal zurück in deine Wohnung und mir die Jacke holen. Den Lautsprecher hast du dir in einer wahrscheinlich unbewussten Geste zum Glück selbst aus dem Ohr gezogen und weggeworfen. Aber ein bisschen Verlust ist ja immer.«

Katharina richtete den Oberkörper auf und atmete tief durch.

»Na, was sagst du? Ein Meisterstück, oder? Ich werde dir jetzt eine Substanz verabreichen, die dich zu einem stillen Zeitgenossen werden lässt, wobei dein Verstand nach wie vor funktioniert. Ein bisschen langsamer allerdings und ohne die Fähigkeit, deine Gedanken in Worte fassen zu können. Dass mit dir etwas nicht stimmt, haben alle ja schon seit zwei Tagen bemerkt. Und jetzt ist leider endgültig etwas in deinem Hirn kaputtgegangen. Alles ist perfekt. Weseners Sohn ist als mehrfacher Mörder überführt, was für den Alten das Ende bedeuten dürfte, und du … na ja, reden wir nicht darüber, in welchem Zustand du gleich sein wirst. Viel besser warst du vorher auch nicht. Übrigens ist mir klar, dass du das, was auch immer du über mich herausgefunden hast, längst mit deinem Freund Böhmer geteilt hast, aber weißt du was? Es ist mir egal. Man wird mir nichts nachweisen können. Dazu ist der Plan einfach zu perfekt. Also dann …«

Katharina erhob sich und ging auf die hüfthohe Kommode an der gegenüberliegenden Wand zu, wo sie eine Weile herumhantierte. Als sie zu Max zurückkam, hielt sie eine Spritze in der Hand. Doch als sie Max gerade erreichte, gab es einen ohrenbetäubenden Knall, gefolgt von lauten Rufen und Poltern. Mehr bekam Max nicht mit, weil er das Gefühl hatte, die ganze Welt drehe sich um ihn, bevor sie einfach zur Seite kippte und alles schwarz wurde.

57

Als Max die Augen aufschlug, sah er Böhmers Gesicht so übergroß vor sich, dass er augenblicklich zusammenzuckte.

»Hey, alles ist gut!«, sagte Böhmer und tätschelte Max' Schulter.

Mit einem kurzen Blick stellte Max fest, dass er sich noch immer in Katharinas Wohnung befand. Von Katharina selbst war nichts zu sehen, nur ein paar Polizisten waren im Raum.

»Wie geht es dir?«, wollte Böhmer wissen.

Scheiße, wollte Max sagen, doch heraus kam nur ein gelalltes *Ei-eee*. Max' Zunge fühlte sich noch immer an wie ein Bleilappen.

»Okay, verstehe. Das wird bald wieder. Die Spritze konnte Katharina dir zum Glück nicht mehr geben, und dieses andere Zeugs hört bald auf zu wirken, wie wir ja wissen. Zu deiner Info: Wir haben jedes Wort mitgehört und aufgenommen. Ein bombensicheres Geständnis.«

Böhmers Hand bewegte sich an Max' Kopf vorbei zu seinem Ohr, wo er nach kurzem Herumtasten ein etwa erbsengroßes Gerät herauszog und auf die offene Handfläche legte. Max sah es an und dachte daran, was er Böhmer und Eslem Keskin im Präsidium gesagt hatte, als er ihnen von seinem Plan erzählte: Wenn ein Lautsprecher in den Gehörgang passt, dann passt dort auch ein Mikrophon hinein.

Max schloss die Augen. Er fühlte sich furchtbar, ihm war schlecht, und er spürte seine Gliedmaßen kaum. Tief in ihm rangen zwei Gefühle um die Vorherrschaft. Fünf Menschen hatten sterben müssen wegen einer Frau, die krank war vor Rachegelüsten. Aber trotz aller vermeintlicher Raffinesse, die Katharina an den Tag gelegt hatte, hatte sie einen entscheidenden Fehler begangen.

Sie hatte in ihrem Bemühen, die Morde motivlos aussehen zu lassen, vergessen, dass sie selbst trotzdem von einem Motiv getrieben worden war.

58

Es war Abend, als es an die Tür von Max' Krankenzimmer klopfte. Die Ärzte hatten darauf bestanden, dass er zur Beobachtung über Nacht blieb, weil die Substanz, die Katharina ihm verabreicht hatte, ihnen nicht bekannt war und niemand wusste, ob es nicht doch noch irgendwelche Nachwirkungen geben würde.

Die Tür wurde geöffnet, und Böhmer betrat den Raum, doch er war nicht allein. Hinter ihm drückten sich erst Kriminalrätin Eslem Keskin und schließlich ein Mann in den Raum, den Max zwar noch nie persönlich gesehen hatte, den er aber trotzdem sofort erkannte. Marvin Wagner.

»Und, wie geht es dir?«, wollte Böhmer wissen, als die Gruppe sich um Max' Bett postiert hatte.

»Sehr gut. Ich verstehe nicht, warum ich nicht nach Hause darf.«

»Sie sollten auf die Ärzte hören«, riet Keskin. »Ich habe mal jemanden gekannt, einen phantastischen Polizisten, der hat sich um nichts geschert, nicht einmal um Dienstvorschriften, aber was Ärzte ihm sagten, befolgte er ohne Murren.«

Max nickte ihr zu und richtete den Blick dann auf Wagner, der mit seinen Tattoos und Piercings leibhaftig noch verwegener aussah als auf dem Foto seiner Website.

»Herr Wagner, was führt Sie denn hierher?«

»Nun, da ich zukünftig wohl öfter mit der Düsseldorfer Polizei zusammenarbeiten werde und ich von Frau Keskin hörte, dass das wohl auch für Sie zutrifft, dachte ich mir, es kann sicherlich hinsichtlich des zukünftigen Arbeitsklimas nicht schaden, wenn wir uns zuvor einmal von Angesicht zu Angesicht gegenüberstehen.«

»Das freut mich«, entgegnete Max. Dann wandte er sich an Böhmer. »Ist mit Katharina Baumann alles wasserdicht?«

»Alles!«, bestätigte Böhmer. »Aber angesichts dessen, was da abgelaufen ist, bekommt man es schon ein bisschen mit der Angst zu tun.«

»Allerdings.« Max nickte nachdenklich. »Sie kann wirklich groß sein, die Macht des Täters.«

» Ich unterstütze die Arbeit des Weißen Rings, weil ich sie für dringend notwendig halte. Denn meiner traurigen Erkenntnis nach liegt in unserer Gesellschaft das Hauptaugenmerk bei Gewaltverbrechen eher auf den Tätern. Grundsätzlich finde ich den Versuch richtig, Täter möglichst schnell zu resozialisieren, weil das letztendlich präventiver Opferschutz ist. Leider werden die unmittelbaren Opfer, deren Leben nicht selten zerstört ist, dabei häufig vergessen.
Hier setzt der Weiße Ring an und kümmert sich um diejenigen, die bei Gewaltverbrechen immer die Verlierer sind: *die Opfer.*

Als Förderer des Weißen Rings würde ich mich freuen, wenn Sie ihn mit einer Spende unterstützen bzw. Mitglied werden. «
Arno Strobel

Spendenkonto WEISSER RING
IBAN: DE 68 5505 0120 0000 343434
BIC: MALADE51MNZ
Sparkasse Mainz

www.spenden.weisser-ring.de

Arno Strobel
Mörderfinder
Die Spur der Mädchen
Thriller

Seine Zeit beim KK 11 in Düsseldorf ist Geschichte. Jetzt fängt Fallanalytiker Max Bischoff neu an. Gibt sein Wissen an der Polizeihochschule an die weiter, die so gut werden wollen wie er. Aber die Fälle finden ihn trotzdem. Und er findet die Mörder. Denn nichts ist ihm näher als die Täterpsyche.

Max Bischoff ermittelt im Fall eines vor sechs Jahren verschwundenen Mädchens, von dem es seither kein Lebenszeichen gab. Bis plötzlich ihre Sachen auftauchen ...

Der neue Thriller von Nr. 1-Bestsellerautor Arno Strobel

352 Seiten, Klappenbroschur

Weitere Informationen finden Sie auf
www.fischerverlage.de

AZ 596-70051/1

Arno Strobel
Mörderfinder
Mit den Augen des Opfers

Keiner weiß, was vor über zwanzig Jahren in dem kleinen Weinort an der Mosel geschah. Ein junger Winzer verschwand, doch der Fall konnte nicht geklärt werden.
Zwei Jahrzehnte später geht Fallanalytiker Max Bischoff auf Bitte von Polizeirätin Keskin neuen Hinweisen nach. Bis eine junge Frau ermordet und ihre Leiche grausam inszeniert im Weinberg entdeckt wird.
Eine Warnung. In Max' Richtung. Aber er weiß schon zu viel, um jetzt aufzugeben …

Der neue Thriller von Nr. 1-Bestsellerautor Arno Strobel
Fallanalytiker Max Bischoff ermittelt in seinem 3. Fall

352 Seiten, Klappenbroschur

Weitere Informationen finden Sie auf
www.fischerverlage.de

Arno Strobel
Mörderfinder
Stimme der Angst

Auf einer Beerdigung steht Fallanalytiker Max Bischoff einer Frau gegenüber, die seiner großen Liebe Jennifer Sommer zum Verwechseln ähnlich sieht. Aber Jennifer ist seit fünf Jahren tot. Und Max gibt sich noch immer die Schuld daran.
Nie wieder wird ein Mensch seinetwegen sterben. Das hat er sich geschworen. Und doch scheint sich genau das jetzt auf grausame Weise zu wiederholen.
Der neue Thriller von Nr. 1-Bestsellerautor Arno Strobel Fallanalytiker Max Bischoff ermittelt in seinem 4. Fall

Thriller
352 Seiten, Klappenbroschur
978-3-596-70921-2

Weitere Informationen finden Sie auf
www.fischerverlage.de

Arno Strobel
Mörderfinder – Das Muster des Bösen
Das Muster des Bösen

Fallanalytiker Max Bischoff und Handschriftenexperte Marvin Wagner erreicht ein ungewöhnlicher Auftrag: In Düsseldorf wurde der Sohn eines Richters entführt, und ausgerechnet ein Häftling will nun, dass Max und Marvin in der Sache ermitteln. Rainer Klinke sitzt selbst wegen Entführung einer Minderjährigen in U-Haft und fürchtet, dass der Täter im aktuellen Fall ernst machen könnte. Als der Junge stirbt, bleibt Max und Marvin extrem wenig Zeit, um eine Tragödie zu verhindern.

Der neue Thriller von Nr. 1-Bestsellerautor Arno Strobel
Fallanalytiker Max Bischoff ermittelt in seinem 5. Fall

Thriller
368 Seiten, Klappenbroschur
978-3-596-71148-2

Weitere Informationen finden Sie auf
www.fischerverlage.de